«Un romanzo sconcertante.
Un gatto che conduce ai più fondamentali interrogativi.»

Le Figaro littéraire

«Il romanzo di Forest è una lunga corsa dagli accenti poetici che induce il lettore a interrogarsi su cosa sia la finzione e cosa la realtà.»

La Quinzaine littéraire

«È il romanzo di un funambolo che non cerca di raggiungere alcuna virtù, che oscilla tra luce e ombra, humour e melanconia, dialoghi e prosa poetica.»

Le Nouvel Observateur

«Un romanzo di una straordinaria libertà.»

Les Inrockuptibles

hanno scritto

formelunghe

42

Philippe Forest, *Il gatto di Schrödinger*
Titolo originale: *Le chat de Schrödinger*

Opera pubblicata con il sostegno dei Programmi di aiuto alla pubblicazione dell'Institut français
Cet ouvrage a bénéficié du soutien des Programmes d'aide à la publication de l'Institut français

Editing: Angelo Molica Franco
Redazione: Carlo Alberto Montalto, Vittoria Rosati Tarulli

Design. Illustrazioni. Logo: Maurizio Ceccato | IFIX

www.delvecchioeditore.it
www.twitter.com/DelVecchioEd
www.senzazuccheroblog.it

ISBN: 9788861101081
ISBN: 9788861101227 (ebook)

«Ogni nuovo libro aggiunge un cerchio
ai precedenti. Ne costituisce la somma
e contemporaneamente crea una specie
di spirale che ci conduce più in là,
ma sempre facendoci passare
per gli stessi punti.»

—PHILIPPE FOREST

PHILIPPE FOREST

Il gatto di Schrödinger

traduzione Gabriella Bosco

formelunghe

Agli scienziati
Con tutte le mie scuse

«Quando leggo un libro sulla fisica di Einstein
e non ne capisco niente,
non mi importa: mi farà capire altro.»

Picasso

Prologo

Acchiappare un gatto nero nell'oscurità della notte è, pare, la cosa più difficile che ci sia. Soprattutto se non ce ne sono.

Voglio dire: soprattutto se non ci sono gatti nella notte in cui si cerca.

Lo dice un vecchio proverbio cinese dalla paternità incerta. Confucio, forse. Io avrei pensato piuttosto a un monaco giapponese. O a un umorista inglese. Che più o meno è lo stesso.

Credo di capire cosa significa quella frase. Dice che la saggezza consiste nel non mettersi a inseguire chimere. Che non c'è niente di più vano che andare a caccia di fantasmi. Che è assurdo pretendere di catturare con le proprie mani un gatto quando nessuno potrebbe distinguerne, sia pur vagamente, la forma assente nello spessore della notte.

Ma Confucio, se si tratta di lui, o l'improbabile pensatore cui si è voluto prestare il suo nome, non afferma che la cosa sia impossibile. Dice solo che trovare un gatto nero nella notte è il colmo della difficoltà.

E che il colmo del colmo è raggiunto se non c'è nessun gatto.

Apro gli occhi nel buio della notte. Linee, macchie, ombre, lo scintillio di una forma che fugge. Qualcosa che si muove in un angolo e manda le sue onde a rimbalzare lontano verso il vuoto che vibra.

Prima parte

Il gatto di Schrödinger sta alla meccanica quantistica e alle sue leggi un po' come la mela di Newton sta alla fisica classica e alle leggi della gravitazione: una favoletta destinata ai profani per dar loro un'idea di qualcosa che, tanto, non capiranno. Diciamo: un romanzo, una poesia.

Si tratta di un esperimento concettuale di cui nessuno, e meno di chiunque altro l'uomo che l'ha ideato, ha mai seriamente pensato potesse venir realizzato, in questa forma per lo meno. Si chiude un gatto in una scatola mettendogli di fianco un meccanismo piuttosto crudele. Ovvero un dispositivo concepito in modo che la disintegrazione di un atomo determini l'emissione di una particella (rilevabile da un contatore Geiger in grado di registrare la presenza di una fonte radioattiva) che comporti la caduta di un martelletto su una fiala di vetro contenente un veleno fulminante la cui evaporazione nello spazio nel quale è stato isolato fa istantaneamente passare l'animale dalla vita alla morte. Non mi diffondo sul carattere barocco di un simile marchingegno, da cui deriverebbe secondo i più il fascino che ha esercitato. L'essenziale è altrove. Il principio dell'operazione si può esporre in maniera abbastanza semplice: se nell'arco di tempo in cui si svolge l'esperimento l'atomo si disintegra, il gatto muore; se al contrario l'atomo non si disintegra, il gatto resta vivo. Solo che, per l'appunto, la natura del fenomeno così studiato fa sì che il quadro di partenza si complichi in modo piuttosto serio: invece di escludersi l'un l'altra, le due ipotesi vanno in realtà considerate come contemporaneamente in atto nella situazione presa in esame. Finché l'operazione dura e l'osservatore non la interrompe, bisogna supporre nello stesso tempo che l'atomo si è *e* non si è disintegrato, che il gatto è morto *ed* è vivo.

Nell'idea di Schrödinger, il celebre scienziato cui se ne deve l'invenzione, l'esperimento intendeva verosimilmente svelare a quali insostenibili paradossi conduce la fisica quantistica se si dà un'interpretazione troppo letterale del "principio di sovrapposizione". Quest'ultimo in effetti afferma che una particella può trovarsi simultaneamente in vari stati diversi, che vengono detti "sovrapposti", fino a quando non ne venga effettuata una misura che la determini e ne blocchi quindi la posizione, la velocità o ogni altra sua caratteristica. E che per esempio che un atomo, fino a quando non venga sottoposto a osservazione, deve essere considerato allo stesso tempo come se la sua disintegrazione avesse avuto *e* non avesse avuto luogo.

Che una cosa possa essere *e* insieme non essere, esistere simultaneamente sotto forme diverse benché incompatibili le une con le altre, che quindi essere *o* non essere cessi di colpo di essere *la* questione, apparirà a buon diritto come una concezione un po' delirante, visto il modo in cui si oppone a qualsiasi logica, violando i principi fondamentali, normalmente considerati intoccabili, sui quali si basa ragionevolmente il pensiero, e che stabiliscono che una cosa sia quello che è (principio d'identità), che non sia il contrario di ciò che è (principio di non–contraddizione), e che se una proposizione è vera, bisogna che la proposizione inversa sia falsa (principio del terzo escluso).

Eppure, è proprio a questo genere di certezze che induce a rinunciare l'osservazione del mondo subatomico cui si dedica la fisica quantistica, quello in cui evolvono le particelle elementari. Per avvicinarsi a tale universo, è bene accettare l'idea che non è traducibile in alcun modo né verbalmente né visivamente, che nessuna immagine con la quale lo si raffigurasse permetterebbe di esprimerne la realtà in una forma compatibile con l'esperienza che comunemente abbiamo del mondo. Qualunque rappresentazione è un'approssimazione che non vale nulla se non sul piano pedagogico. Come alle scuole medie quando vengono raffigurati gli atomi alla stregua di microscopici sistemi solari, con gli elettroni che gravitano tranquillamente intorno al nucleo simili a dei satelliti sulla loro orbita, quasi che un unico modello regolasse l'universo, dall'infinitamente piccolo all'infinitamente grande. Ovviamente, nessuno ha mai visto niente del genere con i suoi occhi. Tutt'al più, si dovrebbe piuttosto pensare l'atomo come circondato da una sorta di nube di cui nessuno può veramente dire di che cosa sia fatta: una specie di minuscola tasca di nebbia opaca che si sottrae alla comprensione e resiste a ogni velleità di costruirne una qualsiasi rappresentazione mentale. Ma anche in questo caso si tratta ancora di un'immagine: un'immagine per esprimere l'impossibilità di qualunque immagine.

Il mistero più grande sta nella più piccola piega del reale. Lì regnano altre leggi rispetto a quelle che conosciamo. Lì si estende un dominio di polveri all'interno del quale non è più inconcepibile che una cosa sia insieme al suo contrario.

Se ricordo bene, i rudimenti delle teorie che portano a queste conclusioni li si studia al liceo. A proposito della luce, per esempio, l'ultimo anno viene insegnato che è fatta insieme di corpuscoli e onde. O meglio che non è né corpuscolare né ondulatoria ma che appare ora in una forma ora nell'altra a seconda del tipo di esperimento cui la si sottopone.

Per quanto ne capisce uno come me, non molto portato per queste discipline, la fisica quantistica applica alla materia quello che vale per la luce, ed estende quello stesso modo di concepire la realtà a tutte le particelle. In base al principio di sovrapposizione, queste ultime possono essere dotate di proprietà antagoniste tra le quali è il protocollo sperimentale attraverso cui si manifestano che le costringe a scegliere, conferendo loro il loro effettivo carattere. Solo l'osservazione (detta a volte, ma non chiedetemi perché, "riduzione del pacchetto d'onde") fa cessare la sovrapposizione quantica e permette alla particella di acquisire l'uno o l'altro degli stati che, prima, la caratterizzavano contemporaneamente.

Qualunque sia l'importanza che le si attribuisce, un'idea del genere si scontra inevitabilmente con il senso comune, per il quale bisogna che una porta sia aperta o chiusa e cui poco importa, a tal fine, che ci sia o non ci sia qualcuno nella stanza a constatarlo. Ma è proprio questa logica ordinaria che smette di funzionare nell'universo quantistico dell'infinitamente piccolo di cui non possiamo proporre nessuna rappresentazione adeguata, ma del quale viceversa le equazioni dei fisici riescono a rendere conto abbastanza bene visto che arrivano a prevedere il comportamento delle entità che lo costituiscono.

Per tornare alla proposizione di Schrödinger, bisogna dunque supporre che, fino a quando il suo stato non è stato rilevato e la riduzione del pacchetto d'onde non ha operato, l'atomo nella scatola è *e* non è disintegrato. Il che significa che fino a quando qualcuno non ha aperto il coperchio della scatola suddetta e non ne ha esaminato il contenuto, il gatto che vi è rinchiuso è allo stesso tempo morto *e* vivo.

Il buon senso si ribella. Ma, in fatto di scienza, si è finito per ammettere che non è sempre un buon consigliere. In effetti è anche lui a dirci, per esempio, che la terra è piatta. Ciononostante, che un gatto possa essere insieme dotato *e* privo di vita pare ben difficile da accettare. C'è una contraddizione evidente tra ciò che stabilisce in maniera indubitabile la meccanica quantistica (per la quale un atomo può essere insieme disintegrato *e* non esserlo) e le leggi non meno incontestabili che reggono l'universo nel quale viviamo (dove bisogna che un gatto sia morto *o* vivo), leggi che la fisica classica ci permette di pensare in termini sostanzialmente riconducibili ai dati immediati dell'esperienza comune.

Per tentare di ridurre o di risolvere questa contraddizione, l'ingegnosità degli scienziati ha cercato vie d'uscita d'ogni genere. Le enuncio come le ho capite. Certi, possiamo considerarli i "realisti" (e Schrödinger, come Einstein, era tra questi), ritengono che, per quanto giusta, dato che la prova ne è stata sperimentalmente fornita, la meccanica quantistica debba essere considerata come una teoria incompleta cui mancano proprio quegli elementi che le permetterebbero di superare e dissipare i paradossi stravaganti nei quali altrimenti va a incappare. Ma altri (e tra questi ci sono Niels Bohr e i suoi colleghi della scuola detta di Copenhagen) liquidano la questione ritenendo semplicemente che dal punto di vista scientifico è la nozione stessa di realtà a non avere alcuna pertinenza. La fisica, ricordano, non mira a produrre una rappresentazione conforme ai nostri criteri istintivi del possibile e del verosimile. Punta invece a trovare dei procedimenti efficaci per calcolare (fosse anche su basi apparentemente assurde) i fenomeni, per poterli prevedere e poter agire su di essi: poco importa quindi che il principio di sovrapposizione si faccia così apertamente beffe di qualunque concezione accettabile della realtà, perché non ha mai avuto quell'ambizione lì; ciò che conta invece è che sia operativo, che funzioni rispetto a ciò per cui gli si chiede di servire.

E così è.

Sembra.

Tutto il problema, l'abbiamo visto, nasce dalla contraddizione che c'è tra le regole che reggono l'universo quantico e i principi che valgono nell'universo classico. Problema cui è stata data una soluzione molto elegante grazie alla sua semplicità, detta "teoria della decoerenza", la quale consiste nello spiegare che gli oggetti quantici perdono le loro proprietà (o meglio: acquisiscono le proprietà di cui mancano) in virtù delle interazioni che si esercitano spontaneamente con l'ambiente circostante e che li costringono a specificare il loro stato spogliandosi dell'indeterminatezza che li caratterizzava prima, di modo che, mentre ci si allontana dalla scala microscopica dove regna il principio di sovrapposizione per accedere al livello macroscopico dove si applica la fisica classica, il suddetto principio perde progressivamente ogni valore. Ecco perché ciò che governa il comportamento dei fotoni, degli elettroni, dei protoni si fa irrilevante quando si prende in considerazione il moto delle palle da ping–pong, delle bocce da pétanque o dei palloni da calcio. Due mondi cioè coabiterebbero, ciascuno con la sua teoria specifica. Nel caso del gatto di Schrödinger, tutto il paradosso deriverebbe allora dall'eresia per la quale si fanno stare nella stessa scatola i due universi (micro e macroscopico) lasciando credere che si applichino a entrambi gli stessi principi, mentre in realtà, per il fenomeno della "decoerenza", essi sono totalmente indifferenti l'uno rispetto all'altro: e, in condizioni analoghe, ciò che vale per un atomo non può valere per un gatto.

Ma se ci si attiene più letteralmente a ciò che dicono le equazioni e si prende sul serio il principio di sovrapposizione, ritenendo che governi tutti i fenomeni indipendentemente dalla loro scala, si deve supporre al contrario che ogni cosa esista simultaneamente sotto forme opposte all'interno della realtà. Si capisce allora che strano destino abbia il gatto di Schrödinger: sospeso tra la vita e la morte, passando dall'una all'altra solo in virtù dello sguardo che si posa su di lui, suscettibile così di esistere sotto due forme opposte e di generare due figure di se stesso, come lo è ogni cosa in un universo che deve allora apparirci come il luogo in cui ogni realtà si sdoppia fino alla proliferazione infinita di avatar (nel caso specifico quindi di gatti moltiplicati come lo sarebbe la loro immagine sotto l'effetto di un gioco di specchi, ognuno dei quali si avventurasse su uno dei sentieri divergenti di un tempo che si ramifica senza sosta e racchiude quindi in sé la somma impensabile di tutti i possibili).

Per lo meno è questo che io ho capito.

O: creduto di capire.

Ma non garantisco nulla quanto all'esattezza di ciò che precede. Del resto, sono note le parole con cui, alla fine di una conferenza sui principi della fisica moderna, l'oratore si rivolge al pubblico dicendo: «Se sono stato chiaro, vuol dire che mi sono spiegato male».

La meccanica quantistica si sviluppa sulla base di esperimenti ed equazioni di cui solo i primi elementi sono vagamente comprensibili per chi non abbia fatto studi scientifici approfonditi, fa appello a tecnologie estremamente sofisticate di cui sono in pochi a possedere i rudimenti, soprattutto poggia sul ricorso a un linguaggio matematico che traduce i dati fisici in base a semplici creazioni totalmente astratte che sono come degli oggetti mentali, coerenti gli uni rispetto agli altri, del tutto giustificati nell'ambito dello spazio formale dove coabitano, ma di cui, fino al momento di un'ipotetica verifica, niente al di fuori di quest'ultima garantisce *a priori* che intrattengano una relazione qualsiasi con la realtà. La sola cosa che non si possa spiegare al mondo è infatti, secondo le profonde parole di Einstein, che il mondo sia spiegabile e che le cose che lo compongono si lascino apparentemente convertire nei termini assolutamente arbitrari di una matematica peraltro del tutto sganciata da qualunque connivenza con la materia.

Da circa un secolo ha luogo un'autentica rivoluzione di pensiero di cui nessuno ha davvero coscienza, se non limitatamente agli effetti che produce. Un po' ovunque nel mondo, sulle riviste, ai convegni, nei laboratori, tutto un popolo di ricercatori si scontra in diatribe che, viste da lontano, sembrano bizantine come quelle della vecchia teologia medievale. E la sorte del gatto di Schrödinger è un rebus altrettanto temibile per la riflessione quanto il problema dell'esistenza di Dio ai tempi in cui, nelle antiche facoltà, si dibatteva in merito, cercando la pietra filosofale di un'improbabile prova ontologica.

La cosa più strana è che questa costruzione teorica così nuova sembra ricondurre il pensiero verso le eterne questioni che pose un tempo la filosofia e che riguardano lo statuto del reale, l'opposizione della coscienza e della materia, le relazioni tra l'attuale e il virtuale, i fondamenti stessi della logica. L'opposizione tra la fisica quantistica e la fisica classica assume così a volte l'aspetto di una rivalsa presa sul pensiero aristotelico dalla vecchia visione eraclitea secondo cui non è inconcepibile che una cosa sia insieme se stessa e il suo contrario in un universo all'interno del quale tutto si trasforma e si confonde. In più, la questione della realtà che andrebbe cercata (o no) dietro l'oracolo sibillino delle equazioni matematiche sembra la stessa che all'epoca dei "filosofi illustri", di cui Diogene Laerzio racconta le vite e riferisce le opinioni, opponeva i "dogmatici" che affermavano che il mondo è comprensibile agli "efettici" che sostenevano invece il contrario. Mentre Aristotele ricorreva al suo solido buon senso per refutare tutti i sofismi dello scetticismo: «Coloro che si chiedono se la neve è bianca o no non hanno che da guardare». Senza che tuttavia risultino disinnescate le obiezioni dell'infaticabile pirronismo per il quale tutte le cose sono "indifferenti, immisurabili, indecidibili". Tutto questo essendo in fondo molto simile alle controversie e alle speculazioni che da un secolo la scienza atomica alimenta.

Ma qui mi fermo, per evitare di disorientarmi pateticamente da solo.

Tutto gira all'interno di un cerchio in cui si avvicendano sempre gli stessi argomenti che riconducono a quell'unico e insolubile problema riguardante, in sintesi, la realtà del reale e la questione di sapere se esso esiste al di fuori della rappresentazione che se ne fa la coscienza e in che forma. E forse siamo al cospetto di qualcosa d'impossibile da pensare, tanto che i filosofi di un tempo e i fisici di oggi sono in fondo ugualmente inermi, giunti esattamente allo stesso punto di sapere e d'ignoranza, gli uni come gli altri esprimendo la loro identica impotenza nel linguaggio variabile della loro epoca. E allora, se è così, non è il caso di stupirsi troppo se, *at the end of the day*, gli scienziati in camice bianco, alla fine dei loro ragionamenti, non riescono a produrre uscendo dai loro laboratori niente altro che una sorta di parabola paradossale il cui eroe è un gatto, una storiella non molto diversa dalle favole con le quali, a due passi dall'agorà, disputavano nella polvere i pensatori drappeggiati nelle loro toghe: e niente vieta di pensare che esibissero anch'essi un gatto per dimostrare che la realtà non esisteva. O al contrario che esisteva.

Dopo tutto, si servivano ben di una tartaruga per negare, contro ogni evidenza, il movimento.

Favole. Efficaci, senza dubbio, ma non dal punto di vista dell'impatto sulla realtà, e che, quando si tratta di spiegare quest'ultima, di qualunque tipo esse siano, non riescono a dire una parola definitiva. La cui unica saggezza consisterebbe nel riconoscere che il loro scopo non può, non deve essere quello.

Dubito che anche un solo scienziato, supponendo che l'esperimento possa essere realizzato, sia disposto a scommettere che il gatto nella scatola sia contemporaneamente morto e vivo e che si trovino così incastrati due universi con, al loro interno, una creatura morta e un'altra viva. Il principio di sovrapposizione non ha alcuno statuto, o per lo meno è così che io lo capisco, se non quello di un'iperbole necessaria per descrivere un esperimento, che riguarda esclusivamente particelle sottoposte a un protocollo molto specifico, e per prevedere i risultati che produce: un puro calcolo di probabilità, in fondo. E perde molto del suo mistero quando ci si rende conto che non dipende tanto da una constatazione effettiva (tramite la quale si vedrebbe concretamente, come con i propri occhi e grazie a una specie di microscopio superpotente, quella data realtà sotto i suoi aspetti simultanei e tuttavia opposti), dato che ciò è impossibile, ma piuttosto dal fatto che gli stati quantici sono rappresentati da entità astratte (nello specifico i cosiddetti "vettori di stato"), ognuna delle quali può essere considerata come la somma di un'infinità di altre nelle quali essa si scompone. Come dire che si deduce la facoltà di sovrapposizione che si attribuisce alle particelle dalla formula matematica con cui le si esprime. Ma prendere tutto questo alla lettera e immaginare che una creatura e il suo doppio fluttuino nei limbi della stessa minuscola porzione di spazio sino a che il caso decida quale delle due accederà all'esistenza, è ben altra cosa.

Tutto accade *come se*: si può dire solo questo.

Come se quella minuscola polvere da niente chiamata particella, la cui molto teorica esistenza viene fatta dipendere dalle elucubrazioni astratte di alcune equazioni, si trovasse sospesa tra due stati nessuno dei quali è totalmente il suo (anzi ognuno dei quali è ugualmente il suo), e si dovesse assurdamente postulare una tale indeterminatezza per poter pensare fino alla fine il processo di un esperimento che renda conto del comportamento insensato e tuttavia effettivo della materia.

Come se: è l'espressione che usano gli scienziati. Ma anche i bambini, e i poeti. Tutto accade *come se* il mondo nel quale viviamo fosse contemporaneamente lo stesso e un altro, contenuto nella scatola oscura in cui, compresse, stanno tutte le virtualità della vita, di modo che ogni cosa e il suo contrario vi si trovano fianco a fianco al loro posto. Una fiaba? C'era una volta. O meglio: c'era due volte. E poi due volte due volte. Così all'infinito, lo stesso vecchio racconto a moltiplicarsi nella stessa notte fino a che passi di lì qualcuno che gli accordi il credito necessario affinché si sparga ovunque il perpetuo plurale di tutti i possibili.

Un aneddoto famoso riferisce della visita che fece a Niels Bohr uno dei suoi allievi il quale, un po' indignato nel vedere che il focolare del grande fisico era ornato di un ferro di cavallo a mo' di portafortuna, gli fece osservare quanto fosse strano che uno spirito positivo come il suo potesse dar credito a una superstizione così puerile, ottenendo da parte dello scienziato una risposta inconfutabile. Bohr infatti gli disse: «Sembra che funzioni anche se non ci si crede».

Diciamo: una poesia, un romanzo. Al quale, senza crederci davvero, scommettendo sulla fortuna, ci si affiderebbe tuttavia, abbandonandosi così all'eterna efficacia delle favole, seguendo nel vuoto le avventure di un gatto avviatosi verso il nulla sui sentieri biforcati del tempo.

Quando tutti i gatti sono grigi

Quando?

All'ora in cui, come si dice, tutti i gatti sono grigi.

Dopo il tramonto, c'erano delle nuvole che mascheravano la luna e le stelle, coprendo tutto il cielo, catturando quel poco di chiarore che ancora rimaneva. È apparso da qualche parte in un angolo del giardino. Diciamo: vicino al grande cespuglio quasi secco di ginestre, a due passi dal lillà. Mimetizzato in un pannello d'ombra, là dove, nell'incavo dello spigolo, l'oscurità sembra un po' più profonda che altrove.

Dico che l'ho visto. Ma in realtà, quando non si è ancora fatta conoscenza con loro e la prudenza li spinge a starsene alla larga dagli umani, i gatti non li si vede mai. O per lo meno non distintamente. Con lo sguardo si coglie solo il movimento mentre scappano: la traccia che sembra lascino nell'aria dove passano andando via. In pratica è quel movimento a segnalare che prima erano lì. Ma quando ormai non ci sono più. Quando hanno già lasciato il luogo in cui erano. Qualcosa si è mosso laggiù: una forma che si precipita giù dalla cima di un albero, scappa nel prato, s'infila dietro un cespuglio, balza sullo spiovente di un tetto più basso degli altri e servendosi di quella specie di scaletta salta al di là del muro.

Poi: più niente.

Probabilmente era un gatto, si pensa.

Dico che è apparso. Ma è un po' eccessivo. Dire il contrario sarebbe più giusto. Per assurdo che possa sembrare, un gatto lo si vede andare via ancor prima di averlo visto arrivare. La regola comporta pochissime eccezioni: il suo scomparire precede il suo apparire. Si assiste all'allontanamento di un gatto prima di esser stati testimoni del suo arrivo. Comincia così. Dalla fine. Come quella prima volta. Quando ho visto qualcosa sparire nel buio, senza averne notato la presenza prima. Ma non era sera. Né, del resto, accadeva in giardino. E non era neppure veramente la prima volta. O forse sì. Bisognerebbe innanzitutto accordarsi sul significato di tutte queste parole. Non sto inventando. Solo che non mi ricordo bene. O meglio: non riesco a decidere quale, tra le tante "prime volte" che sono tutte successe, andrebbe considerata la prima in assoluto.

Prima che prestassi attenzione al fenomeno e gli avessi dato un nome, la cosa doveva di sicuro essere già accaduta a più riprese. Insomma, prima di quella volta, dovevano esserci state varie altre "prime volte". E altrettante apparizioni. Oppure: scomparse. Diciamo: manifestazioni. Ce ne sono volute un certo numero prima che mi venisse l'idea che erano tutte della stessa natura e che forse riguardavano un unico animale di cui si doveva supporre che frequentasse i paraggi. La sua stessa esistenza era appena un'ipotesi. Non avevo nessuna prova che fosse davvero lo stesso gatto. Magari ce n'erano vari che io confondevo. Il più delle volte poi, non potevo dire di aver percepito altro che il fruscio di una forma nella sera. In una zona periferica del mio campo visivo era avvenuta una modificazione del mondo, leggerissima e assolutamente circoscritta, che qualunque altra cosa avrebbe potuto causare: una macchia d'ombra un po' più scura delle altre, che si stagliava appena sullo sfondo e filava via di colpo da una parte o dall'altra, scomparendo subito nel buio più buio della notte.

Ecco perché, come avrebbe scientificamente fatto qualcuno di più scrupoloso, più che parlare di *un gatto*, avrei dovuto limitarmi ad affermare che, sotto ai miei occhi, qualcosa si manifestava *sotto forma di gatto*. Nello spazio (quello del giardino) e nel tempo (quello della notte), minuscole apparenze si formavano come uscite dal vuoto e materializzandosi in esso, simili a piccole bolle di sapone che scoppiassero in aria a caso, per poi subito dissolversi, così incerte e transitorie che qualificarle oggetti, fatti, o anche solo fenomeni, sarebbe già stato troppo. Ma dedurre, da avvenimenti così dubbi e verificatisi in maniera tanto aleatoria, che esisteva una realtà con cui essi avevano tutti a che fare, sarebbe stato ancora più azzardato. Si sarebbe dovuto attribuire a quegli avvenimenti un'origine unica, supporre che li legasse a quest'ultima un vincolo logico, e che ci fosse quindi un filo coerente a tenerli uniti gli uni con gli altri. Arrivando alla conclusione che la soluzione più semplice per rendere conto di tutta quella polvere di piccoli fenomeni consistesse nel postulare che rinviavano tutti a una sola cosa e sempre la stessa (*un gatto*) che ne costituiva molto banalmente la spiegazione. Perché quegli effetti (come tutti gli effetti) reclamavano una causa.

Dato che su questa terra niente nasce dal niente e tutto ha una ragione.

O per lo meno così si suppone. E anche io, in generale, preferisco pensarlo. Come tutti. Per cui mi dicevo semplicemente che un gatto doveva esser venuto ad abitare nei paraggi. E che poco tempo dopo mi è capitato di vederlo. Una prima volta. Ma quando era stato? E dove? E poi sempre più regolarmente. Un po' dappertutto.

Le sole cose che esistono sono quelle alle quali, a un dato momento, si è deciso di credere.

Al telefono:

– Hai visto il gatto, stasera?

– Ho visto un gatto.

– Un altro?

– Forse lo stesso.

– Quello dell'ultima volta?

– Non lo so.

– Lo avresti riconosciuto.

– Era buio.

In quella casa ci avvicendavamo, più che abitarci insieme. Era raro che ci trovassimo lì contemporaneamente. Ma qualche volta succedeva. Per esempio una domenica pomeriggio durante l'estate, parecchie settimane prima di quella che chiamo "la prima volta"; era un pomeriggio di gran sole verso la fine d'agosto, e stavamo prendendo il caffè in terrazza:

– Là! L'hai visto?

– Cosa?

– Ma il gatto!
– Dove?
– Là!
– Non vedo niente.
– Se n'è andato.

Le cose con il mio gatto stavano così. Dico "il mio gatto". Ma in realtà non l'ho mai considerato mio. E se dicevo "il tuo gatto", non era per attribuirne la proprietà a lei, ma per insistere sul fatto che, quanto a me, non ritenevo assolutamente quel gatto mio. Era semplicemente arrivato dal nulla. E questo poneva inevitabilmente il problema di sapere da dove.

Ho sempre avuto un temperamento abbastanza speculativo. In un'altra vita, avrei potuto essere uno scienziato. Faccio per vantarmi. A dire il vero mi sarebbe mancata la coscienziosità necessaria (per non parlare della dose d'intelligenza astratta che ci vuole). Immagino che stare a contemplare le nuvole e le stelle non abbia molto a che vedere con i calcoli che fanno gli astronomi sui movimenti degli astri. O i fisici sul comportamento delle particelle che studiano in laboratorio.

A modo mio, non potevo tuttavia impedirmi di pensare che stavo conducendo una specie di esperimento. Le sere in cui ero lì, mi sistemavo nella terrazza che dà sul giardino, sul retro della casa. Dopo cena, bevevo un whisky fumandomi un sigaro. Osservavo. Che cosa? Niente. Giusto il vuoto. Un cumulo d'ombre più o meno spesse nell'area delimitata dai muri della proprietà. "Proprietà" tra l'altro è una parola esagerata per indicare quel piccolo quadrilatero di sabbia con quattro o cinque alberi, ricoperto non di prato che su quel terreno non cresceva, ma di un misto di muschio ed erbe basse e dove, in primavera, sbocciavano anarchicamente papaveri e margherite molto robuste dai petali di uno strano e intenso color arancio vivo, fiori che di sicuro aveva seminato il precedente proprietario della casa e che ogni anno, con il sole, tornavano regolarmente alla vita senza che nessuno se ne prendesse cura.

Una proprietà? Una grande vasca di sabbia, piuttosto, come quelle dove si fanno giocare i bambini solitari, e dove con una paletta, un secchiello e un rastrello fanno delle formine che distruggono subito dopo. Solo l'oscurità della notte, sottraendola allo sguardo, le dava la profondità fittizia di un territorio infinito. Ero come uno di quei bambini, costruivo e poi distruggevo castelli di sabbia per ingannare un po' la mia noia. Aspettavo che qualcosa si manifestasse. A volte non succedeva niente. A volte vedevo (o credevo di vedere) una forma sparire a tutta velocità nel buio. Oppure, senza averlo sentito arrivare, realizzavo di colpo che il gatto era lì vicino a me, attratto sicuramente dalla luce rimasta accesa in cucina. Immobile forse da lunghi minuti. A due passi dalla terrazza. Miagolando, alla fine, per attirare la mia attenzione.

In che cosa consisteva l'esperimento? Banalmente, osservavo il calare della notte e il modo in cui l'oscurità prende progressivamente possesso del mondo – come dovevano aver fatto tutti gli uomini nel momento molto incerto, quell'istante totalmente ipotetico, in cui degli occhi avevano visto per la prima volta il sole sprofondare dietro la linea dell'orizzonte e lasciarsi inghiottire dalla terra, cercando di capire quali realtà appena percepibili si disegnassero in seno a quel nuovo nulla che si estendeva a perdita d'occhio davanti a loro.

Guardavo nel buio. Aspettavo. Mi immaginavo che tutto lo spazio fosse contenuto nel cubo cui corrispondeva all'incirca il volume del giardino se si calcolava la sua altezza in base a quella degli alberi più alti e dei muri delle case vicine. Lo vedevo riempirsi di una sorta di materia nera dentro alla quale erano racchiuse tutte le forme che avrebbero potuto uscirne. Un serbatoio che raccoglieva l'inchiostro di una sostanza venuta non si sa da dove e che progressivamente impregnava tutto.

La consistenza quasi liquida della cosa, la maniera in cui si spandeva molto lentamente sulla sabbia incollandosi alle forme, il colore scuro e la vischiosità, i lampi che faceva scintillare sugli oggetti che inghiottiva, tutto questo dava al fenomeno l'aspetto di una specie di marea nera: un'acqua molto cupa e spessa che inondava al rallentatore una riva, e veniva poi lentamente deglutita dalla bocca che formava in fondo al giardino, nell'angolo più buio dove il gatto era apparso la prima volta, quello che non era proprio un buco ma piuttosto l'intervallo lasciato, nel punto in cui non combaciavano bene, dai muri delle case adiacenti che costituivano due dei lati della proprietà. A livello del suolo, dietro la ginestra, un'apertura di forma vagamente triangolare, troppo piccola perché vi si potesse infilare la testa chinandosi fino a terra (supponendo di aver avuto l'idea piuttosto cretina di farlo), e che doveva sboccare uno o due metri più in là su un vicolo cieco, ma di cui si poteva anche immaginare che desse su un altro spazio dal quale, scesa la notte, tutto quel nero defluisse via.

Si doveva supporre che il gatto fosse uscito di lì. Da quel buco, da quel nero. Che, da qualche parte, nel cuore di quella oscurità liquida, sulla superficie di quella tovaglia spiegata in aria o subito sotto, nella profondità che lasciava appena immaginare in trasparenza, il gomito di una corrente che girava su se stessa, la piega di un riflesso, le increspature formate dallo spostamento di quell'onda molto lenta che avanzava dal fondo del giardino, avessero preso, per effetto del caso o per quello ben orchestrato di una specie di fenomeno simile alla "generazione spontanea", la forma di un gatto concepito in quelle tenebre e che ne emergeva, estirpando la propria silhouette fuori dal buio per avanzare fin verso la terrazza rischiarata dalla luce della casa. Come un'oscura gestazione: qualcosa che nascesse dal niente, misteriosamente generato da una matrice di cui si fosse forata la tasca d'inchiostro, e che avesse versato le sue nere acque su quel terreno di sabbia espellendo insieme a esse la figura orfana di una creatura vivente.

Sgranando gli occhi per cercare invano di vedere da dove sbucasse quella vita.

Mi giravano in testa tutte queste idee. Ed ero ben conscio che avevano un che di sproporzionato, rispetto al loro oggetto. Cosa cui l'alcol e la noia certo non erano estranei. La notte scendeva sul giardino di una piccola casa in riva al mare dove un gatto, legittimamente attratto dalla prospettiva di un rifugio al coperto, veniva cinicamente a tentare la sua chance cercando di far commuovere un uomo a cavallo tra due età, non ancora vecchio ma non più proprio giovane, che fumava il sigaro con un bicchiere di whisky in mano, personaggio senza altro interesse se non che era l'unico, in sere come quelle, a poter aprire la porta che conduceva in cucina. Ben poco importava se il calare della notte gli ispirasse o meno malinconiche meditazioni sull'origine delle cose e il destino degli esseri.

Tutto qui.

Avrei fatto meglio a finire il mio bicchiere e andare a dormire.

Non c'era niente altro da dire in proposito. Allo stesso tempo, spiando così il buio, tentando di scrutare le ombre che vi prendevano forma, sorvegliando come si riempivano di un contenuto fino al momento in cui, acquisita un'esistenza autonoma, si staccavano dal niente e avanzavano lentamente verso di me, avevo la sensazione di riprendere attraverso lo sguardo un vecchissimo lavoro, abbandonato da tempo e da cui la vita mi aveva momentaneamente distolto.

Era una vecchia storia.

Ero solo un po' sorpreso che ricominciasse così.

Di nascosto

Era tanto tempo fa. Quanti anni potevo avere? Cinque o sei. Forse qualcosa di più. Bambino, me ne stavo a lungo sdraiato a letto cercando di cogliere il momento che precedeva il sonno in cui il mondo si sarebbe spento davvero. Lo aspettavo al varco. Bisognava innanzitutto lasciare che le tenebre avanzassero e riempissero la stanza. Dove prima c'erano la porta che dava sul corridoio, l'armadio con le ante che non chiudevano bene e lasciavano intravedere all'interno i ripiani ordinati, la finestra con il drappeggio teatrale dei tendoni tirati, la sedia su cui giacevano i vestiti malamente ammucchiati, si formavano le zone più scure. Non appena la luce scemava, il nero seppia della sera trasformava tutte le cose del giorno in vasti ammassi di niente, inesauribili cisterne d'inchiostro che diffondevano lentamente la loro essenza in aria, dandole la tinta sinistra di una specie di carta assorbente imbevuta di notte. Macchie sparse a caso si allargavano molto lentamente, fino a congiungersi, fluttuando dapprima nel vuoto; piccole nubi di materia nera che si agglutinavano in un unico cielo cupo occupando poco alla volta tutto lo spazio.

D'un tratto, inconsapevolmente, dovevo aver abbassato le palpebre e chiuso gli occhi sui quali il sonno già premeva. Era bastato un attimo di disattenzione perché di colpo quelle masse scure, staccatesi dallo sfondo senza che io me ne accorgessi, si spostassero un po' nella mia direzione. Un'onda saliva, annidata all'interno del tempo, che si dispiegava nello spazio dilagando al punto da inghiottirlo tutto. Ma era un movimento così lento che non potevo seguirlo con precisione, coglierne ogni momento. Non distinguevo niente del modo in cui quell'onda avanzava verso di me. Realizzavo che aveva guadagnato terreno solo quando ormai mi aveva già quasi raggiunto. Come se quel movimento in avanti dell'ombra, invece di essere continuo, avvenisse gradualmente attraverso un'infinità di minuscoli balzi nessuno dei quali era percepibile mentre aveva luogo. Quando l'onda aveva lambito un nuovo oggetto (il baule dei giocattoli, la libreria, e alla fine i piedi del letto), quest'ultimo veniva a trovarsi annesso al gran territorio d'ombra che in questo modo cresceva e la cui espansione, facendo cambiar loro apparenza, trasformava le forme familiari in enormi volumi astratti vagamente ritagliati nelle tenebre.

Mi raccontavo che ero sdraiato su una roccia o su una zattera, perso in mezzo a un oceano in un momento di bonaccia, pizzicato tra un cielo molto basso calato come un coperchio e l'acqua che saliva verso di me. L'angosciante tempo sospeso della grande calma piatta tra le tempeste. Preso tra due mandibole d'ombra. Il mondo simile a una scatola che si stava chiudendo su di me.

In cortile, durante la ricreazione, tutti i giochi erano più o meno simili a "Un due tre stella!". Di schiena, contando ad alta voce, battevi tre volte sul tronco di un albero contro il quale ti appoggiavi a occhi chiusi. Facendo sparire e riapparire la luce, mentre gli altri si spostavano furtivamente in avanti per raggiungerti. Dicendo quattro parole cantilenate: l'ultima che doveva ridare luce al mondo serviva da segnale perché il mondo stesso tornasse a immobilizzarsi. I bambini, per avvicinarsi di nascosto all'albero, che era la loro meta, dovevano approfittare di quei pochi secondi d'invisibilità. Perché essere visti in movimento li eliminava dalla partita e li costringeva a mettersi contro il muro dall'altra parte del cortile. Fino a che fatalmente uno di loro arrivava fino a te, ti posava la mano sulla spalla e prendeva il tuo posto ai piedi dell'albero.

Lasciarsi toccare, era lasciarsi morire.

La regola era sempre più o meno la stessa qualunque fosse il gioco. Lo si chiamava anche in altri modi: per esempio, il gatto e il topo, o lo sparviero. O anche il ragno. Tra l'uno e l'altro c'erano delle varianti. Ma il principio era pressappoco uguale. Ammesso che io non stia facendo confusione. Quello che veniva chiamato "il gatto" (o lo sparviero o il ragno), quando toccava uno dei bambini, scambiava il suo ruolo con lui. E l'altro prendeva il suo posto. Ma la cosa non era reciproca: perché, com'è noto, in base alle regole nessuno può restituire il ruolo appena ricevuto. Oppure lo catturava e lo faceva passare nel suo campo.

A volte le prede così catturate, tenendosi per mano, formavano una specie di catena in un angolo del cortile, aspettando che un giocatore ancora libero, arrivato lì, toccandole a sua volta annullasse l'incantesimo negativo che le teneva prigioniere, le liberasse e permettesse loro di tornare in partita. Ma il più delle volte, le vittime del gatto passavano al suo servizio, come se ognuna di loro diventasse gatto o come se il gatto si moltiplicasse prendendo possesso del corpo delle sue prede, ed esse allora per conto suo si mettessero in caccia degli altri bambini, braccandoli come topolini catturabili ovunque (tranne che in certi luoghi sopraelevati, per esempio le panchine o i gradini di una scala dove, a condizione di dichiarare: "Rialzo!", si era al sicuro). Fatalmente arrivava un momento in cui uno dei bambini, l'ultimo sopravvissuto, si trovava da solo contro tutti gli altri. E se la campanella non suonava in tempo, annunciando la fine dell'intervallo e la ripresa delle lezioni, non gli restava che ricevere il colpo di grazia.

O almeno così mi pare di ricordare.

Da tanto tempo ormai, quando passo vicino a una scuola all'ora della ricreazione e sento il rumore e le urla dei bambini in cortile, non ho il coraggio di guardar dentro. Però mi chiedo, non riesco a evitare di chiedermi, se i giochi che fanno siano sempre gli stessi e come, di generazione in generazione, senza che nessuno mai le abbia scritte, le regole, che ognuno di noi di volta in volta dimentica, si siano trasmesse in modo da far durare indefinitamente la grande guerra che da sempre, sotto forma di bambini, i gatti e i topi combattono.

Il gioco ricominciava sempre con il buio. Un immenso baldacchino d'inchiostro scendeva dal soffitto e andava a congiungersi con la falda nera che saliva dal pavimento. Le due metà del mondo si erano richiuse come delle mandibole. Oppure il contrario. Si erano allontanate come quelle di una bocca spalancata mettendo a nudo una gola che ingoiava tutto lo spazio nella profondità impensabile delle sue viscere. Perdevo completamente nozione delle dimensioni della stanza. La luce che arrivava dal corridoio attraverso la porta socchiusa era diventata così fioca che non rischiarava più. Tutte le forme si erano cancellate. Gli occhi, una volta abituati all'oscurità, si mettevano al lavoro, incapaci ormai di restituire alle cose il loro volto scomparso, immaginando a partire dal niente un altro universo, inventando i contorni di creature sconosciute che uscivano da quel vuoto simile a un buco, all'imboccatura di un tunnel che doveva risalire fino a un posto, più nascosto di tutti gli altri, che non portava da nessuna parte, oppure in un territorio così lontano che si doveva supporre fosse quello da cui il mondo stesso era scaturito. Chiudevo gli occhi. Li riaprivo. Parecchie volte. Come se volessi battere in velocità tutti quegli esseri che si arrampicavano o fluttuavano verso di me, sorprenderli in flagrante delitto di esistenza, mentre avanzavano da ogni lato intorno al mio letto, e si richiudeva sul mio rifugio la loro soffocante morsa ovattata.

Ma nel momento in cui stavo per addormentarmi spuntava fuori dal buio quel qualcosa cui non potevo dar nome e che si riduceva alla semplice espressione di una figura a brandelli: una sorta di nube fatta di una materia più nera del resto della notte, che fluttuava staccata da terra, materia leggermente luccicante poiché brillava di vaghi riflessi. Che avanzava impercettibilmente nel silenzio. E io non sapevo se aspettavo oppure temevo il momento in cui, alla fine, mi avrebbe raggiunto, momento che però non arrivava mai perché era proprio quando la sentivo ormai vicinissima che sprofondavo del tutto nel sonno.

Vagamente pensavo che quella cosa mi avrebbe toccato rendendomi simile a lei, che mi avrebbe fatto diventare "gatto", ed essendo già prigioniero dei miei primi sogni, ridotto al mutismo, incapace di articolare anche solo una parola o di emettere un grido, non avevo nemmeno la risorsa di dichiarare: "Rialzo" lì dal mio letto.

È certamente così che le cose sono andate. E comunque per ora è più semplice presentarle come se si fossero svolte in questo modo: un gatto era arrivato una sera, nelle circostanze che ho raccontato. E poi? Poi, niente. Anzi, qualcosa sì. Il mio pensiero prendeva via via un andamento che persino a me sembrava piuttosto insolito. Me ne accorgevo. Si staccava poco alla volta da tutti gli oggetti consueti della vita. E non potevo confidare a nessuno quello che mi stava succedendo perché io stesso non ne sapevo quasi nulla.

Da quando era iniziato il tutto? Neanche questo avrei saputo dire. Non pensavo che un avvenimento insignificante come quello che ho descritto avesse ragionevolmente potuto generare la minuscola metamorfosi che osservavo in me. Prestavo attenzione a cose da nulla: la forma sfuggente di un gatto che passava in fondo al giardino con intorno un movimento di ombre che circolavano tra le cose e interessavano poi tutto il contenuto della creazione.

Ho finito per dire "il tuo gatto". Perché lei lo aveva visto per prima. Ma non era neanche suo. Era di qualcun altro. O più probabilmente di nessuno. Poco alla volta ha preso l'abitudine di tornare. In un primo tempo in giardino. Poi nel capanno che aveva la porta sempre socchiusa e dove lei gli ha messo un cesto, una coperta, dell'acqua e del cibo. Infine, fatalmente, in casa, dove, un giorno in cui io non c'ero, lei lo ha lasciato entrare e lui si è sistemato. E siccome in quella casa noi abitavamo solo saltuariamente e mai tutti e due insieme, mentre lui ci passava la maggior parte del suo tempo, l'inquilino principale è diventato lui. Quando dormivo lì, avevo l'impressione che fosse il mio ospite. Intendo dire che fosse lui a ricevermi in casa sua.

Vivevo uno dei momenti più calmi della mia vita. Avevo l'impressione di essermi preso una specie di lunga vacanza dall'esistenza. Come se mi fossi ritirato in una modesta stazione balneare per una villeggiatura al riparo da qualunque intromissione. Una sorta di periodo sabbatico. Fuori stagione. Un congedo negoziato con l'universo e da lui concessomi. Anche se ovviamente non era proprio così. Per ironia, anzi, agli occhi degli altri passavo per essere qualcuno di piuttosto impegnato. Basta poco, a volte, per dare un'illusione del genere. E non c'è niente di più facile che starsene poi al riparo di quella copertura, camuffando dietro l'ostentazione di un'agenda molto carica il fatto che non si fa niente. Il che, curiosamente, finisce per essere a sua volta un'attività a tempo pieno.

Il *dolce far niente*. Come una lunghissima domenica. In cui non avendo altro modo per impiegare dignitosamente il proprio tempo, ci si inventa ogni sorta di missioni importantissime delle quali si immagina di essere misteriosamente incaricati: guardare le nuvole che passano, ascoltare l'erba che cresce, andare a controllare il movimento delle maree. Per quel che mi riguarda, ero impegnatissimo a occuparmi di un gatto. Le sere in cui dormivo lì (poteva capitare anche due o tre volte in una stessa settimana, ma poi magari nessuna per più di un mese), le passavo così. Se non lo vedevo entrando dal cancello, mi mettevo subito a ispezionare i luoghi in cui poteva essersi rintanato, dove aveva la sua cesta e la sua ciotola, e poi i dintorni immediati della casa. Percorrevo i due o trecento metri che portavano al mare. Camminavo lungo il viale bordato di alberi molto alti e di cespugli dai quali varie volte lo avevo visto sbucare. E se non scorgevo tracce del suo passaggio, tornavo alla mia postazione in giardino, accanto all'albero cui mi appoggiavo, piantato davanti alla terrazza con il mio sigaro e il mio bicchiere di whisky, fissando il muro di fondo della proprietà, la piccola apertura triangolare dietro la ginestra tutta secca, là in piedi a contemplare l'oscurità che avanzava verso di me.

Non dico che occupavo tutto il mio tempo così. Però era una specie di appuntamento cui non mancavo.

Se mi mettevo a fare il punto sulla mia vita, mi rendevo conto di quello che potevano pensarne gli altri, automaticamente convinti del fatto che se non ero completamente pazzo, dovevo comunque essere almeno un po' disturbato, cosa del resto ampiamente comprensibile, visto ciò che sapevano (o credevano di sapere) della vita che conducevo da più di quindici anni, quelli ormai trascorsi da quando era morta la mia unica figlia, e dato che a modo mio, pur continuando a esserci e a interpretare il mio ruolo come chiunque altro, mi ero però un po' ritirato dal mondo, seguitando a intrattenere rapporti con i miei simili, ma sparendo non appena ne avevo l'occasione, non avendo legami se non con una manciata di persone, essendomi rifugiato dentro una solitudine protetta dalla quale uscivo solo per manifestarmi periodicamente sotto forme che, in generale, per via del loro apparire improvviso e intempestivo, più che altro scoraggiavano, e con successo, le eventuali velleità che certi avrebbero potuto avere di annodare o riannodare una relazione con me.

Avevo l'impressione di aver fatto un passo a lato (più esattamente mezzo passo a lato), e che una metà di me stesso se ne stesse ormai fuori dal mondo. Se volevo capire perché, la cosa più semplice era pensare che la ragione ne fosse quella che ho detto. Ma se io avevo reagito così, mentre a molte persone che avevano vissuto un'esperienza analoga palesemente non accadeva la stessa cosa, significava che forse c'era una causa più remota, una predisposizione del mio temperamento cui quel fatto aveva dato occasione di manifestarsi.

Ero contemporaneamente dentro alla vita e fuori di essa. Ma forse esagero l'anomalia della mia condizione. Può anche darsi che sia così per tutti.

Pazzo? Sia pure. Ma, a essere sincero, devo dire che la mia mente era sempre stata piuttosto solida e continuava a esserlo. Non avevo perso in alcun modo il senso della realtà. Non avevo visioni, non sentivo voci. Non attribuivo nessun valore soprannaturale ai segni che passavo un po' del mio tempo a osservare nel buio. E comunque, se devo dire la verità, ripeto, non è che mi succedesse poi così spesso. Nel parlarne finisco per dare un'importanza eccessiva a ciò che in realtà era solo una mania passeggera e inoffensiva. Raccontare la propria vita falsifica sempre la prospettiva, ed è esattamente per questo che non c'è nulla di più imprudente che dare credito a ciò che gli altri, per quanto sinceri, dicono di loro stessi. Ci vuole poco a ingigantire cose da niente.

Per cercare di restare il più fedele possibile ai fatti, avevo solo la strana sensazione che nella mia vita si ripetesse qualcosa che mi riportava verso le mie prime angosce stupefatte dell'infanzia. La mia infanzia, quella di tutti gli altri uomini, quella del mondo. C'è il giorno. C'è la notte. Migliaia di volte, miliardi di volte. E persino di più se si pensa che questo modo di misurare il tempo valeva già prima dell'epoca in cui si è messo a girare il meccanismo regolare dell'orologeria celeste in seno al nostro piccolo sistema solare.

Ma in un certo senso è come se la cosa accadesse un'unica volta. Il giorno, la notte. Per sempre. In realtà il contrario. La notte, il giorno. Ci fu la notte, poi ci fu il giorno. Come dicono tutte le leggende quando raccontano che l'oscurità partorì la luce. È sempre la notte insomma che precede il giorno. La seconda esce dalla prima. E poi però torna la notte, che è il momento più vero della vita.

Ho parlato di metamorfosi. Ma anche questa è una parola troppo grande per la cosa a cui la attribuisco. Esteriormente, non ero cambiato in niente. E comunque, non in maniera spettacolare. Nessuno intorno a me aveva fatto apprezzamenti. Ero io che osservavo quelle piccolissime trasformazioni. E ancora. Solo quando ero completamente solo. Per questo succedeva soprattutto quando trascorrevo delle serate nella casa vuota senza compagnia.

Ero me stesso e anche un altro, ma che era anche lui me stesso. Nessuno dei due era più vero dell'altro. Ognuno degli esseri di cui parlo era me quanto l'altro e la loro coesistenza era pacifica. Semplicemente abitavano due universi distinti che, di sicuro, ne formavano uno solo ma che erano talmente estranei da diventare quasi isolati uno rispetto all'altro, entrambi appena consapevoli dell'esistenza del vicino.

Uso le parole che posso. Quelle che ho appena utilizzato suggeriscono a torto che ognuno dei due mondi si situasse a fianco dell'altro. Intanto dico due mondi. Ma è già una semplificazione. Ce n'erano ben di più. Niente vietava di pensare che ce ne fosse un'infinità. E poi quei mondi innumerevoli, ciascuno dei quali ospitava un'immagine di me, non apparivano in alcun modo come giustapposti. Davano piuttosto l'impressione di essere, diciamo così, uno dentro l'altro, come se realizzassero il prodigio di occupare lo stesso spazio pur rimanendo leggermente distinti gli uni dagli altri.

Dal mio punto di vista, la particolarità dell'esperienza consisteva proprio nel fatto che tutti quegli universi si situavano su un piano equivalente, senza nessuna gerarchia tra loro, e che nessuno di essi poteva vantarsi di possedere un grado maggiore di realtà (o d'irrealtà) rispetto agli altri. Ed è qui che il linguaggio faceva un po' difetto. Il linguaggio! Ma no, sono troppo sbrigativo. Non il linguaggio. Ero capacissimo di spiegare a parole quello che avevo in mente. Non smettevo di spiegarlo a me stesso. Avrei potuto spiegarlo anche ad altri (se ci fosse stato qualcuno a cui confidare tutte quelle meditazioni di cui non sottovalutavo il carattere decisamente ozioso). No, non erano le parole a mancare. Erano le immagini. Non ce n'era nessuna, nell'ambito dell'esperienza comune, che corrispondesse a quello che dicevo: migliaia di mondi con altrettanti me all'interno di ognuno di essi, che occupavano la stessa porzione di spazio e di tempo, ma erano impercettibilmente sfasati gli uni rispetto agli altri e ognuno dei quali poteva a pari diritto ritenere di essere all'origine dei successivi. Era qualcosa che potevo raccontare (anche ad altre persone). Ma di cui non potevo fornire nessuna rappresentazione (neppure a me stesso).

Non c'erano immagini adeguate. Potevo tradurre la condizione in cui vivevo in un linguaggio psicologistico, questo sì. Spiegare come da anni, da sempre forse, avessi l'impressione di ondeggiare nel vuoto, senza riuscire mai a trovare un punto di riferimento nello spazio e nel tempo. Come levitassi liberamente in un universo dalle coordinate assenti, senza più distinzione tra l'alto e il basso, il vicino e il lontano, il prima e il dopo. Con la convinzione di non essere più altro che una forma cava che fluttuava in un universo a sua volta totalmente disorientato. Non penso che non fosse vero ciò che in effetti poteva essere espresso in modo molto semplice e familiare affermando che avevo smarrito l'orientamento, o perso la bussola, come si suol dire. In quindici anni, ne avevo avuto di tempo per lasciare che queste idee mi girassero e rigirassero in testa e per capire che il fatto di cui ho parlato mi aveva totalmente privato del senso comune. Uso la parola "senso" nelle sue due accezioni. Voglio dire che trovandosi privata di ciò che avrebbe potuto darle un significato, la mia esistenza si trovava ugualmente sprovvista di ciò che avrebbe potuto fornirle una direzione. O viceversa.

Quanto ai termini, un discorso del genere rendeva conto in maniera abbastanza soddisfacente del mio stato. Ma come rappresentazione, il risultato era molto scarso. Non riuscivo a trovare un'immagine appropriata e cominciavo a pensare che non esistesse. Ero un po' nella condizione di qualcuno che cerchi di raffigurarsi mentalmente un oggetto a *n* dimensioni (come dicono i matematici) quando la nostra esperienza immediata, quella dello spazio, ce ne consente solo tre cui tutt'al più se ne può aggiungere una quarta, quella del tempo, di cui crediamo all'incirca di sapere a che cosa corrisponde. Ma non appena si passa a cinque e a maggior ragione se si va oltre, la mente dichiara forfait. Non è che non si possa concepire astrattamente un simile spazio con i relativi oggetti. Esistono delle dimostrazioni matematiche che permettono di farsene un'idea, e che non sono neanche troppo complicate visto che vengono insegnate al liceo. Ma per quanto ci si spinga in là con il pensiero, non c'è modo di farsi un'immagine della cosa. E tentare di riuscirci porta a confrontarsi con chimere spaventose almeno come quelle delle favole più terribili.

Un vero e proprio rompicapo cinese.

Credo siano analogie di questo tipo che mi hanno preparato all'esperimento concettuale di cui parlavo prima. Anzi no, è il contrario: l'esperimento concettuale che avevo intrapreso mi ha indotto a far ricorso a quelle analogie. Mi esprimo in maniera molto approssimativa: perché uno spazio a dimensioni multiple non è uguale a quegli universi in serie che evocavo poco fa. Il primo mi serve come equivalente dei secondi per esprimere la stessa incapacità del pensiero a produrne una rappresentazione mentale. Voglio dire semplicemente (sì, semplicemente, passatemi il termine) che ho cominciato a pensare che la condizione nella quale mi trovavo, non potevo più accontentarmi di convertirla nel linguaggio psicologistico un po' povero di cui mi ero servito fino a quel punto, perché quella traduzione, pur non essendo falsa, appiattiva miseramente la realtà obbligandola a prendere posto in uno spazio che, avendo molte meno dimensioni di quella realtà, la sminuiva e ne dava un'immagine decisamente troppo limitata.

Prendete un volume (un oggetto a tre dimensioni). Proiettatelo su un piano (uno spazio a due dimensioni). Otterrete un'immagine fedele ma incompleta – dato che, una volta effettuata la proiezione, viene per l'appunto a mancare una delle tre dimensioni. Oppure se preferite, è lo stesso, immaginate di giocare alle ombre cinesi. Fate in modo che si profili su uno schermo, per esempio un foglio bianco, la forma di un oggetto illuminandolo da dietro con una fonte luminosa. Otterrete una sagoma. Ma non altro. Quella sagoma non vi dirà niente della profondità dell'oggetto che avete esposto alla luce. E l'immagine così ottenuta può rivelarsi molto ingannevole. Una stessa immagine può corrispondere a vari oggetti di apparenze diverse. Oppure lo stesso oggetto può prendere svariate forme.

Ombre cinesi.

Mi sono messo a guardare tutto con altri occhi. La cosa durava da anni. Tutte le figure fantastiche che un simile teatro può generare mi erano diventate familiari. Raccontavo a me stesso le loro storie nel buio. Come quel bambino di cui parlavo e che, mi rendevo conto, non avevo smesso di essere.

Prima o poi, arriva nella vita di tutti il momento in cui si aprono gli occhi nel buio e s'inizia a provare inquietudine per ciò che si vede davanti a sé, perché di colpo ci si accorge che tutto quello che si pensava di sapere deve essere riformulato a partire da nulla. Una visione improvvisa viene a farci visita. Il più delle volte straordinariamente fugace. Il tempo di un batter d'occhi. Quando le palpebre si abbassano e di colpo il pesante sipario di niente che sta dietro al mondo sembra venire in primo piano e coprire tutto il resto.

Ma parlo in maniera troppo enfatica. È tutto molto più semplice. Ci si ritrova lì con il buio della notte davanti. Ed è allora che torna il tempo delle questioni essenziali.

Come ho già detto, le cose cominciano a esistere solo nel momento in cui decidiamo di crederci. Di conseguenza dobbiamo fare molta attenzione alle storie che ci raccontiamo, perché di tutte quelle storie, una volta che abbiano acquisito anche solo l'inizio di consistenza di un racconto qualsiasi, non ce n'è nessuna che prima o poi non diventerà vera.

La storia, quando se ne prende coscienza, è già sempre cominciata. La mia aveva ora acquisito un aspetto imprevisto e piuttosto insolito pur nella sua banalità. Era troppo tardi per cambiarla. Non avevo più altra scelta che andare là dove mi conduceva. Un gatto era arrivato una sera in giardino. Sorto nel buio dal nulla. Come se qualcosa in sospeso nel vuoto si fosse di colpo materializzato davanti ai miei occhi sotto quella forma.

Mi rendevo conto che, se avessi avuto una mente da filosofo o da scienziato, avrei saputo prevedere le conseguenze dell'esperimento cui mi stavo esponendo. E che avventurandomi su quella strada, non avrei più potuto tornare indietro. Perché avrei dovuto rivedere tutte le nozioni istintive in base alle quali avevo sempre pensato. E questo superava di molto le mie possibilità intellettuali e mentali. Per non parlare del mio coraggio e della mia energia. Sicché la cosa più ragionevole era limitarmi, per il momento, a ciò che avevo sotto gli occhi.

Ovvero: quel gatto nel buio della notte. Cercando di risolvere almeno i problemi che mi poneva, che per me erano già abbastanza complicati e che comunque equivalevano a tutti gli altri. Scoprire chi era, da dove veniva e soprattutto verso cosa mi conduceva. Come se fosse stato una specie di esploratore infilatosi tra cose oscure, il messaggero di una vaga rivelazione.

Ma messaggero di cosa?

Tornava insomma il tempo delle questioni essenziali. Sono sempre i bambini a porle. Quelle che gli adulti lasciano senza risposta, sostenendo che non ne hanno (tranne a volte i filosofi, gli scienziati, o i poeti). Sprovveduti come i più piccoli. Arrivando più o meno alle loro stesse conclusioni (alla stessa assenza di conclusioni).

– Dove si è prima?
– Prima di essere nati?
– Sì.
– Nella pancia della mamma.
– Questo lo so.
– Allora?
– Tutti?
– Sì, tutti.
– Ma prima?
– Prima di cosa?
– Ancora prima?

Non si sa chi parla. È una conversazione come se ne sentono di notte. Dalla notte dei tempi. Due voci si rispondono. Non si può dire a chi appartengano. Né se siano voci di oggi o voci di una volta. Esseri che devono ancora nascere o scomparsi da tempo. Un dialogo tra due ombre. Le sento spesso nella mia testa, quando il mio pensiero gira a vuoto nei momenti d'insonnia. Un bambino parla a suo padre. Oppure a sua madre. Io parlo a qualcuno. A nessuno. Sicuramente a me stesso. O piuttosto: sto zitto. Li ascolto. Cerco di prestare orecchio a quello che si dicono. È un'occupazione cui mi dedico da anni ormai. Cercare di cogliere delle parole nel buio. Come per convincermi che la nostra vecchia conversazione non è finita, che in qualche posto prosegue.

Perché esiste qualcosa anziché niente? La domanda sembra sia di Leibniz. Avrebbe fatto bene a fermarsi lì e a non cercare di dare una risposta, invece di dichiarare, come ha fatto, che dato che – anziché niente – qualcosa era, bisognava innanzitutto che qualcuno lo avesse deciso.

Un bambino ne sa di più.

– Ma prima degli uomini?

– Prima degli uomini, c'erano gli animali sulla terra. E sulla terra, con gli animali, anche tutto quello che conosciamo: gli oceani, le montagne, le foreste, i fiumi e i fiori, con sopra il cielo, le nuvole, e poi più lontano il sole, la luna e tutte le altre stelle.

– E ancora prima?

– Ancora prima?

– Sì, prima della terra, del sole, della luna e di tutte le altre stelle in cielo?

– Prima, non lo so. Se c'era già qualcosa, non c'era nessuno per vederlo.

– La notte buia.

– Una cosa del genere.

– Senza luce?

– Senza niente.

– Ma allora da dove sono venuti il cielo, il sole e poi la terra e tutto il resto?

– Da nessun posto.

– Chi li ha messi lì?

– Non si sa. Nessuno, credo. Certi dicono che è stato qualcuno.

– Chi?

– Lo chiamano Dio.

– Chi è?

– Nessuno lo conosce. Certi credono che esista altri no.

– E tu?

– Io non credo. Penso solo che all'inizio non ci fosse nient'altro che il niente.

Quando mia figlia era ancora viva, ed era piccola piccola, e la malattia la teneva sveglia la notte, e chiamava, io salivo da lei, prendendo la vecchia scala di legno rosso che portava alla sua stanza. Dato che a volte nonostante la morfina il dolore le impediva di dormire, mi allungavo al suo fianco e le raccontavo delle storie. Racconti per bambini che le parlavano di lei e di noi. Credo che da me si aspettasse solo quello, la musica tranquillizzante di una voce familiare che sussurrava per lei nel buio. E quando avevo esaurito tutte le storie che conoscevo, parlavamo ancora a lungo prima che arrivasse finalmente il sollievo del sonno o che spuntasse il giorno, e la luce filtrasse dall'unica finestra nel tetto mansardato della stanza. Adesso mi dico, anche se so che è assurdo, che voleva, prima che fosse troppo tardi, che le raccontassi, come se le avessi sapute, tutte le storie del mondo: tutto ciò che era, tutto ciò che era stato, tutto ciò che sarebbe stato, tutto ciò che avrebbe potuto essere. Dall'inizio impensabile delle cose. E siccome io quelle storie non le conoscevo, me le inventavo.

Credo sia a quell'epoca della mia vita che mi sono messo a parlare. Più di quindici anni fa ormai. Prima non avevo mai detto niente. Semplicemente per accompagnarla con le parole di una voce amica. Incapace di fare altro per lei. Non ho più smesso da allora. Anche se lo faccio in un altro modo. Faccio le domande e le risposte. Le presto la mia voce. Anzi è lei che mi presta la sua. Sogno sempre meno spesso. Ma la notte, a volte, nella mia testa c'è lo stesso una specie di piccolo conciliabolo. Riprendo il filo interrotto della nostra conversazione là dove lo avevamo lasciato. Le avevo promesso di dirle la storia fino alla fine. Tengo parola come posso. "Tenere parola", è curioso come questa espressione dica la verità. Tra le mani non teniamo nient'altro che parole. Perché non cadano a terra con tutto il resto. Oppure perché non c'è nient'altro cui possiamo aggrapparci. Per non cadere a nostra volta nel vuoto dove tutto ci trascina.

– E all'inizio di tutto?
– Niente di niente. Come quando è buio pesto.
– Per tanto tempo?

– Tantissimo. Dato che non c'era il sole, non si potevano contare i giorni. Come se il tempo non fosse cominciato.

– E dov'era?

– Dappertutto. In nessun posto. Un grande vuoto. L'universo con niente dentro.

– E accanto?

– Niente neanche fuori. Come una nuvola nera non più grande di un granello di polvere e che conteneva tutto.

– Le stelle, i pianeti e tutto quello che c'è sopra?

– Tutto quello di cui ogni cosa sarebbe stata fatta.

Non ho mai saputo se era la morfina – o un altro di tutti quei farmaci che era costretta a mandare giù. Non ho mai cercato davvero di saperlo. Bastava che la sofferenza si calmasse un momento. Allora, dava l'impressione di lasciarsi andare a un delirio molto tranquillo. In quello che diceva c'era una poesia strana. Come càpita a tutti i bambini di quell'età. Ma in lei con qualcosa di ancora più insolito. Che derivava forse dall'effetto delle sostanze sul suo cervello. Oppure dalle condizioni in cui la malattia l'aveva messa e alle quali lei rispondeva come poteva. A volte inventandosi a voce alta delle storie che potevano sembrare sconclusionate, se non le si seguiva con attenzione, ma nelle quali, se ci si entrava con lei, si vedeva srotolarsi il filo di seta, sinuoso ma molto coerente, di una parola che avanzava a tentoni nel buio. Come in un racconto che costruiva a modo suo. Seminando dietro di lei parole simili a sassolini bianchi che brillavano sotto la luna per segnalare il sentiero che, voleva credere, l'avrebbe condotta lontano dall'orco e dalla sua foresta.

Ora ho dimenticato quello che diceva di preciso. A volte penso che devo averne cancellato il ricordo apposta. Perché di sicuro sarei stato incapace di sopportarlo e di continuare a vivere. Allo stesso tempo mi chiedo però come posso non ricordarmi. Se ritrovassi una parola, una frase, sarebbe come se d'un tratto, nella mia notte, inciampassi con un piede in uno dei sassolini che lei aveva lasciato. E allora avrei solo da seguire la strada che mi porterebbe da lei.

Si sarebbe detto che sognava pur essendo mezza sveglia. Nei momenti più bui. Ma quando le cose andavano un po' meglio, quel sogno continuava. E lei lo raccontava a chiunque volesse ascoltarlo. E tutti cadevano a loro volta nell'incantesimo. Non so più chi di noi due avesse dato all'altro quell'idea assurda, anzi preso l'altro in quell'idea assurda: che bisognava a ogni costo continuare a raccontare, che finché la storia non fosse finita, non ci sarebbe potuto succedere niente, a lei, a sua madre e a me. Anche se si doveva ricorrere a un racconto insensato, purché abbastanza ampio da contenere in sé tutta la memoria dei mondi.

– E allora?

– Allora quella polvere di nuvola è diventata come una nuvola di polveri.

– Era freddissima come un fiocco di neve di notte in inverno?

– No, anzi, era molto calda. Come la brace. O come il fuoco che brucia sotto la pentola che bolle. Con il coperchio che si solleva e il vapore che va dappertutto.

– Una casseruola con il latte che versa.

– Ma minuscola, e con il contenuto che si sparge tutto intorno…

– Che si rovescia e riempie tutto il cielo…

– Sì.

– Allora è per quello che si dice la Via Lattea…

– Con tutto quello che si vede e che non è quasi nulla. E tutto quello che non si vede e che è molto di più. Perché tutto era prigioniero dentro alla nuvola. Anche la luce che non poteva uscire.

– E dopo sono arrivate le stelle?

– Molto tempo dopo. Enormi, ma come delle macchioline bianche rispetto all'immensità nera del vuoto tutto intorno.

– Molto lontano.

– Così lontano che prima che la loro luce arrivi fino a noi, certe sono già morte.

– Sono morte da tanto tempo ma si vede ancora la loro luce?

– Sì.

– Tu riesci a immaginarlo?

– No.

– Neanche io. È un'idea troppo grande perché la testa possa contenerla tutta.

La notte in cui è morta è stata credo l'unica notte bianca della mia vita. Non volevo dormire, al suo capezzale. Ero deciso a non perdere neanche uno di tutti i secondi, ormai così pochi, che rimanevano. Il cancro aveva colpito l'altro polmone. Intubata. Emergeva confusamente a intervalli molto irregolari dal sonno farmaceutico in cui l'avevano immersa in attesa che il cuore si fermasse. Con quella lingua di plastica che sprofonda in gola e impedisce di articolare anche solo una parola. Allora sono io che per ore, seduto sul bordo del suo letto, nel reparto di terapia intensiva, mi sono messo a parlare. Ininterrottamente. Senza sapere che cosa sentisse. O se sentisse.

Inanellando povere storie che non so assolutamente più cosa mai potessero significare. Di cui non ho nessun ricordo. Neanche minimo. Cercando certamente di spiegarle ciò che io stesso, ovviamente, non capivo. Sussurrandole all'orecchio qualcosa che pensavo di inventare e che credo assomigliasse molto a quello che una volta si chiamava un viatico. Gli spiccioli delle parole che si affidano ai morenti con l'idea idiota che serviranno loro per pagare il prezzo del passaggio verso quel nulla che viene scambiato per un altro mondo. Parlando per nessuno. Nel caso in cui ci fosse stata una possibilità su un miliardo che sentisse, mentre il nero della notte saliva verso il suo letto, come un macabro telo di nulla che il tempo tirasse sul suo corpo, sulla sua mente.

Ma a che scopo raccontare ancora una volta tutto questo?

– Sono morte da tanto tempo ma si continua a vedere la luce?

– Chi?

– Le stelle, hai detto.

– Sì.

– Credevo che essere morti fosse come dormire al buio.

– Sì, credo che sia così.

– Ma senza incubi?

– Senza incubi.

– Allora?

– Chi è morto dorme al buio. Ma gli altri continuano a vedere la luce che fa.

– Sempre?

– Finché la luce viaggia nel vuoto e c'è qualcuno da qualche parte che guarda il cielo in cui passa.

– Allora non finisce mai.

– No, in un certo senso non finisce mai.

Naturalmente ho inventato tutto quello che ho appena scritto. Preferirei potermi ricordare. Dire qualcosa di vero. Invece di conversare con me stesso.

Oggi non so più niente di quello che lei diceva a me né di quello che io dicevo a lei. Sono parole che fluttuano nel vuoto. Non appartengono a nessuno. Come piccole stelle che filano in cielo e la cui luce brilla ancora benché da anni ormai si siano spente.

Né si sa chi parli così nella notte. Non si sente più nulla se non quel brusio nel buio.

Quella notte? Oppure un'altra? Come sapere di preciso quando una storia comincia?

Quella che mi trovo oggi a raccontare era iniziata con quella "prima volta" di cui ho parlato, quando, *sotto forma di gatto*, qualcosa era apparso in fondo al giardino. Salvo che quella "prima volta" non lo era stata davvero, lo sapevo bene. In effetti l'avevo chiamata così solo molto tempo dopo e in seguito a un certo numero di altri fatti in base ai quali ero stato indotto a ritenere che con quella volta qualcosa fosse cominciato. L'avevo forse cioè semplicemente inventata per dar senso a quello che era successo dopo. E anche supponendo che possa essere considerata come il primo elemento della serie di fatti sui quali ormai concentravo la mia attenzione, era evidente che quel momento, il momento di quell'apparizione *sotto forma di gatto*, figurava a sua volta come ennesimo elemento di tutta una serie di altre serie dove occupava posizioni variabili cui di volta in volta corrispondevano significati diversi. Di modo che, per capire che cosa faceva di quel momento una "prima volta", bisognava cercare di capire quale fatto avvenuto in precedenza gli avesse dato un senso, cosa che in pratica gli toglieva il suo valore di "prima volta".

Ecco che quindi non c'era una "prima volta". Nella fattispecie, era stato necessario tutto un accumulo di vaghe annotazioni mentali perché io decidessi che queste ultime dovevano avere una loro causa in un fenomeno di cui in un certo momento sarei stato testimone: una sera, un gatto apparso in fondo al giardino. E, non appena avevo iniziato a pensare la cosa, cercando di guardare nel buio da cui era uscita, ero stato sospinto verso altre notti simili, ognuna delle quali poteva benissimo essere considerata come l'annuncio o viceversa come l'eco di quella lì.

La stessa notte dalla notte dei tempi in cui, tra le ombre, un bambino sgranava gli occhi.

Oppure c'erano solo delle "prime volte". Era sempre la stessa che si ripeteva. A ogni istante, tutto ricominciava. A partire da niente. Tutto ciò che era stato, tutto ciò che era, tutto ciò che sarebbe stato, in qualunque momento, esisteva da capo come se fosse sempre la prima volta. Sicché quel fatto insignificante di un gatto che una sera era uscito dall'ombra valeva per tutti gli altri, e grazie a esso tutto ciò cui si assisteva finiva per confondersi con uno spettacolo vecchio quanto il tempo che contiene in sé tutte le notti, ma è insieme nuovo come ogni notte: l'ininterrotta nascita del mondo, interminabilmente ripetuta, come se, lì davanti a noi, si stesse formando nel buio.

Ecco perché, per paradossale che possa superficialmente sembrare, nessuna storia comincia mai dal suo inizio. Semplicemente si fa finta a posteriori che sia andata così. Dicendo "C'era una volta" e indicando un momento del passato da cui tutti i successivi sono supposti derivare. Salvo che gli effetti creano le cause non meno di quanto le cause creino gli effetti. È solo a partire dall'istante in cui ci si mette a considerare un fatto, che diventa possibile (e persino necessario) cercargli un'origine, e quindi risalire il corso del tempo, percorrendolo inevitabilmente alla rovescia.

Sulla scena del teatro d'ombre che era diventato il giardino, quella notte mi rimandava allora ad altre notti di cui essa poteva essere considerata tanto l'ultima (dato che era la più recente) quanto la prima (dato che era quella che mi aveva dato accesso alle altre). E di conseguenza si confondevano tutte. Compresa la più lontana.

Cercavo insomma il momento da cui era venuta fuori la mia vita. Ogni immagine serviva da schermo a un'altra di cui a sua volta essa lasciava vedere l'ombra in trasparenza di modo che, su tutte quelle superfici così sovrapposte, c'era un unico nucleo di niente, venuto dall'infanzia, che proiettava la sua assenza d'immagine in mezzo a tutte le notti di cui parlo.

A monte di tutto quello che avevo vissuto, passando attraverso la scena che evoco, si sarebbe dovuto poter risalire fino alla prima di tutte le "prime volte". Una sorta di genesi: nelle mie fantasticherie, è così che vedevo lo spettacolo offertomi da quel gatto, che era sbucato dal nulla e aveva ricavato la sua forma dal vuoto. Come se con lui, dentro a quel laboratorio a cielo aperto in cui si era trasformato il giardino, sotto le sembianze di un esperimento concettuale che aveva luogo nella notte, assistessi al fenomeno tramite il quale un tempo qualcosa era uscito dal nulla.

Da principio, l'assenza di tutto. L'oscurità impenetrabile. Immensità di materia nera a tener prigioniera la luce. Un muro invalicabile a fermare lo sguardo. E poi l'apparizione di quel qualcosa la cui espansione riempiva lo spazio e il tempo a mano a mano che li creava, facendo così nascere tutto ciò che è.

Come? Nessuno ne sa niente. Neanche gli scienziati che pure se ne occupano di mestiere e che, quando sono onesti, ammettono che quelle che loro inventano sono favole e aggiungono che non è colpa loro se i profani le confondono imprudentemente con la verità. Spiegano che tutto sarebbe cominciato circa quattordici miliardi di anni fa e che sarebbe quindi possibile risalire a un momento iniziale. Ma precisano subito che quest'ultimo (il famoso "Big Bang") non avrebbe nessun'altra esistenza se non quella fornitagli da estrapolazioni molto azzardate che mirano ad applicare a un tal momento originario teorie incapaci di renderne conto, viste le condizioni estreme che lo caratterizzano. Inventano per le esigenze del caso un'immagine (il quasi altrettanto famoso "muro di Planck") per indicare la frontiera oltre la quale è impossibile sapere qualsiasi cosa di ciò che fu.

Cosicché si può dire praticamente tutto ciò che si vuole sull'origine dell'universo – persino mettere in dubbio che parlare di origine a proposito dell'universo abbia senso. Immaginando che tutto sia uscito da un punto minuscolo che contiene in sé la totalità di ciò che è e proietta la sua materia ai quattro angoli di un universo in continua espansione. Oppure, altra ipotesi, che fu il vuoto, come un campo tutto pieno di particelle virtuali, che, in virtù della propria energia, fece esistere le particelle stesse con la sua sola vibrazione. Senza stare a citare altre teorie tutte in contraddizione le une con le altre e che, agli occhi di qualcuno poco informato come me, si distinguono solo per il loro più o meno grande valore poetico.

Favole, niente altro che favole, nonostante le osservazioni su cui si basano e i calcoli che le dimostrano. Finzioni. Per cui non c'è poi troppo da stupirsi se assumono esattamente la forma delle leggende che sono servite da modello per la loro creazione e se ricorrono a immagini analoghe per cercare di mostrare ciò che sono incapaci di esprimere.

E in fin dei conti chi racconta a se stesso queste favole non è né più lontano né più vicino al vero del più evoluto tra gli scienziati poiché entrambi rimangono a egual distanza rispetto alla cosa di cui si occupano, sottratta loro da un identico muro invalicabile d'ignoranza ai cui piedi entrambi si fermano e di fronte al quale entrambi si ritrovano a fantasticare, non diversamente uno dall'altro.

Ragion per cui il mio personale esperimento valeva quanto quello di un altro. Del resto, forniva dell'universo e della sua nascita una rappresentazione abbastanza conforme rispetto a quella che se ne poteva trarre dai libri degli scienziati (a condizione di leggerli come li leggevo io). Un vuoto assoluto per il quale le nozioni stesse di spazio e di tempo avevano cessato di essere pertinenti, come se, per acquisire una loro consistenza, dovessero attendere che qualcosa fosse.

Della "prima volta", di ciò che l'aveva preparata e della maniera in cui essa aveva avuto luogo, la cosa migliore era quindi dire il meno possibile, rinunciando a trovare un'origine a quel movimento dell'ombra in avanti tramite il quale dal fondo del giardino, *sotto forma di gatto*, qualcosa era venuto fino a me. Ecco perché ho battezzato "muro di Planck" il muro di fondo del giardino da dietro il quale avevo supposto che il gatto fosse sbucato, dando poi di conseguenza il soprannome di quello scienziato tedesco al vicino che non avevo mai incontrato ma che supponevo dovesse abitare la villa adiacente.

Nessuna "prima volta", quindi.

Anche se quando si racconta si possono tranquillamente inventare di sana pianta tutte le favole che si vuole, tanto poi loro, autonomamente, comunque sia, assumono la forma che hanno tutte le altre. Con un inizio, un centro, una fine. Un senso. In modo che chiunque ci si ritrovi.

Ecco perché si può raccontare tutto come si vuole. Avviene qualcosa (di enorme o di insignificante) a partire da cui, con il senso che si desidera darle e una forma adeguata, si recita quasi da sola qualunque storia, che comprende tutte le altre.

Eppure la vita, in sé, non ha né capo né coda. A volte le cose finiscono dall'inizio. E allora non c'è poi da stupirsi se cominciano dalla fine. O dal centro. Qualunque momento può prendere il posto di qualunque altro. Intorno a un certo fatto, si può far iniziare e far finire quando si vuole un racconto, attribuendogli l'estensione che si preferisce, riducendolo per fargli assumere le proporzioni di una sola scena (un gatto in un giardino una sera) o estendendolo in modo che venga a contenere tutto ciò che da sempre si recita e rappresenta sul palcoscenico del tempo. E se si vuole ancora di più: dal momento impensabile in cui il mondo uscì dal nulla fino al momento non meno impensabile in cui, forse, ci ritornerà.

Dove?

Da nessuna parte.

Come una grande distesa vaga in mezzo al vuoto, una spessa falda di niente che annega tutto nella sua notte, lo spazio, il tempo, srotolando un tappeto di torpore così vasto che se ne potrebbero immaginare i quattro angoli fissati alle estremità impensabili cui forse l'universo è appeso come una tenda di nulla, che pende dal suo bastone e fluttua senza fine.

Niente altro che un nucleo di notte. Il nero è così nero che sembra tingersi al centro di porpora o di malva. Sul retro delle palpebre schiacciate con la punta delle dita, si vedono sbocciare grandi fiori, ninfee pallide alla superficie di uno stagno in fondo al quale scintilla la madreperla splendida di qualche minuscola luminosità. Una trottola di riflessi che gira, vagando sulla sua punta, i cui cicli andrebbero misurati in migliaia di secoli ma che invece si perde nello spazio senza mai tornare al suo posto né ritrovare nessuno degli stati per i quali è passata, urtando contro l'interno invisibile di un tamburo vibrante nel quale risuona solo il battito vano del tempo.

Null'altro che il nulla senza che il tempo in lui possa aggrapparsi ad alcunché in grado di dargli un senso e deciderne la direzione. Prima che la luce sia stata separata dalle tenebre, così si racconta, e che ci sia stato un firmamento grazie al quale distinguere tra le acque di su e quelle di giù. Oppure dopo: quando tutto si sarà ripiegato dentro all'infinitesimale, e la creazione sarà tornata nel suo regno di niente in modo che, allora, tutto possa ricominciare. O no. E quando? Se sia l'inizio o la fine, non c'è modo di dirlo. La notte, quella grande, domina, senza prima né dopo, sprovvista di ieri come di domani.

Il mondo sottosopra, la sua profondità di baratro che si spalanca sopra di noi quando l'alto e il basso sembrano essersi scambiati di posto e ci troviamo davanti a un buco che si scava e si allarga all'infinito. A perdita d'occhio (o meglio: senza che ci sia nulla da vedere né nessuno per vederlo) il caos di un deserto desolato che imprigiona tutte le forme, la distesa statica di un universo al quale, una a una, venissero meno tutte le dimensioni: un piano, una linea, un punto, sì, un punto in cui tutto si raduna e s'inabissa.

Dove?

È lì che abito.

Adesso.

Se non altro è ciò che dicono i miei documenti.

Allo stesso tempo, chi mai porterebbe il passaporto in spiaggia?

S'intravede il ponte in lontananza. A destra, verso est in direzione dell'entroterra. Un po' illuminato nel buio. Bianco e rosso sotto i lampioni. I piloni, tra i quali è sospeso l'impalcato, si ergono come antenne puntate al cielo e sovrastano l'arco della costruzione, le cui estremità poggiano invisibili sulle due rive opposte. Da una parte e dall'altra dell'estuario, tutte le luci spente.

A ovest, l'oceano. O forse comincia già davanti a me. Il fiume vi si perde. Da qualche parte. Non si può dire dove. Spinge verso il largo l'acqua dolce che riceve da terra, in cui va a imbattersi la marea che risale la corrente rovesciandola.

Qui comunque si direbbe che è già mare. Stasera si è ritirato lontano. Davanti a me si vede solo una grande distesa di sabbia dove le rocce scoperte e le pozze che ristagnano tra gli anfratti creano qualche macchia d'ombra più profonda. E poi, come creature sonnambule in cima a dei trampoli, le palafitte dei capanni da pesca con le loro bilance che si stagliano a distanza regolare: grosse teste con la rete chiusa che pende al posto delle mandibole, lunghe zampe sottili come quelle su cui stanno appollaiate certe specie di ragni–granchio. Ma, dietro, la linea della battigia è completamente invisibile. Si distingue solo una larga banda d'ombra, una sbarra d'inchiostro denso in cui si perde, all'orizzonte, la cucitura tra l'acqua e la terra.

Sullo sfondo, in lontananza, sembra scavarsi una depressione verso la quale tutto il paesaggio potrebbe a un tratto scivolare, ribaltandosi dall'altra parte della terra, ingoiato da una grande bocca bagnata di saliva agli orli, il retro dei denti tutti macchiati di tartaro. Si sente appena il rumore della risacca, l'onda che si rompe, crolla su se stessa, oppure rimbalza sull'ostacolo delle rocce più sporgenti contro cui va a sbattere. E poi il vento che soffia portando il forte odore stantio di tutta la materia sporca che il mare, ritirandosi, deposita e sparge ovunque.

Sopra, c'è solo la notte. Controcorrente rispetto a quello del fiume, il movimento delle nuvole che il cielo spinge dall'oceano e che srotolano a tutta velocità le loro forme dietro alle quali il disco della luna, sia pure immobile, assume l'aspetto di una boa che galleggia sulle loro creste, salendo e scendendo in base al loro ritmo, apparendo e scomparendo senza sosta tra frange di un vapore che sembra schiuma.

Quando io arrivo qui, il sole è già sempre tramontato da tempo. Ecco perché faccio fatica a immaginare questo paesaggio in pieno giorno. Ho cenato per strada. Posteggio l'auto da qualche parte sul lungo viale che passa tra gli alberi e conduce da una parte all'altra del villaggio. Oppure la porto sulla pista di sabbia fino allo steccato di legno che impedisce alle macchine l'accesso alla spiaggia. Accendo un primo sigaro e faccio qualche passo nel buio prima di prendere la strada di casa e del giardino. Guardo la notte.

Che cosa faccio qui? Me lo chiedo a volte. Penso spesso che questo è il paese dove finiscono tutte le storie. La mia e quella degli altri. Un paese sconosciuto sulle cui rive sono sicuramente venuto ad arenarmi tanto tempo fa. Di anno in anno, l'estuario s'insabbia. La Loira spinge verso il mare tutta una materia che si deposita e lentamente riempie il letto di sedimenti. Se si vuole fare il bagno, anche quando c'è l'alta marea, bisogna camminare per parecchie decine di metri, prima di avere l'acqua alla cintura. Un giorno, mi dico, con la bassa marea si potrà quasi raggiungere l'altra riva senza neppure bagnarsi i piedi. Un paesaggio in cui tutto diventa immobile molto lentamente. Come se il tempo si fosse fermato tanti anni fa e la grande clessidra si fosse rotta e tutto il suo contenuto, insieme alle schegge di vetro, si fosse di colpo rovesciato sul mondo ricoprendolo di una spessa e irregolare falda di sabbia dentro alla quale tutto sprofonda. La duna alberata dove crescono alte piante rare che il vento inclina, la spiaggia da cui il mare si è ritirato, l'oscurità che impedisce di distinguere dove tutto questo cominci e dove finisca, e sotto gli occhi una distesa di sabbia inondata di notte che potrebbe avere tanto le dimensioni di un Sahara quanto quelle della vasca in giardino di cui parlavo dove giocano i bambini.

Sotto i miei piedi, acqua, sabbia.
La realtà?
Sciocchezze.
Fiocchi di niente.
Cosa?
Non si sa.
Quello e il suo contrario.
Onde o corpuscoli?

L'acqua e la sabbia, il mare e la spiaggia, gocce e granelli, come altrettante piccole sfere di materia ognuna delle quali può essere distinta dalle altre, ma che, insieme, non appena si mescolano, non sembrano più esistere indipendentemente dal movimento nel quale tutte si trovano prese. Cosicché si percepisce ormai solo il vasto disegno che fanno e dentro al quale ognuna di loro sembra dissolversi.

Guardo ai miei piedi la spiaggia su cui soffia il vento, disegnando in superficie delle striature irregolarmente ondulate. E più in là, il mare agitato dal movimento delle onde che lo sollevano prima che, ritmicamente, si rovesci. Tra i due, con la bassa marea, la lunga distesa della battigia che riempie quasi tutta la profondità del paesaggio e dove, nell'oscurità, l'acqua e la sabbia non si distinguono più, confuse nelle stesse bizzarrie barocche di strisce e tracce che si arrotolano e srotolano in arabeschi approssimativi, scolpendo rilievi che sembrano minuscoli continenti.

Colui che racconta si accontenta di ritagliare nella realtà una porzione di spazio in cui egli decide che, sotto forma d'ombre, viene raccolta l'immagine di tutto il resto. È come l'augure delle antiche superstizioni che, con l'aiuto del suo bastone, traccia nella sabbia o in cielo una sorta di quadrato immateriale e dichiara che si tratta dello schermo su cui si proietta il grande spettacolo del mondo al quale lui solo, afferma, sa attribuire il significato sovrano.

E più che di uno scienziato nel suo laboratorio (immagine troppo lusinghiera che mi ero fatto di me stesso), mentre me ne stavo davanti al mio giardino oppure qui sulla spiaggia a osservare il movimento di piccole nuvole di materia nera, con la pretesa di decifrare il messaggio delle loro minuscole migrazioni come se leggessi nei visceri stessi del tempo, avevo un po' l'aria di un patetico profeta che praticasse in maniera molto dubbia e come a tentoni l'arte desueta della divinazione.

Un tempo, come c'erano indovini che leggevano l'avvenire nei visceri degli animali, nel volo degli uccelli, o osservando la folgore e le altre meteore, dovevano essercene che lo facevano interpretando i segni che il mare lasciava sulla spiaggia. Di sicuro. E, come un idiota, è un po' quello che anche io faccio a mia volta.

Traccio mentalmente i bordi di uno spazio dove passano, come dappertutto, le stesse forme che fuggono nel buio. Quando tutto intorno non c'è più altro che polvere d'ombra.

Il mondo diviso in miliardi di elementi che tuttavia formano un'unica e sola trama continua di fenomeni dentro alla quale non ce n'è nessuno che si lasci isolare del tutto rispetto agli altri. Fisso e fluido contemporaneamente. Sempre identico e insieme continuamente diverso da se stesso. Riaccogliendo eternamente le forme che ha appena lasciato andare. Abbandonando di continuo quelle che ha appena riassimilato.

Comparendo scomparendo.

E poi ricominciando.

È tardi e rientro.

Ci sono due o trecento metri dalla spiaggia a casa. Per raggiungere il viale dove si trova quest'ultima, un'unica strada possibile. Vagamente illuminata da alcuni lampioni e dalle rare luci delle abitazioni i cui proprietari non sono ancora andati via per l'inverno. Non incrocio mai nessuno. In questo mese dell'anno, non c'è un gatto qui.

Anzi, sì, per l'appunto: non ci sono altro che gatti. In modo particolare a quest'ora, adesso che la notte è da tempo calata. Sono così tanti che si stenta a credere. Sul mio percorso, in cinque minuti, ne incrocio ogni volta almeno tre o quattro. Ne escono da tutte le parti. Li si vede spuntar fuori da un boschetto o da sotto una macchina, attraversare a tutta velocità la strada e poi sparire dietro il recinto di una proprietà. Oppure: se ne vede uno, immobile nel bel mezzo della via, come incantato, e solo quando ci si è avvicinati di qualche passo, l'approssimarsi di un umano lo fa poi scappare. Mai nessuno di loro si avventura sulla spiaggia. Perché correre il rischio di bagnarsi? Il loro regno, quello vero, è dietro. Tra le ville e i giardini o nel bosco che si estende a una delle estremità del villaggio, dove ci sono lo stadio e la scuola, mentre dall'altra, come ormai dappertutto, c'è la solita orrenda zona commerciale.

Non si sa se sono gatti randagi o abbandonati, o se approfittano del fatto che i loro proprietari li lasciano liberi per fare un po' di moto con una passeggiata notturna. Conducendo la loro doppia vita da animali. Domestici di giorno. Selvatici di notte. Montando la guardia sulla porzione di spazio che hanno eletto a loro territorio. Andando a caccia di topi e di uccelli e, se sono impavidi, anche di tante altre bestiole più grandi, prede assai meno facili. Combattendo tra di loro. O se non altro simulando con prudenza attacchi che mai nessuno vede davvero sferrare: rizzando il pelo, sfoderando gli artigli, soffiando all'avversario. E anche, certo, ma questo lo si vede ancora meno, e riguarda solo quelli che non sono stati resi definitivamente incapaci di farlo dalla sollecitudine dei padroni, accoppiandosi in un angolo.

Il gatto che ho visto in giardino è uno di loro. Era uno di loro prima di venire a stare da noi. Cosa che del resto ha fatto senza rinunciare alle sue abitudini. A volte lo incontro un po' lontano da casa. O meglio: intravedo un gatto di cui mi dico che deve essere lui. Senza esserne proprio sicuro. Si assomigliano tutti e, al buio, non si distingue di che colore sono. Scappano così da lontano, che persino la loro sagoma non è del tutto visibile.

Potrebbe benissimo essere qualsiasi altro gatto.

In questa stagione, tutte le case sono chiuse. O quasi. Si assomigliano molto, costruite tutte sullo stesso modello mezzo secolo fa quando il villaggio è stato trasformato in stazione balneare e si son dovute tirar su alla svelta le residenze secondarie che la clientela venuta dalle grandi città della regione o dalla capitale reclamava: un curioso aspetto da chalet, in genere a un piano solo, un tetto di legno asimmetrico con tre o quattro triangoli aperti nella facciata, posati sulla base a creare dappertutto come un indecifrabile frontone di geroglifici identici; e tutte con lo stesso giardinetto in cui l'erba stenta ad attecchire, su un terreno sabbioso dove crescono invece con facilità i pini, le uniche forme che si spingano in alto puntando verso il cielo.

La casa che abito è fatta così. Dico che la abito ma, pur trattandosi del mio domicilio ufficiale, quello che figura sui miei documenti, l'espressione è un po' eccessiva. Diciamo che è un posto dove ogni tanto passo. È casa sua. Dico "casa tua" come dico "il tuo gatto". L'ha comprata da ormai tre o quattro anni. Per metterci tutto quello che avevamo. Da tanto tempo non abbiamo più la sensazione di abitare da nessuna parte. Dei nomadi. Cacciati di casa dall'esistenza. E che sanno che non ci torneranno mai. Ma che hanno bisogno di un posto di cui poter fingere che è loro.

Al telefono:
– Sei rientrato?
– Proprio adesso.
– Ho lasciato qualcosa per cena e per far colazione.
– Mi sono fermato a mangiare per strada.
– Se fa freddo accendi il riscaldamento.
– La caldaia fa un rumore infernale.
– Speriamo regga ancora un po'. C'era posta?
– Niente. Solo pubblicità e due o tre bollette.

– Vai a dormire?
– Bevo ancora un bicchiere e fumo un sigaro in giardino.

La gente di qui (voglio dire quella che c'era prima dell'arrivo degli speculatori e dei vacanzieri) la chiama la Casa del Noce. L'albero sopravvive in un angolo del giardino, a destra della terrazza. Nonostante i parassiti che formano larghe macchie pallide sulla sua scorza rugosa e scavano nel tronco buchi così profondi che bisogna medicare il legno con della calce. E nonostante la potatura selvaggia che deve avergli inflitto il proprietario precedente, decapitando tutti e quattro i grossi rami che si allargavano simmetricamente dal tronco. Un vero e proprio massacro praticato contro qualunque regola e da cui l'albero non si è mai del tutto ripreso, senza cima, quasi sprovvisto di foglie, e ciò nonostante ancora in grado di dare sporadicamente qualche frutto. Quest'anno sono maturati più tardi del solito. Alcuni sono ancora appesi all'albero. Ma la maggior parte è già caduta a terra e siccome nessuno si è preso la briga di raccoglierli, decomponendosi fanno sul terreno quella specie di poltiglia nera e spessa che viene dal mallo e che dà alla terra intorno al tronco l'aspetto scivoloso di una carta assorbente tutta intrisa d'inchiostro.

A volte mi sono chiesto se la casa non prendeva nome piuttosto da un sinistro gioco di parole. Prima di passare in mano agli eredi e poi nel giro di qualche anno essere venduta un paio di volte, la casa apparteneva a un uomo del villaggio cui alcuni dei vicini più vecchi fanno ancora cenno ogni tanto a mezze parole e solo per allusioni molto indirette, ricordandosene, quando la conversazione si presta, per il muro divisorio che aveva costruito con le sue mani, l'acero che aveva piantato o il capanno che aveva sistemato in un angolo del giardino. Forse è di lui tutto sommato che parlano quando nominano la casa. Del *Noyé*, dell'annegato. Non del *Noyer*, del noce.

È annegato una sera. Si è diretto verso la spiaggia. Nessuno l'ha mai più visto. Il mare, dopo qualche giorno, ha restituito il suo cadavere. È possibile che fosse andato semplicemente a raccogliere conchiglie. O a fare due passi. Ma le passeggiate non rientrano nelle abitudini della gente del posto che le lascia ai turisti. Forse l'ha sorpreso la marea (anche se qui sale così lentamente che è un'ipotesi ben poco verosimile). Più probabilmente deve esser caduto nella trappola di uno dei banchi di sabbie mobili che dei cartelli (da allora?) segnalano agli imprudenti. Ma niente vieta d'immaginare che abbia invece camminato dritto verso il largo, sapendo molto bene quello che faceva, mentre l'acqua freddissima gli entrava negli stivaloni di gomma che aveva indossato, per poi richiudergli intorno alla vita, alle spalle, e lui continuava ad avanzare, lasciandosi andar giù – posto che sia possibile. Non si è mai saputo. Se si è suicidato, non ha dato nessuna indicazione sulle ragioni che avrebbero potuto spingerlo a farlo. Ma le ragioni che si hanno per morire non sono mai meno numerose di quelle che si hanno per vivere. E le une non sono mai davvero migliori (o meno buone) delle altre.

Stranamente, a volte, m'immagino di vedere quell'uomo impiccato al ramo più alto dell'albero. Il suo corpo che ondeggia lentamente nel vuoto, cullato dal vento. Forse per via della cattiva fama che viene attribuita al noce, la cui ombra è fatale per chi vi si corichi, secondo una vecchia superstizione popolare, e che antiche leggende ormai da tutti dimenticate considerano l'albero della morte intorno al quale gironzolano le cagne di Ade, il luogo di ritrovo dei demoni per il sabba delle streghe. E poi comunque l'impiccagione assomiglia molto all'annegamento: una mano invisibile che afferra la gola e la stringe, il corpo che si dimena cercando invano un sostegno in aria o nell'acqua, i piedi che tentano disperatamente di posarsi da qualche parte, la vita che alla fine rinuncia.

A dire la verità, a volte vedo me stesso, impiccato al suo posto. La casa nasconde il giardino. Dalla strada non si vedrebbe niente. Ci vorrebbero alcuni giorni per scoprire il corpo. Aprendo le persiane di una delle ville adiacenti, un vicino venuto a trascorrere il week end al mare finirebbe poi per scorgerlo. Sono pensieri cattivi come questo, che ogni tanto s'insinuano nella sera. Quando di notte, con l'oscurità, il mondo restituisce tutte le forme che di giorno contiene: i ricordi, le angosce e, alla rinfusa, gli spiriti benevoli mescolati con quelli malevoli, tutto lo stupido corteo dei mostri e di quegli altri fantasmi che ho detto.

Non è che io creda davvero agli spettri, ma ho sempre avuto la sensazione irrazionale di abitare nella casa di un morto. D'altra parte, a ben pensare, se si vive in un'abitazione anche solo un po' vecchia, è sempre in una casa di morti che si sta. Si diventa l'ennesimo e molto transitorio inquilino di una dimora per la quale sono passati ogni sorta di spettri cui presto o tardi ci si andrà a unire.

Qualcuno si era ucciso. Per lasciarmi il suo posto. Per evitarmi di doverlo fare al suo posto.

– E il gatto?
– Non c'è.
– È uscito?
– Immagino di sì.
– Sarà andato da un vicino.
– Come al solito.
– Come al solito.
– Oppure a fare una passeggiata. Quando sono tornato dalla spiaggia mi è sembrato di vederlo nel viale dietro casa.
– Fa i suoi comodi.
– Fa benissimo.

Se mi fossi impiccato o annegato, allo stesso modo nessuno avrebbe potuto dire perché lo avevo fatto. Certo non sarebbero mancate le ipotesi da avanzare. Anzi, ce ne sarebbero state così tante con quello che si sapeva (o si credeva di sapere) della mia vita, che il problema sarebbe stato piuttosto individuare quale fosse quella giusta. Ma la causa più insignificante può rivelarsi a volte più determinante di una ragione macroscopica. Lo scatto di un dettaglio. Oscuro. Perfino per colui nella cui testa provoca tutt'a un tratto effetti da sisma. Ecco perché non si sa mai per quale ragione uno metta fine ai suoi giorni. Quelli che passano all'atto non sono sempre quelli che avrebbero più ragione di farlo. E chi si uccide, m'immagino, non sa neanche lui veramente perché lo fa.

Ci sono molte buone ragioni per morire. Ce ne sono sicuramente altrettante per vivere. Stanno quindi, le une e le altre, più o meno in equilibrio: non si vive, non si muore, ci si lascia vivere e poi ci si lascia morire. Io, le varie volte che avevo pensato di uccidermi, so che cosa mi aveva tenuto in vita, conosco il motivo sinceramente irrisorio rispetto a tutto il resto che però aveva fatto sì che restassi vivo: la curiosità, il desiderio molto stupido di sapere che cosa sarebbe successo dopo, l'avidità di conoscere come sarebbe stato il vuoto domani che mi aspettava. La causa più insignificante può spingere al suicidio. Ma, viceversa, è anche la causa più insignificante che può salvare la vita.

Quanto a me, c'era qualcosa di vivo che veniva a farmi visita. Mi sembrava una ragione sufficiente per non farla finita. Aspettavo il suo arrivo. Ero curioso di sapere se quella sera sarebbe venuto oppure no, da dove sarebbe passato, a che ora e in che posto esatto avrei visto la sua sagoma formarsi nel buio. E che significato nuovo avrei forse potuto attribuire al caos delle ombre che, intorno alla sua, si decantavano nella notte. Come se quell'infimo enigma valesse per tutti quelli, infiniti, del mondo e della vita.

Non che io abbia sperato di risolverli così. Avrei dovuto essere ben più sprovveduto di quanto non fossi per immaginare che un gatto potesse detenere il segreto delle cose. D'altra parte, lo sapevo bene, non c'era nessun segreto. Anzi era proprio questo, forse, che lui m'insegnava, venuto da nessun luogo, diretto non si sa dove, splendidamente indifferente a tutto ciò che lo circondava, passando tra i fenomeni senza aver l'aria di attribuir loro la minima attenzione.

Messaggero del niente.

Angelo del vuoto.

Seconda parte

Quando lo ideò, Schrödinger non poteva certo immaginare quali straordinarie avventure avrebbe riservato l'avvenire al suo gatto. C'è una sorta di crudele ironia nel fatto di venire ricordati solo per aver legato il proprio nome a un esperimento mentale che, concepito nell'intento di confutare una teoria, è poi passato per essere la più geniale ed esemplare illustrazione di quella teoria stessa. Ma è proprio così che è andata.

Nel 1935, quando Schrödinger espone il principio del celebre esperimento, lo fa con lo scopo di prendere pubblicamente le distanze dalle interpretazioni abusive che vengono date della sua grande scoperta, la "funzione d'onda", e che la utilizzano in modi a suo avviso completamente strampalati. La favoletta che elabora, è lui stesso a ritenerla "burlesca". La morale che bisogna trarne non è per nulla ambigua ai suoi occhi. Che un gatto possa essere considerato contemporaneamente morto *e* vivo gli sembra di un'assurdità così palese da screditare qualunque teoria che intendesse basarsi seriamente su un'ipotesi del genere e che deducesse, a partire dall'indeterminatezza del modello con cui quella teoria rende conto della realtà, l'idea che sia la realtà stessa di fatto a essere indeterminata. Tanto varrebbe allora ammettere che una fotografia sfocata di un oggetto ben definito è in realtà la fotografia ben definita di un oggetto sfocato.

Senza volerlo, com'è accaduto in precedenza per Planck ed Einstein, Schrödinger ha aperto il vaso di Pandora da cui viene fuori sotto ai suoi occhi una concezione del mondo che inibisce ogni possibilità di produrne una rappresentazione ragionevole e che gli fa orrore. Il suo apporto consiste nel riprendere i lavori di Louis de Broglie che, sostenendo l'inverosimile ipotesi secondo cui ogni materia avrebbe contemporaneamente un carattere corpuscolare e un carattere ondulatorio, associa a ogni elettrone un'onda – o più esattamente un "pacchetto d'onde", cioè una sovrapposizione di onde di lunghezze variabili, la cui messa in fase determina la posizione probabile dell'elettrone stesso. Schrödinger formalizza questa concezione, sviluppando la sua meccanica ondulatoria che dà dell'atomo un'idea completamente nuova in base alla quale esso va considerato come avvolto da una sorta di nube virtuale corrispondente a tutte le posizioni che un dato elettrone dato può potenzialmente occupare all'interno dell'atomo, e che permette di calcolare la probabilità che ha quest'ultimo di trovarsi in tale o tal altro punto dello spazio preso in considerazione.

Tutto qui.

Ma questo basta a provocare una rivoluzione che sconvolge ogni modo consueto di pensare.

Circa nello stesso momento in cui Schrödinger risolve questo problema, un altro scienziato, Heisenberg, lo affronta da un altro punto di vista, decidendo di fare a meno di qualunque rappresentazione dell'atomo e di considerarlo solo attraverso i valori numerici che possono essergli attribuiti, valori ch'egli tratta in maniera puramente matematica sottoponendoli alle regole del calcolo detto matriciale. L'inaudito, se ci si pensa, è che la meccanica ondulatoria di Schrödinger e la meccanica matriciale di Heisenberg giungano contemporaneamente agli stessi risultati pur ricorrendo a metodi molto diversi (Schrödinger lavora su delle onde, Heisenberg opera su tabelle di numeri) che a loro volta si basano su concezioni assolutamente opposte: se Schrödinger non rinuncia a farsi una certa idea della realtà (il "pacchetto d'onde" che circonda l'atomo con la sua nebbia statistica), Heisenberg volta decisamente le spalle a un'ambizione del genere, ritenendo del tutto inutile e senza interesse ogni tentativo di raffigurare qualunque realtà di quest'ordine.

Per divergenti che siano, le due vie seguite portano però entrambe a rompere con qualsiasi concezione classica della materia. Da un lato, accostarsi alle particelle tramite il calcolo matriciale implica, per via delle regole di quest'ultimo, che sia impossibile determinare contemporaneamente certi valori degli oggetti considerati e che non si possa quindi misurare insieme la velocità e la posizione di una particella: è il famoso "principio d'indeterminazione" di Heisenberg. D'altro lato, accostarsi a queste stesse particelle considerandole in quanto onde suppone che se ne attribuiscano loro le proprietà e in particolare la facoltà che esse hanno di combinarsi, addizionando le creste e sottraendo gli avvallamenti in modo tale che ogni stato particolare della materia appaia come la somma di un'infinità di altri, secondo quello che non è poi altro che un calcolo di probabilità: è il principio di sovrapposizione di Schrödinger.

Se ho capito bene.

Da questo punto in poi, ci si perde un po'. Perché in entrambi i casi diventa allora del tutto impossibile concepire i componenti ultimi della materia come se fossero sottoposti alle leggi abituali del vecchio determinismo per il quale ogni singolo oggetto è subordinato al meccanismo delle cause e degli effetti e suscettibile dunque di prestarsi a un calcolo specifico simile a quello cui sembravano dare adito fino a quel momento tutti i fenomeni osservabili in natura. Non è più pertinente parlare delle "proprietà" di un oggetto e pretendere di definirne la traiettoria, la velocità, la posizione o una qualsiasi delle sue caratteristiche. Di conseguenza, è l'idea stessa di oggetto a diventare problematica. Perché un oggetto senza proprietà equivale al famoso coltello senza lama cui manca il manico.

Dell'universo atomico e delle sue particelle, ognuna delle quali si deve quindi pensare che si trovi in vari stati contemporaneamente senza che sia possibile determinarne le caratteristiche, al punto che parlare ancora di particella o di atomo non è più molto appropriato e va considerato piuttosto come un modo di dire (una figura, una metafora), nessuna rappresentazione mentale è dunque più concepibile. Nessuna se non quella che raffigura l'atomo come una vaga nube elettronica totalmente opaca dentro alla quale si agita una sorta di sostanza corpuscolare e ondulatoria insieme, nei cui confronti nessuna verità ha più alcun valore se non statistico. Come dire: una rappresentazione che non è davvero tale. O più precisamente: una rappresentazione che non rappresenta nient'altro che l'impossibilità di proporne una rappresentazione.

In queste condizioni, sarebbe di sicuro più ragionevole (come fa la scuola di Copenhagen) rinunciare del tutto all'idea di farsi una qualunque immagine di alcunché, accontentandosi di sostituire una tale immagine impossibile con un modello dotato di efficacia predittiva. Senza porsi in alcun modo il problema di sapere a quale descrizione della realtà quel modello corrisponda. Solo che sarebbe un po' come gettare il bambino della scienza con l'acqua sporca della vasca! Perché significherebbe abbandonare qualunque velleità di dire il vero sul mondo, limitandosi a studiare i fenomeni sotto la cui apparenza esso si manifesta.

Che nonostante tutto non si debba disperare di poter pensare il gran gioco del caso governato da una realtà ragionevole, è però comprensibile che uno scienziato abbia ancora a cuore di crederlo. Ecco allora spiegate le reticenze che Einstein ha sempre espresso rispetto alla visione del mondo secondo la fisica quantistica. E la sua famosa dichiarazione: «Dio non gioca ai dadi», che intende respingere qualunque visione esclusivamente probabilistica dei fenomeni. Ed ecco spiegata anche la favoletta di Schrödinger, incaricata di dimostrare per via assurda come il principio di sovrapposizione di cui egli era inventore non dovesse essere preso alla lettera. Sono allora entrambi, in certo qual modo, dei "realisti"? In ogni caso tutti e due sono scienziati che, per attaccamento forse a un pregiudizio del passato oppure per convinzione autentica, non si adattano all'idea che, dietro alle formule che lo fanno sembrare assurdo, non si nasconda malgrado tutto un'immagine sensata dell'universo.

Quando Schrödinger inventa il famoso gatto, lo fa esplicitamente per reagire alle elucubrazioni cui sembra prestarsi il suo principio di sovrapposizione. Quel piccolo apologo, lo concepisce per richiamare i fisici al senso della realtà. Per lui è ovvio che un gatto non può essere contemporaneamente morto *e* vivo. Questo significa che il calcolo delle probabilità applicato alle particelle, se è vero che ha una virtù predittiva, non può però invalidare l'idea ragionevole di una realtà al cui interno nessuna cosa può essere insieme se stessa e il suo contrario. L'ironia è che la sua storiella servirà da *stepping stone* (ovvero da punto di partenza, da trampolino) per un certo numero di teorie legate a una concezione radicalmente altra del mondo, teorie che inventeranno ogni sorta di avatar del gatto chiuso nella scatola, e che Schrödinger, se ne avesse avuto anche solo la più piccola idea, avrebbe guardato con grandissimo stupore e, di sicuro, con la più totale costernazione.

Come si dice familiarmente: gli sarebbero cadute le braccia.

O forse no, dopo tutto.

È a un giovanissimo ricercatore, un certo Hugh Everett, che viene attribuita l'invenzione negli anni Cinquanta della tesi degli universi paralleli come la si può dedurre da una delle interpretazioni possibili della meccanica quantistica.

Il grande mistero resta il modo in cui cessa la sovrapposizione degli stati per una particella data quando essa acquisisce davanti all'osservatore una e una sola delle caratteristiche plurali di cui prima era dotata simultaneamente. Il fenomeno è detto "riduzione del pacchetto d'onde", e viene messo in relazione con la misurazione cui la particella in questione è sottoposta. Se si vuole a tutti i costi un'immagine, bisogna figurarsi che il "pacchetto d'onde" si contragga per acquisire la forma della particella singola finalmente ottenuta al termine dell'esperimento, la nube elettronica venendo così ridotta allo stato unico che le assegna la misurazione. Il che corrisponde a dire che è l'osservazione del fenomeno considerato a far uscire la suddetta particella dalla sovrapposizione propria agli oggetti quantici.

A partire da questo, si è scatenato l'idealismo più stravagante. Quello in base al quale sarebbe la mente che pensa la realtà ad attribuirle delle proprietà. Come se la coscienza potesse comandare alla materia di prendere una forma sotto ai suoi occhi. Ma la coscienza di chi? Gli scettici e altri spiriti forti non hanno mancato di ironizzare. La coscienza del gatto nella scatola è sufficiente? Se sì, non c'è esperimento di Schrödinger che tenga, perché l'animale da solo potrebbe forzare l'atomo, che si ritiene inneschi la caduta del martello sulla fiala di veleno, a decidersi per l'uno o l'altro dei suoi stati. Ma se invece è necessaria una coscienza umana, ne può andar bene una qualsiasi? È lecito dubitarne, tanto è complesso il protocollo cui si trovano a sottostare le particelle. Addirittura, la riduzione del pacchetto d'onde potrebbe non aver luogo se non in presenza di uno scienziato – e magari solo a condizione che quest'ultimo sia munito dei suoi strumenti, e in grado di esibire agli atomi in gioco, diffidenti di natura, il suo diploma preso con tutti i sacri crismi, e che dovrebbe essere almeno un Dottorato del MIT in fisica fondamentale. A ragionare così, si giunge necessariamente alla conclusione che l'universo intero è rimasto per miliardi di anni in una sorta di stato sospeso in cui tutte le particelle aspettavano tranquillamente che la meccanica quantistica venisse inventata per decidere che comportamento assumere solo a partire dal momento in cui gli scienziati specializzatisi in quella disciplina si fossero occupati di loro.

Cosa che sembra ben poco probabile.

Il problema di fondo rimane comunque invariato. Se ci si attiene alla formula di Schrödinger, non c'è ragione in effetti che la sovrapposizione quantistica cessi. Per cui la teoria più razionale consiste semplicemente nel dar credito a ciò che dicono le equazioni e nel pensare che la riduzione del pacchetto d'onde non abbia mai luogo. Così prescrive il famoso principio detto del rasoio di Occam, in base al quale, per un dato problema, la soluzione più semplice, come la ragione del più forte, è sempre la migliore. Bella prova di ottimismo o di pragmatismo – perché niente dice che l'universo sia necessariamente semplice e, anzi, tutto spinge a pensare il contrario! Ma il merito della proposta consiste nel prediligere per ogni problema l'ipotesi più economica in grado di risolverlo. In altre parole: nello sfrondare, con il rasoio, tutto ciò che non è strettamente indispensabile alla soluzione della questione sollevata.

Nel caso specifico, la soluzione più semplice (che non obbliga ad aggiungere nessuna ipotesi nuova a quelle su cui già si basa la funzione d'onda) consiste dunque nell'accettare l'idea che la sovrapposizione quantistica sia e resti la regola. Dire che è semplice, ovviamente, è un po' eccessivo. Me lo si concederà, penso. E se anche la soluzione può essere considerata semplice quanto al principio, nel senso che ho detto, le sue conseguenze, non appena si vuol farsene un'idea, danno il capogiro.

In una prospettiva di questo genere, conviene stare fino in fondo al gioco della formalizzazione matematica dei fenomeni fisici, e affidarsi senza riserve alle equazioni, traendo tutte le conseguenze cui esse conducono, a costo di adeguarsi al mondo radicalmente impensabile nel quale ci fanno penetrare. E se si ammette che la sovrapposizione sia la regola ultima dell'universo e che questa regola valga a tutti i livelli (dall'infinitamente piccolo in cui particelle virtuali ondeggiano nella loro vaga nube, all'infinitamente grande in cui evolvono vasti ammassi di costellazioni, passando per il piano tangibile dove il gatto di Schrödinger se ne sta nella sua scatola) bisogna allora accettare l'idea che ognuno dei molteplici stati della materia venga conservato.

Sicché, quando sotto gli occhi di un osservatore una particella prende un certo valore, bisogna pensare che altrove e per un altro osservatore essa prenda anche il valore opposto. Altrove, ma dove? Si arriva così a presupporre che l'universo si divida in tante versioni differenziate di lui stesso quante ne richiede la funzione d'onda, versioni all'interno delle quali uno o l'altro dei suoi stati si realizza sotto gli occhi di un osservatore che assiste sempre a una sola delle molteplici manifestazioni che hanno tuttavia luogo simultaneamente. Ogni volta che una particella sembra uscire dallo stato di sospensione all'interno del quale possiede simultaneamente caratteristiche opposte, si crea ipso facto un mondo corrispondente. O meglio: per ogni riduzione apparente di una sovrapposizione, bisognerebbe ammettere che vengano a costituirsi due mondi dalle proprietà opposte ognuno dei quali ospita una o l'altra delle due osservazioni possibili.

Per tornare al gatto nella scatola, bisogna di conseguenza ritenere che sia allo stesso tempo morto *e* vivo: morto in un universo *e* vivo nell'altro.

La realtà si ramifica quindi senza sosta in tante branche quante ne richiede il dispiegamento di tutte le virtualità del possibile. All'infinito. Perché il fenomeno non solo è continuo, ma riguarda tutte le particelle dell'universo e tutte le proprietà che definiscono ognuna di esse. Sono dunque miliardi e miliardi i mondi che coesistono, più numerosi delle gocce d'acqua dell'oceano e dei granelli di sabbia del deserto, ma senza che nessuno possa averne la minima coscienza, naturalmente. Perché pur proliferando a vista d'occhio, se così si può dire, gli universi che vengono a crearsi si escludono a vicenda. E per via del fatto che ogni osservatore si trova in un certo senso prigioniero del suo personale punto di vista, imbarcato su una delle vertiginose vie prese dal suo universo a scapito di ogni altra, essendo tutti questi mondi lanciati a massima velocità in direzioni divergenti – sicché è più giusto dirli perpendicolari gli uni agli altri, piuttosto che paralleli.

Si capisce bene come, definita in questi termini, una teoria del genere non possa essere né confermata né smentita. Non è escluso che sia totalmente vera. Ma non è escluso neppure che sia completamente falsa.

In ogni momento, ovunque, il reale si biforca in tutti i sensi contemporaneamente. Tutto ciò che è possibile viene a essere simultaneamente realizzato. Il virtuale e l'attuale non si distinguono più. Tutto è vero da qualche parte. E falso in ogni altro luogo. In balia delle pure probabilità. Come se l'universo fosse retto da una gigantesca lotteria, infinita, essendo le sue palline numerose quanto la serie dei numeri interi, e di cui tutte le estrazioni venissero fatte simultaneamente, in una sorta di casinò cosmico diviso in una moltitudine di sale da gioco tra le quali non ci fosse nessun passaggio. E nessuna possibilità di comunicare.

Nell'immaginazione si dispiega allora un universo infinito nel vero senso del termine davanti al quale il pensiero vacilla, più infinito ancora dell'universo infinito, posto che un'espressione del genere abbia qualche senso, una sorta di "meta–universo", come lo chiamano, fatto della somma di tutti gli universi che lo compongono, supposto in base al principio di sovrapposizione quantica e generato dalla moltiplicazione permanente di ogni particella della realtà.

Uno spazio più vasto del vasto spazio vuoto all'assalto del quale si lanciarono un tempo gli astronauti e di cui il gatto di Schrödinger, nella sua scatola simile a un cassone di immersione o a una navicella spaziale, meriterebbe di essere considerato il primo esploratore.

Adesso che l'inverno è passato, ha deciso di piazzarsi proprio in casa. A pensarci è piuttosto strano. Finché il tempo era brutto, lo affrontava da solo. E qui piove spesso. Il vento soffia forte. Con il mare poco distante, resta tutto umido per settimane, mesi. Bagnato fino all'osso, intriso di freddo. Poi, con il ritorno del sole e delle belle giornate, quando la necessità di un riparo si fa per lui di sicuro meno urgente, ecco che si mette a venire più spesso.

Certo, scompare ancora. A volte per vari giorni di seguito senza prendersi la pena di dar segni di vita. Oppure passa da casa, ma solo per pochi minuti, come per ispezionare il territorio e accertarsi che in sua assenza tutto rimanga disposto come piace a lui. Ma in genere viene per la notte. Dorme nella sua cesta. E se gli si lascia la porta della cucina aperta, va a sistemarsi sul divano del salotto. O sul letto. Il mattino molto presto però reclama che gli venga resa la libertà – tanto che la cosa più semplice è stata fargli aprire una gattaiola nella porta secondaria. Sguscia fuori in giardino. Salta al di là del muro e oltre lo steccato.

Non lo si rivede prima di mezzogiorno (deve aver registrato che è quella l'ora del pranzo). Compare come suo solito. Cioè: non si sa da dove. Non si fa vedere mentre si avvicina. D'un tratto, si materializza sotto i nostri occhi.

Ai nostri piedi. In un angolo della terrazza. O in fondo al giardino. Come se fosse dotato, si è indotti a pensare, del potere di teletrasportarsi a suo piacimento, dal luogo inesistente in cui vive, un po' come facevano gli eroi delle vecchie serie televisive di fantascienza, *Beam me up, Scotty!*, la sagoma che crepitando si scompone e si ricompone, come un messaggio trasmesso per fax che si ricostituisce all'altro capo della linea, molecole che si disperdono nel vuoto, portate da un'onda indistinta, e poi si ricompattano al momento giusto per consentire al personaggio, come se nulla fosse, di autoestirparsi dall'aria e riapparire là dove gli fa comodo.

Per quel che riguarda lui: non troppo lontano dalla sua ciotola.

Prima di andare a fare la siesta al sole sulla sabbia.

Che cosa fa, da dove viene, dove va?

Mistero.

– Credi che sia del vicino?

– Che vicino?

– Di sicuro non quello qui accanto. Gli ho chiesto.

– E cosa ti ha detto?

– Che lo vedeva solo passare ogni tanto. Non ne sa altro.

– Non è molto.

– Secondo me viene dalla casa dopo.

– Quella che fa angolo?

– Ci abita una famiglia numerosa, con un sacco di bambini.

– Non si vede mai nessuno.

– Loro diranno lo stesso di noi.
– Nessuno è venuto a reclamarlo.
– Ormai è un bel po'.
– Possesso vale titolo.
– Cosa?
– Possesso vale titolo. È un principio del diritto, credo. Se qualcuno possiede qualcosa e nessuno lo reclama, può ritenere che quella cosa gli appartiene. Fino a prova contraria.
– E vale anche per i gatti?
– Non vedo perché non dovrebbe valere anche per i gatti.

Nessun collare, certo. Nessun tatuaggio. Nessun microchip elettronico dietro l'orecchio. Quando il veterinario lo aveva visto, era stato tassativo. Visitandolo, lo aveva trovato in perfetta salute e ne aveva stabilito sesso ed età. Perché noi non ne saremmo stati capaci.

– Lo ospitate da tanto tempo?
– In realtà...
– Sì?
– È difficile dire... All'inizio lo si vedeva raramente. In maniera irregolare, sono circa sei mesi. Ma in questi ultimi tempi, viene quasi tutte le sere.
– Allora potete considerarlo vostro.
– Ma ci saranno delle formalità.
– Lo vaccino, lo identifico e faccio i documenti. Non c'è altro da fare.
– Tutto qui?
– Tutto qui.

Nostro? Suo, di lei, tutt'al più. Ma un gatto non è mai di nessuno. E quel gatto lì meno ancora degli altri.

Un gatto di nessuno. Perso. Forse da gente venuta per le vacanze. Alla fine dell'estate precedente, perché è in quel periodo che si era manifestato per la prima volta. Con il campeggio in fondo alla spiaggia, le roulotte sistemate tra i pini e i bungalow costruiti a due passi dal mare col beneplacito del Comune, si poteva pensare che fosse arrivato di lì e che, dopo essersi assentato un giorno per una passeggiata un po' più lunga del solito, una volta recuperata la strada, avesse trovato il posto dove era abituato a stare completamente deserto, i suoi padroni andati via, ripartiti per tornare a casa, poiché era finito il periodo delle vacanze. Allora aveva dovuto mettersi alla ricerca di un altro posto dove abitare. Oppure: era stato abbandonato. Vista l'età in media molto elevata degli abitanti del quartiere, per lo più pensionati, non era neanche impossibile che si fosse ritrovato alla porta di una casa dove qualcuno che era stato di colpo ricoverato in ospedale, o era morto improvvisamente, e che era stata chiusa in attesa che fosse messa in vendita. Un animale perso, abbandonato, orfano... Ma forse la realtà è meno melodrammatica, meno sentimentale di così. No, non c'era nessuna ragione di immaginare che dovesse esserci stata una tragedia, fosse anche minuscola. La cosa più probabile è che avesse lasciato lui stesso la casa dove era stato allevato. Un giorno un'idea aveva attraversato la sua testa di gatto e lui aveva deciso di seguirla, di partire all'avventura, andare a cercare fortuna altrove. Nel caso in cui l'erba fosse stata più verde dall'altra parte del muro. E il cibo migliore o più abbondante.

– Ma secondo te da dove viene?
– Secondo me dalla casa vicina.
– Quella che fa angolo?
– Sì, oppure l'altra un po' più in là.
– E nessuno è mai venuto a reclamarlo? Nessuno ha messo dei manifestini nei negozi? Come si fa di solito?
– Non lo so. Non ho mai perso un gatto.
– Per forza, non ne hai mai avuti.
– Non hai visto niente?
– Ho guardato. Ho anche chiesto. Ho insistito. Ho avuto l'impressione che la gente mi guardasse in modo strano. Come se li annoiassi con le mie domande. E ci sono talmente tanti gatti randagi da queste parti che nessuno ci più fa caso.
– Ma neanche i suoi proprietari?
– Magari sono contenti di essersene liberati.

Un po' a caso aveva scelto noi. Aveva deciso di restare. Provvisoriamente, certo.

Non ci sarebbe mai venuto in mente di comprare un gatto. Né di adottarne uno. Ma lui non ci aveva dato modo di scegliere. Era arrivato una sera, era tornato un po' di volte, si era sistemato. Avremmo dovuto mandarlo via. Ma qualcosa ci aveva trattenuti dal farlo, ce lo aveva impedito.

A dir la verità, in tutta questa faccenda la mia responsabilità era molto limitata. Era lei che lo aveva fatto entrare in casa, nella "sua" casa, che gli aveva dato da mangiare. Ecco perché dicevo "il tuo gatto". Ma se devo anche essere onesto, devo confessare che ero ben contento che le cose fossero andate così.

Non sapevamo neanche come si chiamasse. Del resto, i gatti non hanno un nome. O se ce l'hanno, un nome da gatti, lo tengono segreto. Come fanno, pare, i popoli primitivi che sanno cosa rappresenta l'anima di un nome e quale potere detenga colui che lo conosce. Da questo nasce la necessità, per premunirsi contro ogni eventuale manovra magica diretta nei propri confronti, di non rivelare il nome che si porta e con il quale si tornerà nella terra da cui si è usciti. Moltiplicando, finché si è in vita, come fossero maschere applicate al volto, i nasi finti dei falsi nomi con i quali in società si dà agli altri l'illusione che sappiano chi si è.

Del resto, per civilizzato che io appaia, non sono lungi dal pensarla così. Ho finito per imparare a diffidare. Non dico il mio nome. Non dico il suo (di lei). Non dico quello di nessun'altra. Mettere dei nomi in una storia significa un po' reclamarne la proprietà. Mentre le sole storie che contino sono quelle che non appartengono a nessuno e che, a questa condizione, hanno almeno una piccola chance di riguardare tutti. Dico: Io. Dico: Lui. Dico: Lei. Dico di nuovo: Lei. Dico: Noi. Non si sa chi parli e di chi. Giusto delle voci, come quelle di cui ho detto, che si sentono nella notte e il cui conciliabolo (niente vieta di pensarlo) prosegue forse anche durante il giorno.

Io? Se si vuole. Ma chi io?

Non ho nulla in contrario a che ognuno attribuisca ai personaggi di cui parlo l'identità che vuole. Quanto a me, però, ne faccio volentieri a meno. Preferisco pensare che non si tratti di nessuno, o di tutti, o di persone qualsiasi. Gente che vive avventure di poco conto, uguali a quelle di tutti gli altri e che non contano né più né meno di qualunque altra.

Allora?

Allora, per quel che riguarda i gatti, in mancanza di nomi, li si chiama con i soprannomi che ci si inventa in base all'ispirazione del momento. Lei: Minou, Moumoun, Doudou, Griset. E qualcun altro ancora. Dello stesso genere. Al veterinario, quando avevamo dovuto far fare i documenti e il libretto delle vaccinazioni, aveva dato uno di quelli. Uno qualsiasi. A caso. Senza rinunciare ciò nonostante, quando ne aveva voglia, a utilizzarne un altro. Io: faccio più fatica, persino con i nomignoli, come con i nomi in generale, anche se sono solo soprannomi. Era l'anno delle "s". Meglio: sarebbe stato l'anno delle "s". Supponendo che si fosse saputo con certezza quando era nato. Il che non era. Socrate o Stephen, per un maschio. Sapho o Saha, per una femmina.

L'avrei volentieri battezzato Sirius. Il nome di una stella per ricordarmi che, la prima volta, lo avevo visto uscire dal cielo. E poi anche per via del punto di vista da cui mi pareva che considerasse il mondo. Molto dall'alto. Come se tutto su questa terra gli fosse indifferente. Passando sovrano tra fenomeni, nessuno dei quali (a parte i più insignificanti: un insetto nell'erba, un uccello su un ramo) sembrava interessarlo al punto da far fremere anche solo uno dei sui baffi. Avendo spontaneamente acquisito una forma di saggezza suprema in virtù della quale ogni cosa gli appariva sotto l'aspetto più relativo che ci sia.

Però Sirius era un nome un po' troppo pretenzioso se gli si attribuiva il significato cui pensavo io. E poi soprattutto non volevo dargli un nome. Non vedevo con che diritto avrei potuto permettermelo. Allora, quando ero costretto a chiamarlo, dicevo semplicemente: "il gatto". Oppure: "Ilgatto" in una sola parola, come se fosse stato quello il suo nome. Se lo chiamavo così, era anche perché non avevo dimenticato la prima volta che lo avevo visto, come mi era apparso nella notte: non come *un gatto* ma come una manifestazione *sotto forma di gatto*, appena distinta dalle tenebre nelle quali la sua sagoma senza contenuto si era formata, apparenza o apparizione cui avevo fatto fatica ad attribuire un'esistenza e *a fortiori* un'identità; il suo essere nel buio infatti equivaleva a tutti i fenomeni che tappezzano l'oscurità del mondo, di modo che solo il nome più generale, il più generico, non tradiva troppo sfrontatamente ciò che la notte mi aveva inizialmente detto di lui.

In ogni modo, era inutile che mi scervellassi tanto. A cosa serviva trovargli un nome? A memoria d'uomo, non si è mai visto un gatto rispondere al suo nome.

E anche di che razza fosse, non lo sapevamo.

Il veterinario era rimasto sul vago e non aveva voluto pronunciarsi. Sicuramente perché non aveva una razza. Anzi ne aveva varie e quindi nessuna. Un incrocio indefinibile delle più comuni. Consultando la pagina corrispondente della vecchia enciclopedia che era finita con tutti i libri di un tempo nella biblioteca della nuova casa, ci siamo messi a formulare delle ipotesi. Malgrado la piccola stazza, per via del colore del suo manto che era grigio striato di nero, della coda spessa e folta ad anelli che si allargava in cima come quella di un procione, della forma del muso e anche delle sue abitudini poco socievoli, abbiamo deciso di dire che era un gatto selvatico o *Felis silvestris*. Cioè la razza più selvaggia che ci sia in Europa. A occhio nudo, si differenzia ben poco dal gatto domestico più comune, stesso pelo tigrato, stessa sagoma in lontananza, stessi atteggiamenti da predatore disinvolto. Ma se si fosse trattato davvero di un gatto selvatico, non avrebbe deciso così facilmente di rinunciare a un po' della sua libertà, e non avrebbe certo accettato il rapporto piuttosto amichevole che del resto lui stesso aveva stabilito con noi. A dar retta a quello che diceva l'enciclopedia, era anzi del tutto escluso. O meglio: lo si sarebbe dovuto subito spostare di categoria nella classificazione. Farlo passare da quella dei gatti selvatici a quella dei gatti domestici. Immagino. Perché la mia ignoranza in fatto di zoologia e delle sue regole è grande almeno quanto quella che riguarda la fisica e i suoi principi. Gatto selvatico? Poco probabile. Eppure, c'era come un'incontestabile aria di famiglia.

Io poi avevo la mia idea. Un gatto di Schrödinger. Un nome che iniziava per "s". Visto che era l'anno.

– Un cosa?

– Un gatto di Schrödinger.

– Che razza è?

– Una razza.

– L’hai inventata tu. Non esiste.

– Certo che esiste.

– Nell’enciclopedia non c’è.

– Per forza.

– Allora, Signor So Tutto, com’è fatta questa razza che nessuno conosce?

– A dire il vero, non c’è nessun segno esterno che permetta di riconoscerlo. *That’s the point*!

– Ma mi saprai certamente dire quali sono le sue caratteristiche scientificamente parlando.

– Anche questo è impossibile. Mi dispiace.

– Perché?

– Bisognerebbe sottoporre l’individuo in questione a un esperimento concettuale per determinare se si tratta o no di un gatto di Schrödinger. E d’altra parte siccome si tratta di un esperimento concettuale che quindi non è realizzabile praticamente, non lo si può fare.

– Un esperimento concettuale, niente meno!

– Proprio così.

– Certo.

Un gatto di Schrödinger, comunque. Che c’era e non c’era insieme. Che si formava nel vuoto per poi dissolversi subito in esso. Identico a tutti quelli della sua razza e allo stesso tempo più distante dai suoi simili che se lo avesse tenuto lontano un intero continente, ciascuno evolvendo in un mondo a parte. Che trasportava con sé una bolla invisibile di essere puro vasto come un universo.

Da dove veniva? Era una domanda cui era impossibile rispondere. Se non così: da casa sua. Per la ragione seguente: un gatto non arriva mai in un posto, ci torna.

Ogni volta che lo vedo rientrare dalla passeggiata, mi viene da pensarlo. Un gatto dà sempre questa impressione. Anche quando mette le zampe in un luogo dove non è mai stato prima. Ecco un secondo principio di fenomenologia felina abbastanza compatibile con il precedente, quello che avevo stabilito la notte della "prima volta" in base al quale un gatto lo si vede sparire prima ancora di averlo visto apparire. Prima, la sera: una forma che fila via, una sagoma che si dissolve, così in fretta da far pensare che non è mai stata lì. Poi, al mattino: la stessa forma, la stessa sagoma che si ricompone, tornando a occupare con grande calma il posto che da sempre deve essergli stato riservato tra le apparenze.

Se ne va prima di arrivare. Diviso in due metà di lui stesso che sembrano totalmente estranee l'una all'altra dato che non si incontrano mai. Come la luna e il sole. Due astri che si scacciano e non possono condividere lo stesso cielo. Nella fattispecie: un gatto notturno che se ne va, un gatto diurno che torna. Entrambi prendendo una delle porte gemelle che servono a passare da una parte all'altra del muro.

Esattamente come quelle figure che si vedono sui vecchi barometri venduti ai turisti in montagna o al mare o sugli orologi medievali di certe cattedrali. Per esempio: l'uomo con il parapioggia, la donna con l'ombrello. O altre allegorie più sinistre (la madre con il figlio nel ventre, la morte sotto forma di scheletro con la falce in mano), che significano la triste giostra cui assomiglia la vita e il movimento meccanico di pendola che presiede al tempo. Si entra e si esce. È giorno e poi è notte. Anzi, in quest'ordine: è notte e poi è giorno. E poi di nuovo notte.

Avanza lentamente dal fondo del giardino. In silenzio, felpato, naturale, sotto il sole che, a quest'ora del giorno, brilla nel punto più alto del cielo, schiacciando tutte le ombre che sporgono appena da sotto gli oggetti sulla cui verticale, quasi, la luce si proietta. Camminando nell'area sabbiosa che si estende dal muro di fondo fino alla terrazza, tra le piante basse. Mettendoci tutto il tempo che vuole. Con l'aria di non temere nulla. Di sentirsi ovunque a casa sua. Come se niente fosse.

L'aria di tornare a casa. Tranquillo. Senza nessuna preoccupazione. L'impressione viene dalla sicurezza di cui dà prova un gatto quando si addentra nel territorio che ha deciso che è suo. Dando l'idea di conoscere perfettamente i luoghi per avervi già abitato. Riprendendo il filo immutato delle sue vecchie abitudini. Come se ne fosse sempre stato l'unico e legittimo proprietario. E non si fosse assentato che per un momento – anche se quel momento di alcuni secondi è sembrato agli occhi degli uomini lungo un'eternità di secoli.

Forse è proprio questo che succede: torna.

Invece di quello dei vicini, sarebbe allora il gatto dei proprietari precedenti. Cose del genere càpitano, si dice. Tornato a casa dopo alcuni anni di assenza e senza neppure degnarsi di far caso ai cambiamenti che ci sono stati mentre era lontano. Ritenendo che tali cambiamenti sono insignificanti e non lo riguardano in nessun modo. Ai suoi occhi di gatto, gli umani risultano come creature totalmente intercambiabili rispetto a lui. Al punto che forse non riusciva neppure a distinguerli, non si sforzava neanche di riconoscerli, confondendo i volti, non ricordando i nomi, non preoccupandosi di ciò che sono un nome o un volto purché ci sia qualcuno che gli assicuri le comodità dell'esistenza. Notando appena, un po' distrattamente, che a casa sua, sotto i suoi occhi, dalle parti della terrazza e dietro le finestre illuminate della cucina o della camera, come ombre cinesi su uno schermo, qualcosa si manifestava a volte dall'altro lato del giardino *sotto forma di umano*. Secondo un principio, assolutamente legittimo in quanto strettamente reciproco, di mutua indifferenza tra le specie.

E se era il gatto del noce? Voglio dire: dell'annegato. Che riprendeva il suo posto sull'albero dove amava andarsi a sdraiare, sistemandosi comodamente nell'incavo che formano i quattro rami principali nel punto in cui si allontanano dal tronco, e a volte anche un po' più su, arrampicandosi verso quella che ne era un tempo la cima e di cui restano solo monconi di legno spinti verso il cielo. È poco verosimile, lo ammetto, perché ha l'aria troppo giovane. Ma siccome non si sa né in che anno lui sia nato (il veterinario non ha voluto pronunciarsi più di tanto) né quello in cui l'altro è morto (i vicini non sono stati molto più precisi) non è del tutto impossibile. Insomma potrebbe essere lui. Riprenderebbe possesso della sua vecchia casa. Il gatto dell'annegato. Mandato dall'aldilà. L'informatore del morto, da lui incaricato d'ispezionare silenziosamente i luoghi in cui aveva vissuto, di far sì che segretamente vi continuasse la storia che, in un'altra esistenza, era stata la sua.

Perché non si sa mai quando una storia inizia. E non sapendolo, la si fa cominciare dall'ultimo racconto che ne è stato fatto. Senza neppure immaginare che quello viene dopo un altro, e un altro ancora, e che è solo uno dei tanti che formano la serie di tutti i precedenti. Per difetto di memoria non ci si figura mai tutto ciò che c'è stato prima. Da molto tempo. Risalendo all'epoca delle origini di cui parlano le leggende.

Come quella che dice che la terra apparteneva una volta al popolo dei gatti e che l'hanno lasciata millenni fa per una breve passeggiata, concedendo agli umani l'usufrutto temporaneo del loro regno. Ma che verrà il giorno in cui i gatti torneranno e reclameranno la loro proprietà. Conquistatori silenziosi.

Insomma tutti i gatti che adesso sembrano spuntare dal nulla, penetrando ovunque come se fossero a casa loro, sarebbero degli esploratori, venuti a preparare per la specie felina il momento del legittimo riscatto.

Quel giorno: il giorno dei gatti.

Una volta avevo letto una storia simile. Non era esattamente la stessa, ma le assomigliava molto. Diciamo che le due storie avevano qualcosa in comune che me le faceva confondere. Dove l'avevo letta? Come la vecchia enciclopedia ormai desueta che avevamo consultato, tutti i miei libri erano finiti lì, nella "sua" casa, sistemati nella grande libreria dell'ufficio. Accumulati sin dall'infanzia, di tutte le epoche della mia vita di lettore, disparati, consumati, di tutti i formati, senza nessun legame logico tra loro. Io stesso facevo fatica a pensare che avessero potuto appartenere a una sola persona, alla stessa (che dovevo essere io, ma chi io?), e a farmi un'idea del desiderio che aveva potuto spingere quello sconosciuto a comprarli. E adesso mi meraviglio, quando vado a guardarli, che la maggioranza di quegli oggetti di carta non mi dica assolutamente più nulla. Non ricordando nessuna delle storie che contengono né di averli un giorno tenuti tra le mani. A volte ne prendo uno a caso come si consulta un oracolo. Lo apro a una pagina qualsiasi. Così ho ritrovato il racconto di cui parlo.

Una leggenda cinese, credo. Dice che una volta il nostro mondo e quello degli specchi (tra i quali si poteva circolare liberamente) vivevano in perfetto accordo. Diversi uno dall'altro tanto quanto possono esserlo due universi, e senza che uno fosse in nessun modo il riflesso dell'altro. Sino a che il popolo degli specchi non decise di invadere il nostro campo. Ne nacque una lunga e terribile guerra conclusasi poi con la vittoria dei nostri. L'invasione respinta e l'aggressore ricacciato nel suo territorio. Era stato allora che per ostruire il passaggio tra i due mondi e impedire che avvenisse un nuovo scontro, erano state erette ovunque le impenetrabili pareti di metallo o di vetro cui si dà ormai il nome di specchi. Un potente sortilegio era stato gettato dai vincitori sui vinti per forzare i secondi ad adottare l'apparenza dei primi e a imitare servilmente ognuno dei loro gesti.

Ci ripensavo adesso. Questa storia non l'avevo dimenticata, e neanche la perplessità in cui ero sprofondato quando l'avevo letta e aveva risvegliato certi miei interrogativi di quando ero bambino. Immaginandomi tutte le ipotesi cui facilmente si prestava. Perché, è ovvio, subito si poneva la questione di sapere da quale dei due lati dello specchio ognuno si trovasse. Pensando a volte che se ero dal lato sbagliato, era perché appartenevo al popolo dei perdenti. Con il passare del tempo, quest'ultimo aveva dimenticato il sortilegio che gli era stato lanciato contro in quell'occasione, ed era diventato del tutto inconsapevole della pena perpetua che da allora espiava, obbligato a copiare, senza sospettarlo e senza avere nessuna idea di ciò che significavano, i gesti degli unici che vivessero realmente, quelli dall'altra parte.

Così, da piccolo, guardavo spesso gli specchi. Per cercare di cogliere in fallo colui di cui condividevo i tratti. Per scoprire chi tra lui e me fosse la copia dell'altro. Inventando ogni sorta di esperimenti ottici per venire a capo della faccenda. Usando l'armadietto del bagno appeso sopra al lavabo che, con i tre specchi girevoli montati ognuno su una cerniera, permetteva di far moltiplicare all'infinito ogni immagine: la mia, vista di lato, con dietro quella della stanza che si prolungava nel corridoio verso il fondo dell'appartamento e più lontano ancora, in direzione dello spazio cui voltavo la schiena e che si confondeva con la profondità del mondo.

Chiedendomi se il riflesso di un riflesso era la realtà, se la ricostituiva, se la somma di due illusioni produceva una verità, come il prodotto di due valori negativi ne dà uno positivo, oppure se al contrario quel riflesso di un riflesso faceva apparire all'interno di questa realtà un altro universo che sarebbe quindi stato la copia di una copia. E così di seguito. In modo tale che non c'erano due mondi ma all'interno di ognuno di essi altri due mondi e, progressivamente, una moltitudine inimmaginabile di realtà che andavano a perdersi nell'imperscrutabile vaghezza di una profondità inaccessibile.

Davanti allo specchio, attendevo un segno, dello stesso genere di quelli che cercavo di scorgere da bambino nel buio. Qualcosa che, dalla lontananza delle cose, sarebbe venuto lentamente verso di me.

La leggenda raccontava che sarebbe poi giunto per il popolo degli specchi il giorno della rivincita. Qualche infimo indizio avrebbe annunciato il momento della rivolta dei riflessi, che avrebbero finito per ribellarsi alla servitù, rifiutando una prima volta di obbedire agli ordini, poi una seconda, infine smettendo del tutto di imitare il loro modello, quindi infrangendo le pareti invisibili della loro prigione per riprendere possesso dell'universo. Ma prima, nello spessore dello specchio, sarebbe apparso il segno precursore di un'anomalia quasi impercettibile: un'onda minuscola che si sarebbe messa a vibrare, una riga che avrebbe scalfito la superficie di un colore sconosciuto, e si sarebbe poi allargata perché vi si affacciasse la prima delle creature dell'altro mondo, di nuovo libera, ad aprire la strada a tutte le altre pronte a seguirla per travolgere il visibile, invadere l'universo.

Una specie di animale, diceva il racconto, la cui sagoma molto vaga sarebbe spuntata in lontananza, nell'acqua profonda e ancora calma di un primo specchio: a seconda delle versioni, poteva essere un pesce, una tigre o un gatto. Avrebbe oltrepassato la frontiera tornata porosa tra i due mondi, senza però che io potessi dire, non sapendo da che lato mi trovavo, se quell'inquietante perlustratore indicava per me il momento dell'asservimento o quello della liberazione. Un essere che tornava guidando il corteo di tutte le creature bandite dalla vita.

Un gatto, il primo, apparso sul confine in procinto di annientarsi dove presto si sarebbero mescolate tutte le forme prima separate del mondo.

Chi?

Nessuno.

Ma se proprio volete darmi un nome, chiamatemi Schrödinger!

È un nome che mi va bene. E avrebbe il vantaggio di preservare il mio anonimato molto meglio di quello che porto ufficialmente. Perché in questo piccolo villaggio dove non viene mai nessuno, se si escludono le vacanze scolastiche, e in cui nessuno vive davvero, è praticamente nullo il rischio che ci sia qualcuno in grado di identificare il geniale e glorioso inventore dell'incomprensibile funzione d'onda.

In generale, è il gatto a prendere il nome dai padroni. Ma mi fa piacere che nel mio caso avvenga il contrario. Avrei anche potuto chiamarmi: Félix Sylvestre. D'altra parte, come non si sarà certo trascurato di osservare, è un nome che assomiglia abbastanza a quello con cui vengo chiamato solitamente.

Tutti hanno vari nomi. Prendete il mio caso. A volte, soprattutto all'estero, mi danno del "professore". In certe occasioni (ho faticato a rimanere serio) è persino successo che mi chiamassero "maestro", testimonianza di un'ammirazione per lo meno esagerata, di quelle che si riservano cerimoniosamente agli artisti e ai vecchi saggi. E poi, come càpita a tutti gli uomini, delle donne mi hanno detto "amore mio", "tesoro", "gioia". Oppure, ed erano le stesse, "carogna", "schifoso", "disgraziato", per esempio nella frase: «Non sei altro che una carogna, uno schifoso, un disgraziato...».

Che lo stesso individuo possa essere definito contemporaneamente in modi così diversi sembra dimostrare che la legge che vale per le particelle elementari, smentendo il principio di "decoerenza", si applica in maniera molto simile alle creature viventi le cui proprietà spacciate per oggettive dipendono esclusivamente dall'osservazione cui si trovano sottoposte e, nello stato "sospeso" in cui sono, presentano praticamente tutte le caratteristiche insieme.

– Signor Schrödinger! Signor Schrödinger!

Un uomo m'interpella così per strada. Mentre mi dirigo verso la mia auto posteggiata sotto i pini.

– Signor Schrödinger!
– Sì.
– Sono il signor Planck.
– Il signor Planck?
– Sa, il suo vicino. La casa di dietro, quella in fondo al suo giardino.
– Ah, sì... Piacere!
– Non speravo più di trovarla. Sono settimane che la cerco. Lei non è mai a casa.
– Diciamo che raramente mi trattengo a lungo.

– Comunque, volevo avvertirla. Ne ho già parlato alla signora de Broglie e al signor Heisenberg…

– Chi?

– Sa, gli altri suoi due vicini.

– Certo.

– Sto per far fare dei lavori di ampliamento. Costruisco un garage. Aggiungo un piano. Per poter ospitare figli e nipoti quando vengono per le vacanze. La famiglia! Di sicuro capisce cosa voglio dire.

– Sì sì.

– E allora ho portato le carte in comune. La procedura per il permesso di costruzione è avviata. Ci vorrà poco. Nel giro di due settimane i lavori saranno finiti. Per lei poi non cambierà gran che. Alzeremo appena un po' il muro. Spero non abbia niente in contrario.

– Mah, bisognerebbe che ne parlasse con mia moglie. La casa è sua.

– Sua moglie è come lei, non la vedo mai. L'unica volta che mi ha parlato era per il gatto. Adesso sta da voi?

– Va e viene. Fa la sua vita.

– Ha le sue abitudini. A proposito, come le dicevo, farò rifare il muro quindi il buco da cui passa verrà chiuso.

– Non è un problema: troverà un'altra strada.

Chi?

Apro la vecchia enciclopedia per sapere chi sono. Bisogna dire che quei libri lì sono più prolissi sui gatti che sugli scienziati. Ed è giusto così. Appena una notiziola di poche righe. Con una fotografia grande come un francobollo.

Erwin Schrödinger. Nato a Vienna il 12 agosto 1887. Morto il 4 febbraio 1961. Scienziato austriaco. Riceve il Premio Nobel per la fisica nel 1933. (Niente male!). È l'inventore della funzione d'onda e, in quanto tale, uno dei principali fondatori e teorici della meccanica quantistica. (Sono io!). Ma la sua insaziabile curiosità (non esageriamo!) lo spinge verso la fine della vita a interessarsi alla biologia, e a formulare l'ipotesi del codice genetico che porterà alla scoperta del DNA. (Niente meno!). È anche autore di vari libri di filosofia e di poesia. (Nessuno è perfetto!). Lascia la patria per sottrarsi alle persecuzioni di cui è vittima e si stabilisce in Irlanda. (Buona idea!).

Allora mi sono procurato quasi tutti i libri miei o su di me che sono ancora disponibili. Con mia grande sorpresa, ce ne sono molti. Parecchi sono stati ripubblicati l'anno scorso in collane tascabili. Di sicuro per festeggiare i cinquant'anni dalla mia scomparsa. L'attenzione mi tocca. Edizioni molto curate in cui un filosofo francese mi commenta, mi annota, mi spiega. Bisogna che pensi a mandargli due righe di ringraziamento. Ma a dir la verità comincio a non capire più molto bene io stesso le scoperte che ho fatto. È pazzesco come si dimentica in fretta quello che si sapeva. Di fronte alle mie proprie equazioni mi sento come un pesce fuor d'acqua. Affascinato dalla bellezza formale della cosa. Ancora vagamente memore di ciò che significa, ma del tutto incapace di seguire fino in fondo il lungo e fastidioso ragionamento di cui è l'esito. Salto delle pagine.

Preferisco la grossa biografia, *Schrödinger. Life and Thought*, che le Edizioni Universitarie di Cambridge mi hanno dedicato vent'anni fa. L'autore, un certo Walter Moore, fa, nell'introduzione, una presentazione di me che tutto sommato mi piace e che, se mi avessero consultato, avrei voluto come epitaffio sulla mia tomba, là in Tirolo dove il mio corpo si sta lentamente decomponendo da ormai mezzo secolo. Traduco approssimativamente: «Tra i grandi creatori della fisica moderna, Erwin Schrödinger era la personalità più complessa. Era un avversario accanito dell'ingiustizia e tuttavia considerava ogni attività politica degradante. Disprezzava il fasto e l'apparenza, ma aveva un debole per le onorificenze e le medaglie. Era assolutamente convinto che tutti gli uomini siano in realtà uno solo, come affermano i Veda, eppure non sopportava di prendere parte a nessun lavoro collettivo. Mentalmente era un perfetto razionalista, ma di temperamento era versatile come una primadonna. Si proclamava ateo ma ricorreva volentieri ai simboli religiosi ed era persuaso che il metodo scientifico porta alla fede».

Ecco cosa rimane di se stessi nel ricordo degli altri! Una persona e il suo contrario. Quello ero io.

Una manciata di piccoli aneddoti. Leggendo, mi ricordo con piacere dei più pittoreschi. Per esempio di quando durante la Prima Guerra Mondiale ero ufficiale d'artiglieria sul fronte italiano e tra due salve con cui esercitavo la mia abilità contro le linee nemiche, guardavo i fuochi fatui che fluttuavano sui fili spinati a due passi dalle trincee. Ritrovo storie come questa nel libro di Moore. Ma certamente la questione che lo interessa di più è quella delle donne. «Erwin, scrive (che familiarità!), era ossessionato dalla sessualità – si può anzi dire che è stata la più importante delle attività non scientifiche della sua vita». Azzeccato, e ben detto: "la più importante delle attività non scientifiche della sua vita". Anche se forse detto un po' superficialmente: chi lo sa se il sesso non è una delle forme della scienza? Mi soffermo soprattutto sulle illustrazioni del libro, i ritratti fotografici di Felicie, Lotte, Annemarie, Withi e Ithi, Hildegunde, Hansi, Sheila. Nomi che oggi fanno sorridere. Erano tutte molto belle però, ognuna nel suo genere, bellezze tipiche dell'epoca. Sono stato un uomo fortunato.

Il mio biografo non lo dice da nessuna parte ma, personalmente, sono convinto che mi verrebbe riservato uno spazio maggiore nelle enciclopedie se fossi stato più conforme all'idea rispettabile che ci si fa normalmente di uno scienziato. Come il mio amico Einstein, tutto il contrario di me, un franco tiratore della scienza, che passa quasi per essere un modesto autodidatta arrivato solo grazie alla potenza del suo genio, la grande coscienza del nostro tempo, pacifista e vegetariano, l'uomo dal cervello ipertrofico, con un talento da vero pubblicitario, se si pensa che ha legato il suo nome a una formula ($E=MC^2$) e a una teoria (la relatività) di cui tutti pensano di poter capire il principio (addirittura!). Mentre io! Va' un po' a spiegare a qualcuno in due parole che cos'è la funzione d'onda.

Ma Einstein, sembra, dormiva da solo, trattava la moglie come una domestica e l'ha resa molto infelice. Io, almeno, ho reso parecchie donne felici. Alcune contemporaneamente, è vero. Il che non è avvenuto, va da sé, senza creare en passant qualche problema. Deve pur esserci un rovescio della medaglia! Non sarò certo io a negarlo. Ma credo che tutte abbiano apprezzato la mia gentilezza. Non dovevo fare sforzi. Ero il contrario di un libertino cinico. Un eterno innamorato. Amavo la compagnia delle donne. Il mio sentimentalismo mi spingeva verso di loro. Io le amavo e loro, credo, amavano me.

Così ho sempre considerato più importante la mia vita da amante che la mia vita da scienziato. Ho rinunciato al posto che mi veniva offerto negli Stati Uniti perché temevo il puritanesimo americano e avevo paura di venir perseguito in nome della legge che vieta la bigamia. Sono fuggito dalla Gran Bretagna quando ho visto cos'era Oxford, una congrega di scapoloni in toga, che cenavano tutti insieme e tolleravano senza problemi l'amore tra uomini (per quanto troppo casti e troppo stanchi per praticarlo realmente), ma vedevano piuttosto male che si potesse avere una donna. Figurarsi due!

Non bisogna cercare altrove la ragione che mi ha indotto a tornare in Austria – dove credevo, ricordando i miei anni giovanili a Vienna, che avrei avuto la vita più facile. Avevo scelto male il momento, questo è vero. 1939: non lontano dall'*Anschluss*. Soprattutto per qualcuno come me che, senza aver mai fatto politica, aveva tuttavia espresso convinzioni molto esplicitamente antifasciste. Uno dei rari ad aver protestato contro l'espulsione dei professori ebrei quando tutta la gerarchia dell'università germanica giurava, con un certo Heidegger in prima fila, fedeltà entusiastica al Reich.

Mi sono trovato in trappola. Allora ho firmato senza farmi troppi scrupoli una lettera aperta nella quale ripudiavo tutte le mie vecchie convinzioni e professavo una conversione senza riserve ai valori della nuova Germania. Il tono della mia professione di fede era così esagerato, così delirante, che confidavo che la si potesse leggere in trasparenza, che se ne potesse cogliere l'intenzione ironica, che il mio manifesto di adesione iperbolica al Reich potesse venire interpretato come una sorta di testimonianza dadaista. Ma l'epoca cominciava a mancare crudelmente di senso dell'umorismo.

Volevo che mi si lasciasse tranquillo. Ne avevo bisogno. Un'altra donna... Non dico che scrivere quella lettera sia stata la cosa più intelligente che ho fatto. Certo, se fossi stato deportato, cosa che sarebbe sicuramente successa, se fossi morto da martire, avrei avuto fama assicurata, ci si ricorderebbe meglio della mia funzione d'onda e si presterebbe persino alle mie equazioni un edificante significato morale e politico. Per giunta, non è servito a niente. I nazisti, almeno loro, sapevano leggere. Non si sono fatti ingannare. E mi sono ritrovato dall'oggi al domani come un paria nel mio stesso Paese. Ho dovuto fuggire lasciandomi alle spalle tutto quello che possedevo, senza un soldo in tasca. Sono passato clandestinamente in Italia. E da lì sono partito per l'Irlanda che è diventata la mia seconda patria.

Moore racconta tutto questo abbastanza correttamente. C'è solo una cosa che non sa, che non capisce, che gli sfugge. Ed è però il punto essenziale perché riguarda il momento della mia vita che fu quello della scoperta cui ho legato il mio nome, la funzione d'onda, l'equazione detta di Schrödinger. Natale del 1925. Un'illuminazione improvvisa. In pochi giorni, tutto mi è stato chiaro. Le equazioni si concatenavano con una fluidità inusuale. I problemi si risolvevano uno dopo l'altro. Vedevo disporsi davanti a me, come se le avessi già risolte, tutte le questioni cui nel giro di un anno avrei fornito la serie di risposte che gli scienziati dell'epoca non erano ancora in grado di dare.

Un'esperienza del genere, in sé, non ha niente di eccezionale. In ambito scientifico, è così che si fanno quasi sempre le scoperte. Si avanza a tentoni per anni, si progredisce molto faticosamente con l'impressione di trovarsi in una nebbia fitta di ipotesi fastidiose e poco convincenti che via via vengono escluse. E poi di colpo: la schiarita dell'eureka! No, nel mio caso, il mistero sta in altro. Ero andato in vacanza in montagna. Una camera in un hotel di Arosa, Villa Herwig. Con una donna, ovviamente. Neanche Moore ha scoperto di chi si trattava. Non svelerò il segreto. Sarebbe molto indiscreto. Il mio biografo la chiama la "signora di Arosa" e la paragona, bontà sua, alla *Dark Lady* che fu l'ispiratrice dei sonetti di Shakespeare.

Rivedo ancora la camera di quello chalet sul fianco della montagna, appollaiato tra i pini, i pendii innevati, il balcone che dava sulla valle soleggiata. Passavamo tutto il tempo a letto. Non smettevamo mai di fare l'amore. Voglio dire: nella misura in cui è umanamente possibile. Non voglio dipingere di me stesso un ritratto più lusinghiero di quanto consenta la decenza. Come tutti gli uomini, in base alle circostanze, all'ispirazione del momento, a quanto mi piaceva la donna con cui ero, sono stato un amante in certi casi straordinario in altri penoso. La grande vertigine delle prime notti che si succedono e si confondono, tanto da perdere la nozione del tempo, come se un unico amplesso si protraesse praticamente senza interruzioni. Non dico altro. Chiunque abbia amato sa di cosa parlo.

Quando mi alzavo dal letto (cosa che non accadeva molto spesso) mi sedevo alla scrivania e, magicamente, in pochi minuti, venivo a capo dello stadio successivo del mio ragionamento. Dire che continuavo a pensare alla funzione d'onda mentre facevo l'amore sarebbe decisamente poco delicato. E anche del tutto inesatto. Ma una parte del mio cervello, stimolata forse dai sensi e dall'afflusso di sostanze che il piacere libera nell'organismo, doveva funzionare autonomamente in un angolo della mia testa e proseguire il lavoro. Dopo non mi restava che ricopiare il risultato cui, senza di me, la mia mente era arrivata.

Moore, a giudicare da quello che capisco di lui leggendolo, è abbastanza malizioso da aver capito tutto questo. Ma abbastanza furbo da non parlarne. Non vuole nuocere alla mia reputazione. Gliene sono grato. Sicuramente ha anche la preoccupazione legittima di non mettere inutilmente a repentaglio i suoi interessi. Se si vuole fare carriera in università, sostenere la tesi che l'ingegnosità scientifica possa essere legata all'esuberanza erotica non è il sistema migliore per facilitare l'assegnazione di una cattedra di epistemologia. Preferisce stare nel vago. Non sarò certo io a biasimarlo. È assodato che il genio deve nascere dalla frustrazione, dalla sublimazione: non si crea, è notorio, se non nella miseria affettiva, per compensazione. Certi, è facile immaginare perché, amano pensare che sia così. Io invece ho sempre pensato il contrario. Anzi: l'ho provato.

Avevo circa quarant'anni. Come dire che ero praticamente finito. In ambito scientifico, le grandi scoperte sono sempre fatte da persone molto giovani. Il che peraltro è un argomento in più a favore della tesi di cui dicevo prima, e che lega il tasso ormonale alla facoltà speculativa. Passata la trentina, la potenza erotica declina e gli scienziati si accontentano di solito di gestire le intuizioni avute in giovinezza. Per quel che mi riguarda, fino a quel momento ero stato un ricercatore molto mediocre. Che la fisica quantistica sia nata tra le lenzuola di una camera d'albergo e grazie a una relazione adulterina invece che in un laboratorio o davanti a una lavagna ricoperta di equazioni scritte con il gesso, mi rendo conto, è un'ipotesi alquanto discutibile. Diciamo pure scabrosa. La signora di Arosa fu la mia musa. Devo a lei la sensazione di ritorno alla vita che mi ha fatto conoscere quando avevo già superato la metà della mia vita. E, accessoriamente, la scoperta della funzione d'onda. È a lei, a essere giusti, che avrebbero dovuto dare il Nobel. Ma vallo a spiegare a una commissione di accademici!

Un altro punto a favore di Moore: dedica solo due o tre pagine verso la metà del libro (che ne conta cinquecento!) al mio esageratamente celebre gatto. Già fin troppo per qualcosa che in fondo non fu altro che uno scherzo. Ho avuto un bel presentare così quel piccolo esperimento concettuale, insistere sulla sua dimensione burlesca: mi hanno preso sul serio molto più di quanto non avessi previsto. Che farci? Sono un umorista il cui spirito è stato decisamente poco capito dai contemporanei. Avrei dovuto ricordarmi di questa lezione quando ho firmato quella maledetta professione di fede in favore dei nazisti. Dici una cosa in modo che si capisca il contrario di quella cosa, e ti attribuiscono esattamente la convinzione di cui volevi far deflagrare l'assurdità. Questo mi è successo.

Sotto forma di farsa, ci tenevo ad aprire il mio cuore e a spiegare quanto condannavo le estrapolazioni aberranti che alcuni pretendevano di dedurre dalla meccanica quantistica (stavo per scrivere della *mia* meccanica quantistica) sostenendo che all'indeterminazione del dominio microscopico si possa associare un'analoga indeterminazione del dominio macroscopico. Eresia, certo! Ho difeso la tesi inversa perché non potesse essere detto di me che quando era necessario non avevo parlato in difesa della verità. Invano. Perché succede sempre così.

Il mio gatto è diventato più famoso di me. Un po' come l'asino di Buridano, che ha fatto dimenticare il filosofo della cui mente era frutto, animale favoloso che, sia detto en passant, assomiglia abbastanza al mio gatto: perché esita tra l'avena e l'acqua fino a morire sia di sete che di fame. In generale, gli storici delle scienze spiegano che ho semplicemente dato una forma un po' più divertente a una proposta di Einstein, il quale aveva immaginato che, invece di essere collegato a una fiala di veleno tramite un martelletto montato su una molla, il contatore Geiger dell'esperimento avrebbe innescato un detonatore fissato a un barile di polvere. Bum o non bum! All'epoca, aveva appena reso pubblico quello che è stato chiamato il "paradosso EPR" destinato a denunciare, contro Bohr, la deriva idiota che secondo lui stava prendendo la fisica quantistica. In linea di principio, ero abbastanza d'accordo con Einstein, sono sempre stato più o meno d'accordo con lui – per quanto io possa adesso ricordare annessi e connessi di una querelle piuttosto complessa.

Raramente ci si pongono le domande giuste sugli scienziati. Su di me, ci si è mai chiesti da cosa venisse la mia predilezione costante e mai smentita per i modelli che rendono conto della realtà come se fosse fatta di onde piuttosto che di corpuscoli? Si è di destra o si è di sinistra. Ci sono uomini che preferiscono le bionde e altri che preferiscono le brune. Certi vanno in montagna, altri al mare. Che lo si voglia o no, su ogni questione l'umanità si divide sempre in due. Come se ci fossero due punti di vista su tutte le cose. Inconciliabili. Ed entrambi ugualmente giustificati. Due maniere opposte di vedere il mondo e di decidere da che parte si sta. Onde o corpuscoli? Gli umani possono essere classificati in due tipi in base alla concezione che trovano più affascinante. Io? Le onde, naturalmente! L'idea che l'universo non sia fatto di minuscole particelle solide che si assemblerebbero come mattoncini di un gioco di costruzioni, bensì che la realtà fluttui e ondeggi simile a una sostanza immateriale che vibri nel vuoto e risuoni in echi lontani.

Un gatto morto *e* vivo insieme. Anche se non ci credevo, l'idea mi è pur venuta in qualche modo. Che una cosa possa essere lei stessa e il suo contrario, ne ero io in persona la prova. Un vostro poeta ha scritto: «I fervidi innamorati e i dotti austeri/ Amano ugualmente, nella loro età matura,/ I gatti possenti e dolci, orgoglio della casa...». Come se i "fervidi innamorati" e i "dotti austeri" fossero due specie di uomini necessariamente diverse. Si può essere entrambe le cose insieme: una persona e il suo contrario, come dice così opportunamente Moore di me. Innamorato e dotto, fervido e austero, ateo e credente, fisico e poeta. Innamorato dell'una e innamorato dell'altra. È la doppia vita che ho sempre condotto, se volete che vi confessi com'è andata e vi riveli una verità che non troverete in nessun manuale di fisica atomica, che mi ha dato l'idea iniziale del principio di sovrapposizione, ne sono profondamente convinto. Mi ha insegnato molto sul genere di situazioni impossibili che ho illustrato con la mia favoletta quantistica, per esempio che si deve saper essere in un posto e insieme non esserci se si vuole poter sfuggire al veleno e non diventare troppo martelletti. Fare i morti per rimanere vivi.

Sì, lo so: Schrödinger è nella tomba da cinquant'anni. È molto improbabile quindi che sia andato a godersi una specie di pensione dalle parti di una stazione balneare della costa atlantica e che adesso si metta a raccontare la sua vita, abbastanza contento di ciò che fu e di se stesso, evocando con una fatuità malgrado tutto simpatica i suoi grandi exploit scientifici e le sue buone fortune sentimentali. Ed è più inverosimile ancora che si ricordi della sua esistenza passata mescolandovi elementi che appartengono inequivocabilmente alla vita di un altro uomo nato un anno dopo la sua morte.

Il tempo e lo spazio, la vita e la morte: a cosa servirebbe aver inventato la funzione d'onda se, come conseguenza, non si prendesse un po' di distanza rispetto a categorie come quelle e non le si considerasse dei pregiudizi alquanto grossolani? C'è una sola realtà, continua a ripetere Schrödinger. Dall'inizio alla fine, resta fedele a questo credo che impedisce di discriminare tra le cose e gli esseri. Convinto che tutti gli uomini sono in effetti uno solo. E se così è, si può anche dire che ognuno è chiunque. Allora, non vedo perché un individuo nato un anno dopo la scomparsa di un grande scienziato non potrebbe essere considerato la sua reincarnazione.

– Signor Schrödinger!

– Sì.

– Intanto la ringrazio di avermi ricevuto e poi di aver accettato di rispondere alle domande del modesto giornalista che sono per il nostro giornale locale. Dato che ormai ci fa l'onore di risiedere qui tra noi.

– Ma la prego. È un piacere per me.

– Vedo un gatto sulle sue ginocchia. E non resisto al desiderio di chiederle subito di lui. Si tratta, immagino, del suo gatto, il celebre gatto di Schrödinger?

– In realtà, questo è il gatto di mia moglie. Ma se vuole...

– L'enigma allora è risolto. È vivo!

– Lo dice lei!

– Eppure...

– Si sa forse chi è morto e chi è vivo?
– Ma…
– Lei per esempio?
– Vivo, ovviamente!
– Davvero? E io? Secondo lei? Sono morto? Sono vivo?
– Ma vivo, diamine!
– O magari sono morto *e* vivo?

Comunque sia, dopo averlo esaminato per fare il libretto delle vaccinazioni secondo le norme, il veterinario ci aveva detto tutto di lui. Per lo meno tutto quello che poteva dedurre dal rapido esame che aveva eseguito davanti a noi. In particolare il sesso. Ma prima ancora che si fosse pronunciato in merito, io mi ero già fatto un'idea.

Perché io ho la mia teoria sul sesso dei gatti. Eccone il principio essenziale: anche i maschi sono delle femmine. È una teoria che, lungi dal limitarsi ai gatti, vale per tutti gli esseri viventi e si applica insomma a tutto ciò che respira sulla terra. Per i cani, però, vale piuttosto il contrario: anche le femmine sono dei maschi. La mia è una teoria dotata di forte potenza esplicativa. Ci sono delle specie maschie e delle specie femmine. Il mondo è diviso in due, secondo la legge di una perfetta simmetria che ne garantisce l'equilibrio e ne assicura il perpetuarsi. Con, in cima, l'animale umano il quale, poiché compendia e sintetizza il regno cui tutte le altre creature appartengono, può presentare sia l'uno sia l'altro sesso. Certo non sempre, per un individuo dato, si tratta di quello che corrisponde alla sua anatomia o al suo carattere psicologico. Con tutta la gamma delle situazioni intermedie, dal maschile al femminile. E tutte le combinazioni possibili. Ognuno, qualunque sia il suo sesso, si trova così sospeso tra vari stati di modo, che la sua identità resta del tutto indeterminata fino a quando il caso di una reazione qualsiasi non gli dà l'occasione di rivestire l'una o l'altra delle proprietà tra le quali, come tutti, altrimenti si divide.

Ho la mia teoria sul sesso dei gatti. Ma benché io sia convinto della sua validità, la tengo per me. Così come non dico niente delle legittime estrapolazioni cui pure si presterebbe. Divulgarla rischierebbe di mettermi in conflitto con troppa gente. Perché, per le ragioni che ho già detto, su tutte le questioni essenziali, e soprattutto quelle che riguardano i gusti che ha, proprio come accade a proposito di onde e corpuscoli, l'umanità si divide sempre in due, e non serve a niente pretendere di spiegare a qualcuno perché appartiene a un campo piuttosto che a quello opposto. Certi preferiscono i gatti, altri preferiscono i cani, tutto qui, e i secondi considerano del tutto inaccettabili gli argomenti (soprattutto se sono sessuali) con i quali i primi giustificano la loro predilezione. E viceversa. Ugualmente, tra gli umani, dato che la mia teoria vale anche per loro, certi amano gli uomini, altri amano le donne e tutti deducono da questa inclinazione l'idea che si fanno della loro personale identità, considerando in genere del tutto naturale avere un sesso e uno solo, uno e non l'altro, e servirsene esclusivamente con i partner del genere da cui si sentono attratti, uomini o donne che siano.

La mia teoria funziona benissimo, ne sono certo. Ecco perché, nell'interesse della scienza, è un peccato che io debba astenermi dal rivelarla. Anzi, ne ho già detto sin troppo, dando a pensare chissà quali inesattezze sul mio conto mentre intendevo attirare l'attenzione solo su questa legge: l'amore dei gatti va, sempre e ovunque, di pari passo con l'amore delle donne, qualunque sia la forma che entrambi assumono. Protestate pure. Non dipende da me. Ma siccome in queste faccende non è possibile discutere, poiché ognuno resta fisso sulle sue idee, disposto a difenderle con una violenza inversamente proporzionale alla capacità che avrebbe di giustificarle, e siccome è inutile offendere la gente e mettersela contro se si è convinti che sarebbe inutile, preferisco star zitto.

Su questo argomento, mi limito quindi a un unico principio di fenomenologia felina, un terzo che va ad aggiungersi agli altri due già enunciati: tutti i gatti sono delle gatte. Principio d'altra parte abbastanza universalmente ammesso a giudicare dalle leggende che riguardano il popolo felino e da cui risultano ogni sorta di affinità con il popolo muliebre. Storie di gatte trasformate in donne. O il contrario. Come se questo tipo di metamorfosi andasse da sé e non si opponesse troppo scandalosamente alle leggi della natura e alla frontiera in teoria invalicabile che essa traccia fra una specie e l'altra.

Punto di vista maschile! Sia pure. Capace di considerare una donna come un animale da compagnia, si dirà, e di apprezzarla in funzione delle sue più o meno grandi virtù decorative e domestiche. Mi riconosco colpevole. Salvo che sono spesso le donne che amano prendersi per delle gatte – mai, per esempio, lo avrete notato, per delle cagne. E il vero pregiudizio nei loro confronti consiste piuttosto nel pensare che si prestino al parallelismo senza sapere bene quello che fanno, adottando servilmente gli stereotipi sul loro conto, come pretendono i sostenitori della buona causa, che le sottomettono all'alienazione tipica del loro stato. C'è della ragione in ogni follia. Se una donna si prende lei stessa per una gatta, perché mai bisogna pensare che lo faccia per conformarsi al punto di vista che un uomo, per esempio io, avrebbe su di lei?

Tra l'altro, bisogna andare cauti a parlare di un punto di vista maschile. Sono davvero un uomo, io? Per vederci un po' più chiaro, bisognerebbe fondare una meccanica ondulatoria dei sessi. Obbediente, è ovvio, al buon vecchio principio di sovrapposizione che vuole che ogni cosa sia contemporaneamente se stessa e il suo contrario. È un campo che resta da esplorare e al quale il suo genio concettuale, caro signor Schrödinger, è escluso che resti indifferente.

Uomo o donna, d'altra parte, è ancora troppo semplice. Perché non microbo, roditore, uccello, balena o elefante? O anche: sasso, fiume, nuvole o pianta? Tutte le creature si trovano originariamente nello stesso stato di indeterminatezza nel quale si sovrappongono le forme possibili di ciò che è, avvolte nel loro pacchetto d'onde, in attesa di diramarsi, per effetto del caso, verso l'apparenza che toccherà loro. La messa a punto della funzione d'onda sarebbe allora solo una prima tappa verso la grande teoria generale che gli scienziati hanno sempre sognato e che comprenderebbe tutto: dalla fisica quantistica fino alla cosmologia passando per tutte le scienze dell'essere vivente, la biologia, la psicologia, la sociologia, senza dimenticare l'astrologia, in modo che ognuno (nel suo stato sospeso) possa situarsi tra gli elementi, i pianeti, le specie i quali gli diranno finalmente chi lui è.

– Il tuo segno?
– Gemelli.
– Gemelli anch'io.
– Un segno d'aria.
– Con la luna in Capricorno.
– Anch'io: la luna in Capricorno.
– Un caprone…
– … E la sua capretta!
– Ma per i cinesi io sono Gallo.
– Una gallina!
– E tu?
– Io: Tigre. Tigre di fuoco.
– Niente meno!
– Eh, sì.
– Ti avrei visto bene come orso.
– Un grosso grizzly?
– No, una via di mezzo tra Baloo e Winnie.
– Sei gentile.
– E io, se fossi un animale…
– Una gatta, di sicuro.
– Sì, una gatta, sono d'accordo. Ero sicura che lo avresti detto.
– Sapevo che ti avrebbe fatto piacere.

Dico: "il gatto". Dico: "lui". Ma è "lei" che penso. Come se ogni gatto, in fondo, fosse una gatta.

Deve essere così, se no non me ne sarei innamorato tanto. Proprio come in quella vecchia favola di La Fontaine: "più matto dei matti", dice il poeta. Tanto da trovarla incantevole, e rimanere estasiato di fronte alla sua figura, ai suoi movimenti, alla sua dolcezza e al colore del suo manto. Da passare ore ad aspettare il suo ritorno nel buio, a preoccuparmi per la sua assenza, fingendo poi indifferenza al suo arrivo. Ma senza riuscire a ingannarla. Da giocare con lei facendole passare sotto il naso una palla o un gingillo messo insieme con un bastoncino di legno, dello spago e della carta, o qualunque cosa si muova o luccichi. Da viziarla dandole i cibi che più le piacciono, e che sottraggo al mio piatto. Invitandola ad arrampicarsi sulle mie ginocchia, a saltare sul tavolo dove lavoro, a venire nel letto, avendo preso l'abitudine di dormire con quel corpo setoso accanto al mio che mi sfiora delicatamente nel sonno e suscita, senza svegliarmi del tutto, una lunga serie discontinua di sogni soavi.

Colpito, bisogna ammetterlo, da tutti i più penosi sintomi della grande senilità sentimentale.

Amo questo gatto come mi piacerebbe amare una donna ed esserne riamato.

Si prestano in genere alle donne e ai gatti gli stessi tratti di carattere. E spessissimo si attribuisce loro la stessa duplicità. Una certa propensione a essere una cosa e il suo contrario. Lo stesso animale che si è appena strusciato sulle vostre gambe miagolando vi pianta una graffiata se pensa che il momento delle carezze sia finito. Gioca imperturbabile sia con un pezzo di spago che penzola nel vuoto sia con il corpo ancora scosso da spasmi di un uccello che tiene serrato tra i denti. Senza che si possa assolutamente capire qual è l'atteggiamento che esprime la sua vera natura. Gli uomini amano pensare che anche le donne sono così. E certamente questo la dice più lunga sulla psicologia dei primi che su quella delle seconde. Una tendenza a considerare misterioso ciò che non si capisce. E poi però a far sbrigativamente luce sul mistero riducendolo ai termini banali e piuttosto deprimenti di una interpretazione fatta apposta per rassicurare.

Questo gatto è il mio professore di desiderio. Imparo da lui cosa vuol dire amare. Mi insegna per esempio che amare davvero è amare gratuitamente. Di un amore sensuale sì, ma totalmente affrancato, o quasi, da qualunque preoccupazione di reciprocità. In cui nessuno si considera mai proprietario dell'altro né ritiene che l'affetto che dà debba essere contraccambiato da un affetto pari. Perché a nessuno mai verrebbe in mente che ha il diritto di esigere da un gatto una prova d'amore. Né un segno di attaccamento. Questo non toglie nulla all'intensità della cosa, anzi, la libera da tutto il mercanteggiamento dell'emozione. Il ricatto sentimentale.

– Mi ami?
– Ti amo.
– Mi ami davvero?
– Ti amo davvero.

– Ami solo me?
– Amo solo te.
– Sei tutta mia?
– Tutta tua.

Cose che si dicono tra un uomo e una donna. Anche quando hanno vissuto abbastanza per sapere che non significano niente, che sono parole che sono già state dette migliaia di volte. E che anche se sono vere, sono parole fatte solo per la notte in cui vanno a perdersi.

Spesso ho con lei conversazioni come questa. Chi lei? La stessa o un'altra? Voci, l'ho detto. Che fluttuano nel vuoto. Con parole che viaggiano da una bocca all'altra. Le parole restano, a passare sono coloro che le pronunciano nel buio.

Ma a chiedere: "Mi ami?", devo confessarlo, sono io. Non lei. Per farmi piacere, risponde. E a me basta. Da lì a sapere quello che davvero pensa… Ripete carinamente le cose che le dico io. Queste e altre che la decenza m'impedisce di ripetere qui. Ci sono parole che valgono solo di notte. Se le si traduce nel linguaggio del giorno, si mettono a significare il contrario di quello che volevano dire, cose un po' laide e molto stupide che gli altri credono di capire, ma che non hanno niente a che vedere con ciò cui loro le riferiscono.

La lingua del letto, quella degli amanti, è una lingua segreta. La s'impara da soli. Basta semplicemente averne il dono. Azzeccare l'intonazione. Come a teatro. Rifacendosi al famoso paradosso secondo cui non si è mai tanto sinceri come quando si finge. Capaci di rivestire tutti i ruoli, di cominciare a recitare il testo da una riga qualunque del dialogo. A proprio agio nella tragedia come nella commedia. Sapendo toccare il tasto giusto, quando è necessario. E non solo.

– Ti ricordi?
– Mi ricordo.
– Eravamo come degli dèi.
– Come degli dèi?
– Lo dicevano gli altri.
– Dicevano così?
– Sì, che una luce brillava nei nostri occhi, che di colpo sembravamo più belli, più grandi, più forti. Come se più niente potesse intaccarci, succederci.
– Invincibili e felici.
– Come?
– Si diceva così degli dèi: che erano animali invincibili e felici.
– Ah, sì, proprio così: eravamo animali invincibili e felici.
– E adesso non più?
– Non del tutto. Diciamo: dei semidei.
– È già qualcosa, no?

È entrata nella mia vita come un gatto. Uscita dal buio. Nel momento più nero dell'esistenza. Venuta non si sa da dove. Quando vuole se ne va. Torna quando le garba. Senza dare mai spiegazioni né in un caso né nell'altro. Riprendendo posto accanto a me come se lì si sentisse istintivamente a casa sua. Di modo che ogni sua apparizione sembra un miracolo. O un miraggio. È lo stesso. Una manifestazione. Tra le lenzuola. *Sotto forma di donna*.

Una gatta, proprio così. Quando lo si traduce nel linguaggio del giorno, anche se ce ne sono di più forti, il termine risulta molto volgare. Ma pronunciato in un letto, assume un'aria del tutto naturale e ritrova una certa poesia. È un'immagine (una metafora e una metonimia insieme, direi, per parlare come le persone colte) che designa allo stesso tempo il suo sesso e tutto il suo essere. I dizionari spiegano che si tratta di una faccenda di omonimi da cui nasce la vecchia confusione tra il *chas*, ovvero la "cruna" (quella dove si fa passare il filo) e la *chatte* cioè la "gatta" (nel senso dell'animale). Ma non conosco equivoco più centrato di questo. Come dice il poeta: «Mai un errore, le parole non mentono». Si dice sia più difficile per certe persone entrare in paradiso che per un cammello passare attraverso la cruna di un ago. Io sono quel vecchio cammello che passa senza difficoltà per la cruna incantata dell'ago e che arriva così in paradiso.

Apparendo. Scomparendo. Con l'aria di non esserci quando è qui. Lasciando sempre un po' di lei quando va via. Incredibilmente indaffarata in cose da niente. Splendidamente oziosa. Sovrana. Con tutte le qualità che il grande sentimentalismo degli uomini presta ingenuamente alle creature che amano.

– È così che mi vedi?

– Sì, abbastanza così.

– Come una gatta…
– Che viene a prendersi le carezze quando ne ha voglia…
– E che fa le fusa…
– … Quando gode.
– Miagolo anche.
– A volte.
– Una gatta che se ne va…
– … E poi che torna.
– Sì, che torna quando vuole.
– Che tipo di gatta?
– Non lo so. Io un'idea ce l'avrei…
– Quale?
– È una storia troppo lunga da raccontare. Scegli tu.
– Un certosino, allora.
– Una dea gatto.
– Una semidea gatto.

– Ma guarda, un redivivo!

Di solito è così che accolgo il ritorno di quello che chiamo “il gatto”. Quando, dopo varie ore o giorni di vagabondaggio, di colpo si manifesta, chiede che gli si apra la porta della cucina, si dirige verso la ciotola, esige che gliela si riempia, come se esercitasse in maniera del tutto naturale diritti pienamente acquisiti.

“Redivivo”: è di sicuro il termine appropriato. Ogni volta un’apparizione. Niente di davvero soprannaturale, ovviamente. Come se una gattaiola invisibile, simile alla botola grazie alla quale l’illusionista esegue il suo numero, consentisse continui andirivieni. Un gatto passato non si sa da dove e che s’infila in una fessura invisibile, aperta nell’aria, uno spiraglio, là dove il visibile vibra e dove si offusca l’immagine allo specchio, scivolando in quella breccia per andare a riprendere il suo posto nel mondo.

Tornato, insomma.

A casa sua.

Ma tornato da dove?

Da un altro posto.

Cioè: dall’altro lato.

Bisognerebbe allora supporre che per lui esistessero due universi tra i quali si dividesse la sua esistenza, immaginare che da qualche parte ci fosse una specie di universo opposto rispetto a quello in cui ci troviamo noi. Qualcosa come un *anti–universo* cui noi non avessimo accesso, ma del quale bisognerebbe costruire l'ipotesi puramente concettuale per rendere conto di quella totalità che diventerebbe intelligibile solo a condizione di pensare che è fatta così.

Con le sue due metà.

Un universo alla rovescia. Da cui ci separava una frontiera invalicabile che non si trovava ovviamente da nessuna parte ma che, per comodità, avevo deciso di situare nel luogo in cui si ergeva il muro di fondo del giardino. Immaginando che, per un effetto di simmetria, reso più plausibile dal carattere uniforme di quel paese di ville e lotti geometricamente disposti, in cui ogni cosa si ripeteva quasi del tutto identica un po' più in là, tutto esistesse da una parte e dall'altra di quella parete opaca, come le immagini che appaiono sulla superficie di uno specchio e dove gli oggetti e il loro riflesso si contemplano, identici e rovesciati.

Davanti e dietro il muro: due universi. Come il negativo e il positivo. Ogni realtà venendo a essere il controtipo di un'altra. E il gatto in entrambi gli universi. Lo stesso o un altro? Lo stesso e un altro. Essendo il solo che poteva passare a suo piacimento di qua e di là dal muro, con la misura giusta per infilarsi nella fessura (fino a quando non l'avessero tappata) che i due muri della proprietà, congiungendosi in maniera approssimativa, lasciavano aperta. Conducendovi con altri una vita che, forse, era del tutto simile (e allo stesso tempo del tutto opposta) a quella che viveva con noi. Cambiando quindi universo a ogni passaggio, il che obbligava ad accettare l'idea che anche lui esisteva sotto due forme: un gatto e, diciamo così, un *anti–gatto*. Restando certo in sospeso la questione di sapere a quale forma corrispondesse quella che vedevamo noi. E per quale inaudito privilegio solo lui fosse dotato della facoltà di fare il *go–between* tra qui e là, attraversando nei due sensi il muro divisorio tra i due mondi.

I bambini immaginano sempre, credo, che gli armadi della loro camera diano su un'altra casa rispetto a quella in cui vivono, che ci sia un meccanismo segreto capace di far ruotare i tramezzi, che se per distrazione azionassero un pulsante nascosto nell'intelaiatura del loro letto, si troverebbero catapultati dall'altro lato della parete. Con l'impressione che ogni luogo ne dissimuli un altro dietro di lui, totalmente invisibile e con il quale tuttavia comunichi tramite una serie di porte più o meno nascoste al di là delle quali si trovi rannicchiato tutto il popolo un po' inquietante della notte.

Sognare, tornare, corrisponde insomma ad "attraversare il muro".

Per questo non si sognano mai i posti in cui si vive. Sempre altri posti, e soprattutto quelli dove si è vissuto. Per cui bisogna aver lasciato una casa, se ci si vuole tornare in sogno. Io in sogno mi ritrovo ancora spesso nell'appartamento in cui sono cresciuto a Parigi e dove continuano ad aspettarmi i sogni che facevo allora. Rivedo la mia camera e il letto dal quale spiavo le onde della notte che avanzavano verso di me con le sagome di creature sconosciute sulla cresta. Un edificio haussmaniano tra i giardini del Luxembourg e Montparnasse. Dove quindici anni prima che io nascessi, dopo aver a lungo cercato un posto in cui abitare (era la Liberazione, l'epoca delle restrizioni), i miei genitori si erano sistemati approfittando di un'occasione insperata. L'inquilino precedente si era suicidato, gettandosi dal balcone. Non ricordo più bene quando l'ho saputo. Da piccolo, probabilmente, prestando orecchio a una conversazione tra adulti. Diversamente non mi spiegherei il terrore, sacro, che avevo di quel balcone, con la sua fragile ringhiera di ferro battuto a picco sul vuoto, il senso di vertigine che non mi ha mai più lasciato. E anche la convinzione che si viva sempre nella casa di un morto.

L'alloggio era al sesto piano. La scala monumentale si arrotolava a spirale intorno alla colonna dell'ascensore moderno di cui l'edificio era stato dotato. Ma dietro alla gabbia, di piano in piano, c'era una grande vetrata verde, decorata a motivi geometrici, che ricordava quella di una chiesa, vetrata che lasciava appena filtrare la luce e al di là della quale si scorgeva vagamente in trasparenza, a ombre cinesi, l'altra tromba, quella della scala detta "di servizio" che raddoppiava la prima e i cui scalini in legno, portando al disimpegno di ogni appartamento, conducevano poi nel sottotetto, dove si trovavano le vecchie *chambres de bonne*, alcune delle quali abitate all'epoca dalle ultime domestiche che le famiglie più borghesi del palazzo si potevano ancora permettere, ma per lo più già date in affitto agli studenti stranieri che frequentavano l'Alliance française di Boulevard Raspail.

Il palazzo sembrava insomma formato di due parti gemelle che quasi non comunicavano, di cui la prima nascondeva la seconda. In ognuno di questi due edifici così addossati abitava un popolo che ignorava del tutto l'altro, e i cui individui, senza salutarsi più di quanto non lo esigano le regole di una cortesia minimale, non accordandosi reciprocamente nessuna forma di attenzione, si limitavano a incrociarsi nell'androne del pianterreno, davanti alla portineria dove passavano a ritirare la posta. Prima di prendere o la scala o l'ascensore. La facciata monumentale del palazzo in pietra che dava sulla via, ornato in uno stile che risaliva al secolo precedente, con ninfe simboliste a far le cariatidi ai balconi, nascondeva sul retro, come in un doppio fondo, quella scala di vetro e legno che saliva fino alle soffitte, le quali a loro volta celavano una specie di piano supplementare cui si sarebbe potuto accedere salendo pochi gradini, ma che ciò nonostante sembrava lontano più che se fosse stato su un altro pianeta, inquietante o sconosciuto, da dove a volte attraverso il soffitto giungeva un rumore di passi o di voci, quanto mai sorprendente visto che in teoria il sesto piano era l'ultimo e che ufficialmente non ce n'era un settimo, ragion per cui tutte quelle camere annidate nel sottotetto non potevano essere altro che stanze fantasma.

Il sogno era sempre più o meno lo stesso quando ero bambino. Tornavo a casa. Ma quando bussavo e mi aprivano, l'appartamento che c'era dietro alla porta era completamente cambiato: un'altra dimora, altri abitanti per i quali io ero un perfetto sconosciuto, di modo che mi ritrovavo senza famiglia, senza casa, abbandonato a me stesso. Oppure (variante del sogno precedente) prendevo l'ascensore. Schiacciavo il pulsante dell'ultimo piano. Ma, inspiegabilmente, l'ascensore non si fermava al sesto. Continuava a salire. Come se la colonna, forando il soffitto, fosse stata prolungata fino al livello delle *chambres de bonne*, e la porta della cabina desse su un pianerottolo inesistente. Penetravo allora in un universo dalle apparenze familiari ma, in realtà, del tutto sconosciuto. Passato di colpo in un'altra dimensione. E senza avere la minima idea di come ritrovare la strada di casa. Lunghi corridoi scuri, scale impossibili e sospese nel vuoto, porte che si aprivano su dimore deserte, profonde nella penombra come palazzi, stanze vuote, ma dove il proprietario non avrebbe tardato a tornare, reclamando spiegazioni da quel bambino che si era intrufolato in casa sua senza permesso.

La dimora dell'Orco sulla sua nuvola, in fondo, con l'ascensore al posto del vecchio fagiolo magico delle fiabe.

A ben pensarci, anche se non sono in grado di ricordare nessun incidente che avrebbe potuto essere all'origine di quelle angosce infantili, nasceva sicuramente di lì la mia convinzione che ogni casa ne contenga due, distinte e però così simili e vicine che non c'è niente di più facile che passare per sbaglio da una all'altra. Per estensione, crescendo ero giunto logicamente a pensare che ogni spazio ne celasse a sua volta svariati, con una figura di me stesso che viveva in ognuno di essi. Di modo che non c'era più nessun posto che io potessi considerare del tutto mio. Convinto, in qualunque luogo fossi, che la mia vera casa fosse l'altra.

Un proverbio dice: «Chi ha due case perde la ragione». Se è vero, allora è normale che la mia mente fosse perennemente turbata, certo com'ero sin dall'infanzia di abitare in un luogo che ne conteneva due, e senza sapere quale fosse quello in cui vivevo davvero. Ma simile a ogni proverbio degno del suo nome, anche questo poteva rovesciarsi come un guanto: «Chi perde la ragione ha due case». Era infatti più verosimile credere che fosse la mia mente leggermente squinternata a farmi pensare che tutti i luoghi della mia vita erano doppi, e che in ognuno di essi io ero un intruso, un estraneo.

Come qui.

Ovunque: lo stesso mondo ma con due modi di essere così diversi da eliminarsi a vicenda, avendo ognuno la pretesa di governare tutto da solo. Il dritto del giorno. E il rovescio della notte. Con la necessità di capire in che maniera comunicassero l'uno con l'altro. Sì, perché anche se la regola in generale voleva che quei due universi fossero tenuti ciascuno nell'ignoranza assoluta dell'altro, capitava che nonostante tutto entrassero in relazione. Quando per esempio, in sogno o altrimenti, qualcuno attraversava il muro, aprendo così il varco.

Che arrivasse o tornasse, che fosse sotto forma di gatto o sotto quella di ciò che avevo chiamato anti–gatto, era evidente che Sirius (o qualunque sia il nome che gli davamo) era stato dotato della facoltà di *attraversare il muro*, e di stabilire un legame tra i due universi di cui parlo e di cui niente mi permetteva ancora di determinare la natura.

Un'altra dimensione? Se vogliamo. Ma quale? Se tornava, era un gatto che riguadagnava il suo dominio dopo un'escursione nell'altro. Se arrivava, bisognava considerarlo come un anti–gatto venuto dall'universo opposto cui apparteneva per insinuarsi temporaneamente nel nostro – che per comodità, ma senza alcuna garanzia, era più semplice fare come se fosse quello "vero".

Ma in entrambi i casi, si doveva supporre che esistesse un meccanismo di vasi comunicanti tramite il quale i due mondi separati dal muro di fondo si scambiavano figure sotto l'apparenza di quelle "manifestazioni" alle quali avevo prestato attenzione dalla sera della "prima volta", ma la cui logica, nonostante tutte le mie elucubrazioni, mi sfuggiva ancora del tutto.

Io infatti non sapevo assolutamente niente del movimento di andirivieni per cui, *sotto forma di gatto* (o sotto forma di anti–gatto, la cosa rimaneva da stabilire) qualcosa arrivava o tornava, se non che quel meccanismo doveva essere, in un modo o nell'altro, sottoposto a una legge di stretta reciprocità.

La contabilità della vita è fatta così. La natura ha orrore del vuoto, si dice. Se qualcosa scompare, è necessario che qualcos'altro appaia per riempire il buco venutosi a creare tra le apparenze del mondo. E se qualcosa appare, lo fa per sostituire qualcos'altro di anteriormente scomparso e colmare così la lacuna che altrimenti sarebbe rimasta tra quelle stesse apparenze. Né più né meno. Senza difetto e senza eccesso. Perché il grande equilibrio dell'universo non venga alterato. In ogni modo infatti, pur con la nostra razionalità, non possiamo non credere almeno un po' al grande baratto magico delle ombre grazie al quale le cose che abbiamo trovato e quelle che abbiamo perduto si danno il cambio e si sostituiscono le une alle altre.

La scienza ha fornito a questa superstizione un significato dotto che porta il nome di "legge della conservazione della materia". Una piccola legge di economia molto banale che si applica a ogni cosa. Nonostante tutti gli arrangiamenti e i perfezionamenti di cui è stata oggetto, è la famosa formula di Lavoisier, sostanzialmente inalterata da quando fu scoperta: «Nulla si distrugge, nulla si crea, tutto si trasforma». Anche se si mette tutto in discussione e si capovolge l'intero edificio del sapere, bisogna comunque che venga preservato almeno il principio grazie al quale alla fine dei conti le equazioni torneranno. Affinché, nel grande bilancio dell'esistenza, attivo e passivo restino sempre in pari.

Altrimenti dove andremmo a finire?

In fondo sapevo bene perché il termine di "redivivo" mi si era imposto per parlare di lui. E anche perché dalla "prima volta" l'apparizione di quel gatto nel giardino mi aveva ricordato il celeberrimo ma alquanto oscuro "esperimento concettuale" di Schrödinger, trascinandomi progressivamente in una sorta di delirio speculativo intorno alla meccanica quantistica, all'astrofisica, alla funzione d'onda, al principio di sovrapposizione, e a tutta una cianfrusaglia di nozioni più o meno assodate la cui comprensione, anche approssimativa, andava molto oltre il livello delle mie conoscenze scientifiche (che è pari a zero) e quello delle mie facoltà intellettuali (che non è molto più elevato). Fornendomi la materia eteroclita di un racconto piuttosto monomaniacale simile a quelli che ci facciamo da soli nelle notti d'insonnia, dove si affiancano e sovrappongono nell'oscurità tutti i pezzi del giorno, e di cui al risveglio non resta niente altro che una poltiglia di ricordi. Qualcosa che non assomigliava a niente di inventariato nella nomenclatura dei prodotti che fabbrica di solito la mente umana: una vaga storia, costruita sulla capocchia di spillo di un aneddoto inconsistente (un gatto una sera in un giardino), saltando di palo in frasca, mescolando le scene, le epoche, i personaggi, cambiando costantemente tono, passando dal più grave al più leggero, facendole tutte per compromettere il giudizio e alienarmi qualunque simpatia. Una storia che dipendeva solo da me ricondurre un po' negli argini della ragione. Salvo che, in questo modo, mi sarei giocato ogni possibilità di far sì che l'esperimento si svolgesse fino in fondo, seguendo quella forma che avevo visto intrufolarsi nel buio, andando con lei là dove mi voleva portare. Per questo dovevo procedere senza pensare al risultato.

Una fiaba: il mondo simile a una scatola posata in mezzo al nulla nel buio. Di cui soprattutto non bisogna alzare il coperchio. Perché sicuramente è vuota (la scatola). Ed è solo a condizione di non aprirla che si può, senza crederci, conservare intatta l'illusione del mistero che contiene: irrappresentabile come una specie di minuscola nube di materia opaca che vortica su se stessa, una trottola di niente che racchiude, contratti in lei a girare nel vuoto, tutto lo spessore del tempo e tutta la profondità dello spazio, con la somma impensabile di ciò che è, di ciò che non è, di ciò che avrebbe potuto essere sotto la forma, che le compendia tutte, di un gatto morto e vivo insieme.

Senza niente altro da fare che rimanere a lungo a fantasticare accanto a lei (la scatola), raccontando storie senza capo né coda (in particolare quella di una creatura arbitrariamente dotata della facoltà di attraversarne le pareti a volontà) in modo da differire il più a lungo possibile il momento in cui avrei dovuto ammettere che dentro alla scatola non c'era niente, che lei stessa non esisteva, che non c'era nessuna scatola e forse, neppure il mondo. Solo una grande e lunga notte estesa su tutto, propizia a che l'occhio vi inventi sagome d'ombre assenti e l'orecchio vi percepisca conciliaboli di voci disperse.

Da dove il gatto veniva, lo avevo dunque sempre saputo. Sin dalla "prima volta". Avendolo visto all'inizio solo perché avevo voluto credere in lui e in quell'universo di cui avevo stabilito che era l'emissario.

Non sto dicendo che prendevo veramente quel gatto per il messaggero dei morti, un gatto "psicopompo", cioè "conduttore d'anima", come dicono gli specialisti di mitologie antiche. E meno ancora per un "redivivo", spirito o reincarnazione di chicchessia. La mia credulità non arrivava a quel punto. Solo, se devo essere onesto, una delle due metà di me stesso tra le quali mi trovavo diviso (quella che conservava al mio cervello una relativa solidità) non poteva ignorare che l'altra, in totale autonomia rispetto alla prima, funzionava secondo regole completamente diverse, ovvero quelle del "pensiero magico" che, spontaneamente, interpreta qualunque cosa come il segno di qualunque altra, non appena esistano analogie sia pure vaghe tra le due. Cosicché non c'è niente di strano se una cosa che arriva viene più o meno confusa con una cosa che è andata via. La prima prendendo naturalmente il posto dell'altra. O per lo meno: venendo spontaneamente a sistemarsi nel posto che l'altra aveva occupato.

Secondo un meccanismo psicologico molto banale cui, con un po' di rammarico, dovevo ammettere che io stesso, o comunque metà di me stesso, non sfuggivo del tutto, e in base al quale qualunque creatura vivente che ci avvicina, per la semplice e automatica ragione che giunge lì solo in virtù del richiamo d'aria provocato dal vuoto di un'assenza, finisce per corrispondere a una creatura che se n'è andata.

Ogni nuovo affetto, ogni nuovo bambino, ogni nuovo amore e, certo, anche ogni animale che le persone in lutto, gli amanti abbandonati e tutti gli esseri soli prendono per compagno, venendo a occupare il posto molto preciso del morto al vostro fianco.

Senza arrivare fino a quel punto, dovevo riconoscere che la mia personale forma di follia aveva non poche affinità con questa specie di dolce demenza. Si può credere a una cosa e allo stesso tempo non crederci. La mente funziona simultaneamente in base a programmi diversi, obbedendo a convinzioni anche incompatibili, se non addirittura del tutto antagonistiche. Dirò anzi che è questa l'unica condizione per sfuggire alla follia, albergare in sé varie menti in modo da poter passare da una all'altra in caso di necessità e poter trovare da qualche parte nel cervello, senza che sia per questo minacciato l'equilibrio razionale dello stesso, il rifugio assurdo di una convinzione parallela che permetta di sopportare la realtà per quello che è, immaginando allo stesso tempo che sia diversa da quello che è.

Del principio di sovrapposizione relativo alla funzione d'onda si poteva insomma dare un'evidente interpretazione psicologica. Nella scatola d'ossa del cranio fluttuavano in sospensione gli stati più opposti della coscienza, che coabitavano finché si aveva la prudenza di non esaminarli troppo da vicino, e permettevano, pur senza crederci del tutto, di prestare fede a una cosa e anche al suo contrario.

Mi sarebbe piaciuto chiedere al professor Schrödinger il suo parere in merito per sapere che cosa avrebbe pensato di una simile estrapolazione dalla sua teoria. La sua favoletta quantistica mi era piaciuta per via del fatto che permetteva di pensare, con l'avallo della scienza, e mettiamo pure per smentire subito un'ipotesi del genere, che un gatto possa essere morto e contemporaneamente vivo e di ammettere così che quei due universi, in certe condizioni particolari, a volte comunichino. E arrivavo a chiedermi se in fondo, inconsapevolmente, non l'avesse inventata proprio a quello scopo, formulando un "esperimento concettuale" la cui stessa ambiguità gli permetteva di avanzare un'idea e insieme la sua opposta. Gli scrittori lo fanno sempre nei loro romanzi o nelle loro poesie, tanto che non gli si può mai chieder conto di quello che scrivono e di ciò che significa. Non sono sicuro che non sia così che procedono anche gli scienziati.

Ecco perché la serissima fisica fondamentale, con la sua "legge della conservazione della materia", va in fondo abbastanza d'accordo con le sciocche superstizioni che parlano da sempre di spettri e di metempsicosi. Quelle formule scientifiche infatti non esprimono niente di più di quello che dicono le antiche credenze che popolano il mondo di fantasmi e che pensano che per ogni creatura che muore, ce n'è una che nasce. Che la somma delle anime è stata fissata da tutta l'eternità, e che sono sempre le stesse ad andare e venire da una parte all'altra dell'apparente frontiera che separa l'universo dei vivi da quello dei morti, garantendo così tra di essi una circolazione perpetua. *Attraversando il muro*. Perché se per ogni cosa che muore ce n'è un'altra che nasce e viceversa, in base al rasoio di Occam è più logico pensare non già che le cose vengono fuori dal nulla o vanno a perdervisi, bensì che tutti gli esseri si limitano a cambiare di posto, apparendo e scomparendo unicamente in virtù di un'illusione di prospettiva dovuta al fatto che si percepisce sempre solo una delle due metà del mondo tra le quali tutte le creature si spostano eternamente.

Se i vivi si trasformano in morti, bisogna pure che anche i morti si trasformino in vivi. Il che logicamente porta a definire i vivi come degli *anti–morti*. O i morti come degli *anti–vivi*. È la soluzione più semplice. Permette di risolvere in un colpo solo, con risparmio d'energia, le due questioni su cui inciampa da sempre il pensiero: Dove vanno i morti? Da dove vengono i vivi? L'enigma unico. Dalla culla alla tomba. La stessa fossa. Vuota. Simile a una scatola, quella in cui ogni creatura, in base al punto di vista momentaneo che si posa su di lei, deve essere considerata contemporaneamente morta e viva, una scatola in cui tutto viene conservato, e all'interno della quale si opera il banale prodigio di una conversione continua.

Una semplice questione di logica, in fondo. Dato che quel gatto era entrato nel nostro mondo dove non aveva un posto, bisognava supporre che fosse perché ne era uscito qualcos'altro, che avrebbe dovuto esserci. In pratica, ciò che era apparso e ciò che era scomparso si erano semplicemente scambiati di posto. E dire di lui che era un anti–gatto corrispondeva solo a significare che proveniva da quell'altro lato di cui non potevamo conoscere nulla se non le forme sotto le quali si manifestava dal nostro lato delle apparenze affinché fosse preservato l'equilibrio dell'insieme.

Un procedimento di pura compensazione.

Così quando Paul Dirac fonde i principi della meccanica quantistica di Schrödinger e di Heisenberg con quelli della relatività ristretta di Einstein, giunge a formulare un'equazione che, assurdamente, dà un valore potenzialmente negativo ad alcune delle energie in gioco. Sicuro delle formule matematiche cha ha appena messo a punto, lo scienziato postula allora l'esistenza di una particella nuova, che nessuno ha mai osservato, cui nessuno crede, di una verosimiglianza per lo meno fantasiosa, ma necessaria, perché all'interno del suo sistema deve correlarsi all'elettrone e bilanciarne positivamente la carica negativa. Stabilisce così il principio in base al quale a ogni particella corrisponde inevitabilmente la rispettiva *antiparticella*. E inventa di conseguenza la nozione piuttosto paradossale di *antimateria*. Allo stesso modo, quando gli astrofisici si mettono a misurare la massa delle galassie, perché i loro calcoli funzionino devono supporre che nell'universo esista una *materia nera*, sei volte più abbondante della corrispettiva visibile benché del tutto inaccessibile all'osservazione.

Non che l'antimateria della fisica quantistica abbia qualcosa a che vedere con la materia nera dell'astronomia – e neppure con gli stati sovrapposti della funzione d'onda, per non parlare, va da sé, di quelle altre forme del *non-essere* cui la mente assimila spontaneamente tutte le cose morte, tutte le creature scomparse. Non dico questo. Sarei un irresponsabile se trasmettessi ad altri la confusione del mio sapere molto approssimativo e le analogie assai dubbie che stabilisco tra termini che in realtà non sono assolutamente in relazione.

Quello che mi pare paragonabile però è il procedimento della loro invenzione, che porta in ogni caso a postulare l'esistenza di qualcosa che non è, per spiegare l'esistenza di qualcosa che è. Gli scienziati cioè fanno venir fuori dai loro calcoli la finzione assoluta di un'entità *a priori* impossibile, chiamata in causa solo per far tornare quei calcoli stessi. E il colmo è che l'osservazione viene poi a confermare l'ipotesi che era stata elaborata senza tenere in nessun conto i dati di partenza e ciò che si sapeva fino a quel momento. Succede allora che un giorno, in un laboratorio, qualcuno cada poi per caso, nel corso di un esperimento, come per miracolo o con l'aiuto di una favorevole provvidenza, su un mucchio di *antiparticelle* ben reali che scombinano i suoi rilevamenti. O, più verosimilmente, che fanno emergere, defilata, una piccola anomalia (cui l'osservatore, posto che non la ignori, attribuirà il valore che vorrà). Dichiarando trionfalmente di aver scoperto l'antimateria di cui qualcun altro prima di lui (nella fattispecie Dirac) aveva profetizzato l'esistenza. O per lo meno, è così che si pensa vadano le cose quando si ha una visione un po' semplicistica della storia delle scienze. E si suppone che le osservazioni sperimentali vengano condotte per verificare le ipotesi teoriche. Come se le prime fossero indipendenti dalle seconde. E non fossero invece le teorie stesse a produrre anche le condizioni pratiche della loro conferma sperimentale.

Poiché, come ho detto, si constatano solo le cose di cui prima si è avuta l'idea e nelle quali a un certo punto si è deciso di credere. Di modo che da quel gran caos vertiginoso senza significato e senza capo né coda che in fin dei conti è forse la realtà, si fa venir fuori malgrado tutto un sistema vagamente sensato anche se, per questo, bisogna integrargli ogni sorta di elementi stravaganti arrivando al punto di dover supporre l'esistenza di un'*antirealtà*, per soddisfare l'idea aprioristica della necessaria simmetria tramite la quale tutto finirebbe per trovarsi finalmente ordinato.

Un universo alla rovescia che manderebbe verso di noi i suoi *antifenomeni* per far sì che, tramite un movimento pendolare, non rimanesse completamente inspiegato quel gran gioco in virtù del quale ciò che è e ciò che non è prendono parte in ugual misura all'insondabile mistero che li contiene.

E insomma arrivavo inevitabilmente alla conclusione, essendo quella in realtà ciò da cui ero partito, che nel caso specifico, se quel gatto tornava in quel modo a casa nostra, era di sicuro perché qualcosa vi mancava.

Che cosa?

Vi arrendete?

– Ti ricordi?
– Certo, mi ricordo.
– Ma non ne parli mai.
– Lo so.
– Con chi potrei parlarne, se non con te?
– Lo so bene.
– Non passa giorno, non passa notte che…
– Sì.
– Preferisci che non ne parli più?
– No. Anzi.

Sono due voci che parlano. Altre o le stesse? Non si vede a chi appartengono. Come al cinema quando la telecamera, allontanandosi dagli attori, riprende delle scene senza nessuno. Avanza in una casa vuota: il salotto, il corridoio, la porta sulla sinistra, la stanza con il letto disfatto tra le cui lenzuola si ha l'impressione d'intravedere la forma dei corpi che vi son stati sdraiati. E che poi si sono alzati. A quest'ora della giornata probabilmente sono in giardino. Se ne scorge un angolo attraverso la finestra che è aperta ma con le tende tirate a metà. L'unica cosa un po' visibile è un tronco sulla cui scorza fioriscono solo larghe macchie bianche di calce, un albero dai rami completamente spogli che si spingono verso il cielo ma del quale, da questa angolazione, non si vede la punta.

L'immagine cambia. L'albero è sulla destra. Davanti, a riempire tutta l'inquadratura, si allarga un giardino che la prospettiva fa sembrare immenso ma di cui certi dettagli, fornendo la scala giusta delle proporzioni, rivelano che deve avere circa le misure di una di quelle grandi vasche di sabbia che ci sono nei parchi. Non di più. Chiuso tra muri di cemento vagamente mascherati da un po' di vegetazione: una vite vergine che fatica a rampicare, il giallo pallido di una ginestra quasi secca, due pini molto dritti. Il retro della casa confinante fa da sfondo alla scena. La luce è così intensa che smorza tutti i colori. Tranne, in primo piano, la macchia violenta arancione acceso di un cespuglio di fiori che crescono in disordine. Tutto il resto, per strano che possa parere, sembra di un grigio smagliante. La tinta della sabbia mista d'erba e di muschio su cui riverbera il sole.

Sopra, il cielo. Molto azzurro, ma con numerose nubi che filano a tutta velocità, spinte verso destra da un vento potente. Creano forme che poi si disfano. L'occhio vede quelle. E vi insiste a lungo. L'impressione è che l'unica cosa che succede sia lassù: l'impassibile dramma di quell'insignificante movimento di resa in virtù del quale, per effetto della primavera, blocchi di vapore simili a ghiacciai che si staccano dalla banchisa e la cui massa di colpo sprofonda sotto il suo stesso peso, sembrano spingersi casualmente a vicenda, tutti portati via dalla stessa corrente.

Quando l'inquadratura scende di nuovo a terra, non mostra nient'altro oltre a quello che si è già visto. Si direbbe davvero che non c'è nessuno. Né in giardino né in casa. Quello che si continua a sentire (le voci che avevano brevemente taciuto e la cui conversazione riprende) non corrisponde a quello che si vede. Il suono desincronizzato rispetto all'immagine. Per cui ci si torna a chiedere di chi siano quelle voci, se sono proprio quelle dell'uomo e della donna che si immaginava si stessero parlando sulla terrazza. Quando il campo si allarga, però, si vede che lì non c'è nessuno. Allora, si è obbligati a pensare che quelle voci appartengono a un'altra storia, parallela alla prima. Senza che sia ancora possibile situarle una rispetto all'altra.

– Né una notte, né un giorno...

– Tutto sembra così irreale adesso.

– Ma no, è il contrario.

– Sì, è la vita vera che sembra un sogno.

– Da cui ci si risveglia continuamente.

– Come se fosse successo ieri.

– Non ieri. Adesso. Come se succedesse ancora e sempre in questo preciso momento.

– Si dimentica...

– Non dire così.

– … E poi si dimentica che si è dimenticato.

– Come se non smettesse mai di cominciare, di ricominciare.

Ma forse è un altro giardino che le riprese mostrano quando lo sguardo ridiscende. Quell'unico movimento, dal basso verso l'alto e poi dall'alto verso il basso, produce inizialmente l'illusione di essere tornati nello stesso posto. Poi però, subito, grazie a dettagli minuscoli, l'occhio realizza che non è così e che la scena è cambiata: un albero abbastanza simile al precedente nell'angolo destro dell'inquadratura ma, in realtà, di una specie diversa, un tiglio e non più un noce, erba più verde e più alta in primo piano e poi, scomparso il muro di fondo, un vasto paesaggio di campagna in lontananza, con vaghe colline coperte di boschi che compongono un rilievo dolcemente ondulato all'orizzonte.

E se si è altrove, allora tutto accade sicuramente in un altro tempo. Un'altra scena. Che non può non avere un rapporto con la prima, visto che è lo stesso dialogo che prosegue. Ma neanche qui si vede chi parla. Né si capisce meglio l'argomento. L'essenziale, perché l'illusione sia preservata, è che l'inquadratura rimanga vuota, un lembo di paesaggio senza persone, con una luce identica che cade sulle cose e fa sì che ognuna di esse si stagli con una nettezza molto violenta, quasi insostenibile per lo sguardo.

Colui e colei che parlano sono i soli a poter riconoscere il luogo che l'immagine mostra adesso. I soli ad averne memoria. Parlano e si ricordano. La pioggia è caduta ininterrottamente per giorni e giorni sulla casa quasi deserta (un letto, un tavolo, due sedie, valigie aperte posate per terra), un riparo di fortuna dove hanno traslocato un po' a caso, l'ala data in affitto di una fattoria ristrutturata in fondo a un minuscolo villaggio della Vandea. E adesso, di colpo, il sole torna, tutta la natura sprigiona in un attimo l'energia di cui si era impregnata, restituendo sotto forma di cose vive tutta la materia accumulata nei giorni di brutto tempo. I due assistono allo spettacolo di questo ricominciare, la storia bloccata, sospesa nel vuoto, ma poi il tempo malgrado tutto riprende il vano movimento di sempre, fine a se stesso, che non porta a niente.

– E poi?
– Poi quando?
– Domani e ancora domani.
– Più niente?
– No, più niente.

Il grande lutto smagliante di un cielo azzurro che stende il suo chiarore sul mondo.

È questo il ricordo che conservo di quelle settimane, dei mesi dopo la morte di nostra figlia passati a fuggire qualunque compagnia umana in un angolo di campagna così sperduta che avrebbe potuto anche trovarsi all'altra estremità della terra. L'accogliente clandestinità del dolore. Il nulla. Come un rifugio. Il rifugio del nulla. E poi, in capo a una settimana di diluvio, quando la pioggia è cessata, il primo giorno di sole, l'improvvisa vertigine di aprire di nuovo gli occhi sulla profondità luminosa di un paesaggio completamente vuoto. Come se la sua scomparsa avesse aperto un buco trasparente nello spessore delle cose, che rivelava un'assenza tanto enorme da inghiottire tutto ciò che la nostra vita aveva significato, aveva contenuto. Una specie di sifone che aspirava lo spazio e il tempo vorticosamente, ma per farli poi risgorgare nella pura semplicità di una presenza assolutamente nuda. L'universo che si riempiva splendidamente di tutta una profusione gratuita di segni rivolti a noi soli.

Qualcosa come un'estasi. Scandalosa e terribile. Che non si può conoscere finché non si è toccato il fondo, provato la sensazione di aver perso tutto. E quella di ritrovarsi totalmente liberi in un mondo diventato completamente vuoto. A levitare. Il terreno svanito da sotto i nostri piedi. Senza più niente su cui contare.

– Ti ricordi?

– Mi ricordo. Mi piace ricordare quei giorni. Mi dico che quando avrò dimenticato tutti gli altri, saranno i soli di cui rimarrà traccia.

– Eravamo felici.

– È vero.

– Disperati e felici.

– Chissà se qualcuno può capirlo?

– No, nessuno.

– Solo noi.

– Un segreto.

Sono queste le parole che si sentono. Mentre la stessa scena continua. Fissa. Senza che ci sia nessuno nell'inquadratura. Ci vuole un po' di tempo per realizzare che qualcosa nonostante tutto si muove. L'erba scossa dal vento. Oppure una minuscola creatura che passa. Un uccello che si posa un po' più in là.

Scomparsa lei, il mondo aveva perso il suo centro. Un buco nella pancia. Una specie di piaga nel petto. Attraverso la quale si vedeva solo il vuoto. E nello spazio lasciato dalla sua assenza: lo spettacolo stupefacente della luce come mai nessuno l'ha visto e che noi, non restandoci niente altro da fare nell'abbrutimento del dolore, continuavamo a guardare. Ammirando, inebetiti, la semplice bellezza delle cose. La rivoluzione del sole nel cielo. L'infusione lenta della luna e delle stelle nel buio. E poi la vita che, senza aver più niente di sensato da dirci, ci indirizzava ugualmente dei segni. Come se, andata via lei, una gran vortice d'aria avesse spazzato via tutto, portando lontano le false apparenze dell'esistenza, e un vento salubre avesse spinto verso di noi quelle miriadi di fenomeni minuscoli di cui noi, in mancanza di meglio, eravamo diventati gli spettatori estasiati.

Ogni notte, una civetta si posava su un palo del recinto che delimitava un campo ormai da tempo a riposo, cui era rimasto attaccato qualche pezzo di vecchio filo spinato. La guardavamo guardarci. Immobile, per ore, gli occhi fissi. Dava l'impressione curiosa di spiarci, vegliando misteriosamente su di noi, montando la guardia sul nostro sonno. Insieme al grosso rospo che sentivamo gracidare e che, uscendo dall'erba, saliva dal giardino, trascinando il suo tozzo corpo sui gradini della scala che portava alla terrazza, per venire ad augurarci la buonasera. E al mattino, tutta la natura era là, come dicono i poeti, gloriosa, quasi volesse assicurarsi che c'eravamo ancora.

Mi piacerebbe poter dire che ricevevamo la visita di un gatto. Ma, se devo essere sincero, non c'era nessun gatto. In cambio, mi ricordo perfettamente dei conigli che, di buon'ora, uscivano dalle loro tane e venivano festosi davanti alle nostre finestre. Portatori per noi di una specie di messaggio. Niente di più che un pensiero amico. E che non voleva dire niente.

Che si debba continuare a vivere, come sosteneva la ridicola saggezza di persone ben intenzionate, era un consiglio che non avremmo accettato da nessuno. Ma da una civetta, un rospo o un coniglio sì, era una lezione che ricevevamo volentieri.

Il giardino che appare nell'inquadratura. Quello di allora e quello di adesso. Dico la "sua" casa perché sono convinto che lei l'ha comprata solo perché assomigliava all'altra. Con l'idea che aveva bisogno di questa seconda casa perché la storia cominciata nella prima potesse continuare. Una specie di spazio magico fatto apposta per accogliere in sé tutti quei segnali che il mondo ci indirizzava, e in mancanza del quale esso non avrebbe potuto rivolgerci, come aveva fatto allora, le manifestazioni della sua benevolenza, le sue dimostrazioni di simpatia.

Una scena, insomma, dispiegata nel nulla di un paesaggio indifferente. Nel caso in cui qualcosa, o qualcuno, ne avesse avuto bisogno.

Per tornarci.

Lo stesso giardino, in fondo. Dove, adesso che le voci hanno fatto silenzio, l'immagine immobile mostra, nel gran deserto vuoto della vita, una piccola forma nitida che torna verso di noi, che si rotola sulla sabbia, si stira, esce dall'ombra che l'albero allunga sull'erba e si protende verso la casa. Sotto il pesante sole senza speranza che, a quest'ora, schiaccia tutto, gravando con il suo peso angosciante di noia sull'universo delle cose visibili e invisibili, un gatto che passa tra quelle cose senza dar segno di prestar loro attenzione e accordando così una specie di tregua, alle cose e a noi tutti che siamo ancora in vita.

Lo stesso giardino, perché non ne siamo mai usciti.

Morto o vivo?

Conosco una storia perfetta che, a ben pensarci, è la miglior trasposizione possibile dell'esperimento concettuale ideato da Schrödinger. Che mostra il mondo come se vi si sovrapponessero due stati opposti della realtà, la cui esistenza dipende unicamente dall'osservazione alla quale ognuno di essi è sottoposto. La più giusta parabola della mia vita, anche. È curioso che io me ne ricordi solo adesso.

Dico: «Conosco una storia perfetta». Ma in realtà non ne so molto. Quasi niente. Neanche chi sia l'autore. Forse si trova in uno dei vecchi libri della biblioteca. Ma quale? Quando ne apro uno a caso, spero sempre con un po' di fortuna di caderci sopra. Ma non succede mai. D'altra parte, non mi ricordo di averla letta, questa storia. Mi sembra piuttosto che me l'abbiano raccontata. Ma chi? E quando? Spesso l'ho raccontata a mia volta, aspettandomi che qualcuno la riconoscesse, mi dicesse: «Certo, è una storia famosissima», e m'indicasse dove trovarla. Ma sembra che nessuno sappia da dove viene. E ogni volta è come se quelli a cui la racconto la sentissero per la prima volta. Mi viene quasi da pensare di averla inventata io.

La chiamo: "la storia perfetta". Perché per me ha l'evidenza di certe vecchie fiabe che, di secolo in secolo, lasciano colui che le ascolta sempre ugualmente stupefatto: come se di colpo scoprisse sotto ai suoi occhi un precipizio che pure era sempre stato lì ai suoi piedi, nella cui vertigine egli si perde e dove si situa la verità stessa. Sempre nuova e tuttavia molto antica. Un po' come la storia della Morte a Samarcanda. E come altre. O ancora (e sono pochi gli scrittori che possono vantarsi di aver concepito una storia di questo tipo) come certi racconti di Poe o di Borges. Di sicuro perché questi ultimi (Borges lo avrebbe confermato) non fanno che ripetere la materia di storie che sono più vecchie della memoria stessa di colui che pensa di averle inventate.

Diciamo che ancora una volta è una leggenda cinese.

Racconti di questo genere, mi pare li si possa contare sulle dita di una mano. Bisogna allora considerare che tutte le storie della terra non sono altro che varianti di quei pochi, destinati a essere eternamente ripetuti sotto il diverso travestimento delle parole che ogni autore dà loro. Non esagero l'originalità della mia "storia perfetta". È ben possibile che venga da una vecchia leggenda che ignoro. Ce ne sono talmente tante. E conosco parecchie storie di oggi (lette nei libri o viste al cinema) in cui ho individuato varianti un po' maldestre ed eccessive di quella.

Ho detto che, quando la racconto, non c'è mai nessuno in grado di dirmi a chi appartenga. Ma, allo stesso tempo, suona sempre familiare a tutti quelli che l'ascoltano. Come se l'avessero già sentita. Senza però poter dire neanche loro dove e quando, o raccontata da chi. Una specie di déjà vu.

Come quando nella vita ci si trova di colpo in una situazione inspiegabilmente familiare che fa nascere il sospetto di averla già vissuta in passato, quella stessa scena. O piuttosto: sognata. E che la vita venga così, quando è il momento, a dar conferma a un sogno che si è fatto da bambini.

La chiamo "perfetta". Ma lo è (perfetta) solo nel ricordo che ne ho. Ecco perché, a volte, mi dico che è meglio che io non sappia niente di questa storia. Se potessi leggerla da qualche parte, o la sentissi di nuovo, o la ritrovassi nella forma esatta in cui l'ho scoperta tanto tempo fa, sono convinto che rimarrei deluso. E quando a mia volta la racconto, come mi è spesso capitato di fare, mi rendo conto che non ho il talento che ci vorrebbe per renderle giustizia e valorizzarla come meriterebbe. Qualcosa si perde del suo mistero. Ho un bel metterci tutto l'impegno di cui sono capace, non c'è niente da fare.

E comunque non si tratta solo della mia mancanza di talento. Credo che neppure il narratore più bravo che ci sia potrebbe fare meglio di me. La storia è "perfetta" solo fino a quando non ha ancora preso forma, e fluttua nel nulla in cui stanno anche tutte le altre. Metterla in parole naturalmente è l'unico modo per farla esistere. Ma allo stesso tempo significa massacrarla. Come se fosse inevitabile sacrificarla per permetterle di essere.

Non sono più di una manciata le storie che esprimono la stessa vertigine davanti alla verità vuota della vita. Sono antiche quanto l'umanità. Ogni individuo le ha a sua volta sognate quando era bambino. E poi le ha dimenticate. Nel corso del tempo, senza averne pienamente coscienza, spinto da un'irresistibile nostalgia, si mette alla ricerca di una di esse che vale come tutte le altre ma che lui chiama "la storia perfetta". Gli può poi anche capitare di non pensarci più, di rinunciare a cercarla. Ma a intervalli più o meno regolari, nella vita reale o in sogno, dei segni, appostati lungo la strada che sta percorrendo, lo sollecitano ricordandogli sotto forma di enigmi quella rivelazione perduta. Perché non può abbandonare del tutto l'idea che quella storia esiste e che se la ritrovasse gli svelerebbe il segreto che cerca.

Può anche pensare (gli succede inevitabilmente di pensarlo) che la storia non esista, che non sia mai esistita e che lui stesso, a sua insaputa, ne abbia fabbricato una sera la finzione. Senza crederci completamente, ma in modo da poter immaginare che nonostante tutto lo sta conducendo da qualche parte. Tutti quei segni allora che, in sogno o nella vita reale, si rivolgono a lui, invece di rimandare a quella storia passata di cui non sarebbero che i resti sparsi, annuncerebbero invece, come briciole profetiche, la storia a venire della sua vita. Come i sassolini bianchi della fiaba che brillano nella notte, di cui non si sa bene che percorso traccino nel bosco né se portino verso ieri o verso domani.

Credendo di ricostituire la storia passata, fabbricherebbe senza saperlo la storia a venire. Non riuscendo a dar forma né all'una né all'altra, che sono similmente il dritto e il rovescio di quella che continua a chiamare "la storia perfetta". Leggendo nella speranza di ritrovarla. Scrivendo, a volte, nell'analoga speranza di averla inventata un giorno. E intanto il racconto cresce senza fine, a mano a mano che lui si sforza instancabilmente di ritrovare quello semplicissimo che ha in testa, di digressione in peripezia, di aggiunta in ripetizione, fino a che prende le proporzioni di una biblioteca infinita dove il libro che cerca si trova contemporaneamente in nessun posto e dappertutto. Nessuna storia è mai veramente "la storia perfetta".

Ognuna tuttavia essendolo, deformata sotto l'apparenza casuale e arbitraria di un romanzo come ce ne sono a migliaia e dove brilla nonostante tutto, riflesso da milioni di specchi di parole, il bagliore vano di quella verità vuota da cui ogni significato proviene e in cui si perde.

Un uomo sogna.

Un uomo sogna una notte di passeggiare in una campagna di cui percorre lungamente il paesaggio durante il sonno. È una bella giornata di primavera. Il sole splende dolcemente sul mondo e ne fa scintillare tutti i colori. Cammina attraverso i prati, costeggia i campi, segue per un momento un minuscolo corso d'acqua che serpeggia sul fianco di una collina. Avanza senza fatica né noia tra immagini splendide. Come se camminasse da ore e ore. Il sentiero penetra nel bosco. Passa sotto alberi molto alti. La luce fa giochi magnifici tra le foglie e proietta, sullo spesso tappeto bruno del sottobosco dove i suoi passi sprofondano, pozze di chiarore tra tasche d'ombra. Cammina ancora a lungo. In lontananza, dietro la fila degli alberi più distanti, intravede una radura. E quando al limitare del bosco il sipario si apre infine davanti a lui, scopre una casa molto simile a quella che era logico aspettarsi in un contesto così bucolico: una specie di casolare con i muri a graticcio, come ce ne sono in Normandia, con il tetto di paglia e le imposte di legno, circondata da un giardino con un grande melo tra i fiori. La vede così bene nel suo sogno che potrebbe distinguerne tutti i dettagli e persino contare sulla facciata le linee verticali e quelle orizzontali della sua architettura in legno. Una dimora così semplice, così armoniosa e splendidamente tranquilla, che lui sente subito il desiderio di viverci, di finire lì i suoi giorni, e non può resistere alla tentazione di avvicinarsi. Un sentiero porta fino a lei attraverso la radura. Tutto è terribilmente calmo. Nessun segno di vita. Come se la casa fosse deserta. Fa i pochi passi che lo separano dalla porta. Alza la mano destra per bussare. E nel momento in cui le sue nocche stanno per toccare il legno, il sogno finisce.

Un uomo sogna.

E quel sogno torna ogni volta nella sua notte. Sempre lo stesso. La campagna e poi il bosco. E la radura in fondo al bosco. E al centro della radura la casa. Verso la quale lui cammina. Svegliandosi allo stesso modo tutte le volte che la sua mano sta per bussare alla porta.

Un sogno molto dolce. Tutto il contrario di un incubo. Un'oasi luminosa nell'oscurità spessa dei suoi giorni. Per settimane e mesi. Ogni notte, quando va a letto e chiude gli occhi, sa che nel sonno i suoi passi lo riporteranno davanti a quella porta chiusa che non varcherà. Dormendo, cammina verso uno stesso miraggio. Che si dissipa quando lui sta per raggiungerlo. Niente nella sua vita è più regolare di quel sogno. Un'angoscia sorda s'impadronisce di lui quando arriva l'ora in cui va a dormire. Ha fretta di riprendere il sentiero che porta alla casa. Si dice che forse questa sarà la volta buona e che ne oltrepasserà finalmente la soglia. Gli viene paura di essere diventato pazzo. Bisognerebbe che il sogno smettesse oppure che si concludesse.

Quell'uomo sogna.

E gli viene l'idea che quella casa esista anche altrove, non solo nel sogno dove lui la vede. Che si tratti di una casa dove è stato una volta e che ha dimenticato, il cui ricordo viene così a visitarlo nel sonno. E che deve ritrovarla. Pensa che la soluzione stia nel tornare in tutti i luoghi dove ha vissuto. La sua esistenza è stata vagabonda. Ripercorre tutte le strade della sua infanzia. Invano. Rivede i luoghi nei quali è cresciuto. Tutta la sua memoria gli viene restituita. Si ricorda di cose (immagini, odori, suoni, sapori) così profondamente sepolti in lui che il loro ritorno lo sconvolge. Ma mai trova il sentiero che conduce alla casa del sogno.

Allora, dato che la sua follia cresce, gli viene un'altra idea. La casa deve esistere. Ma può darsi che esista in un paese in cui lui non è mai stato. È un'idea delirante, certo. Ma il suo sogno deve avere una spiegazione. E non può permettersi di trascurare neppure l'ipotesi meno razionale. Quindi percorre il paese. E poi il mondo. Sa che nessuna vita è abbastanza lunga perché un solo uomo disponga del tempo necessario a percorrere tutto lo spazio. Allora va a caso. Camminando tra paesaggi sconosciuti in terre straniere. Vede quello che pochi uomini prima di lui hanno visto.

I suoi passi lo portano su sentieri che conducono all'avventura, che passano ovunque e non si interrompono mai. Ma nessuno è quello che va verso la casa del sogno.

Quel sogno non lo lascia.

Per mesi, anni. Di giorno, cerca invano la casa che non esiste. Di notte, la ritrova ogni volta.

Allora rinuncia. Mette fine ai suoi viaggi. Torna a casa. Si stordisce di piaceri come può per distrarre la sua follia. Ma per quanto si ubriachi, vada a letto con donne sempre diverse, si sfinisca lavorando sempre di più, non appena dorme, il sogno torna, ogni notte.

Un giorno, molti anni sono passati, nel piccolo villaggio in riva al mare che ha scelto per ritirarvisi, passeggiando, vede una strada che si allontana dal viale principale voltando le spalle all'oceano di cui fino ad allora non aveva notato l'esistenza. Quella strada s'infila tra le ville, attraversa la sporca *no man's land* che le circonda (lo stadio, la discarica, i parcheggi della zona commerciale) e, inspiegabilmente, porta verso una campagna dove presto scompaiono tutte le vestigia della vita urbana.

È una bella giornata di primavera. Cammina a lungo. Anche il rumore delle auto sulla strada è cessato. Ci sono campi, prati che si estendono fino all'orizzonte e di cui non sospettava neanche l'esistenza. Arriva a un corso d'acqua che fa un gomito intorno a una vaga collina dietro la quale comincia un bosco. Passa sotto i primi alberi, esita tra i sentieri che s'insinuano in mezzo alle ombre fresche e profumate dei pini. Varie cose che incrocia (un albero dalla sagoma contorta, un ciuffo di felci che riempiono un buco, i segni rossi che a volte i boscaioli lasciano sui tronchi) gli sembrano vagamente familiari senza che per il momento vi presti attenzione. Ed è allora, naturalmente, che riconosce il mondo del suo sogno.

Sa la strada così bene a memoria che non fa nessuna fatica a raggiungere il limitare del bosco, a trovare la radura. I suoi passi lo precedono. È come su un invisibile tapis roulant che lo porta fino alla casa. Esattamente la stessa: il tetto di paglia, i muri a graticcio, il giardino, i fiori e il melo.

Quando le sue nocche toccano il legno della porta, quando sente il rumore che fanno le sue dita, e non si sveglia, è come se il cuore gli si fermasse nel petto, gli si blocca il respiro. Aspetta a lungo. Non succede niente. Come nel sogno la casa sembra completamente deserta. E poi gli arriva, dapprima come un suono soffocato, il rumore di passi che rimbombano all'interno, crescendo d'intensità, dei tacchi che battono sul pavimento, avanzando lungo un corridoio.

Poi, quando i passi si fermano, sente il rumore della serratura. E quando la porta si apre, vede una donna davanti a lui. Una donna dall'aspetto normale, di cui non si può dire molto, che lo guarda senza sorpresa, lo fissa ma senza manifestare particolare interesse per lui. Restano a lungo l'una di fronte all'altro senza dir niente. E per rompere il silenzio, far cessare l'imbarazzo di quell'assurdo tête–à–tête, per giustificare la sua presenza così incongrua, invece di raccontare la sua storia insensata, ricorrendo al primo pretesto che gli viene in mente, prende la parola.

L'uomo si scusa con la donna per averla disturbata in quel modo. Le spiega che stava passeggiando nel bosco, che ha visto la sua casa, che l'ha trovata così bella che gli piacerebbe, se fosse possibile, comprarla. E la donna risponde che la casa non è in vendita, che anche se volesse, non potrebbe cedergliela, a nessun prezzo.

Dicendo:

– Non posso vendergliela.

– Ma perché, signora?

– Perché è infestata.

– Infestata da chi?

– Ma da lei, signore.

Terza parte

Anche se il suo gatto passa per esserne l'emblema, non si può ragionevolmente attribuire a Schrödinger l'idea degli "universi paralleli". E nonostante quello che posso aver lasciato intendere, neppure a Hugh Everett.

O meglio, neppure a Hugh Everett III. Perché è con questo nome che lo si conosce. Si dice: *the Third*, immagino. Anzi diciamo che lo ipotizzo, essendo ben poco esperto degli usi in vigore nelle famiglie americane dove sembra che imperversi la mania di dare lo stesso nome di battesimo a tutti i primogeniti maschi, come un tempo alla Casa Bianca o come nei romanzi di Faulkner. Per cui poi devono ricorrere a questo genere di artifici per distinguere il nonno dal padre, il padre dal figlio, il figlio dal nipote e così via, numerando i discendenti come se, di generazione in generazione, fosse un unico individuo a esistere, in stati successivi, attraverso il tempo.

Hugh Everett the Third. Un nome simile, che sembra un titolo, gli dà subito un'aria un po' da personaggio regale. Come in Shakespeare. Ricorda Gloucester il deforme, *Richard the Third*, che s'impadronisce della corona d'Inghilterra e poi cerca invano di barattarla con un cavallo, dichiarando, con le parole di Iago, che lui non è lui, poco prima che cali il sipario: *I am not what I am.* Questione ben più vertiginosa di quella sollevata dal povero Amleto (*To be or not to be*) quando là, sui suoi spalti, chiuso nella fortezza di Elsinore come il gatto di Schrödinger nella sua scatola, esita tra la vita e la morte, chiedendosi che scelta fare, prigioniero di un'eterna indecisione.

"Essere o non essere" in realtà non è la vera domanda, o per lo meno non è la sola vera domanda: non l'ultima, una volta ammesso, in base al principio di sovrapposizione, che ogni cosa può essere se stessa e il suo contrario. Ogni individuo insomma può arrivare a chiedersi: "Sono davvero quello che sono?", considerando seriamente l'ipotesi di poter esistere sotto una forma ma simultaneamente anche sotto un'altra, ogni creatura moltiplicandosi così all'infinito sui sentieri diramati del tempo.

Anche Everett the Third meriterebbe la sua tragedia. E mi dispiace (si fa per dire) di non essere lo Shakespeare che ci vorrebbe per dargliela. Racconterebbe la storia di un uomo tranquillamente dominato da un'idea fissa talmente paradossale che non riuscirebbe a farsi ascoltare da nessuno intorno a lui e finirebbe per abbandonare la speranza di farcela un giorno. Messo a parte di un segreto così enorme e inaudito da non poter essere creduto da nessuno. Nel pieno possesso delle sue facoltà mentali (come testimoniano i suoi brillanti risultati al servizio della scienza) ma allo stesso tempo letteralmente pazzo da legare (un'evidenza che salterebbe agli occhi di chiunque prestasse attenzione anche solo per qualche minuto alla sua grande teoria). Un personaggio per Pirandello. A giudicare da quel che ne ho appreso (ovvero molto poco) mettendo insieme le scarse informazioni che si possono trovare qua e là e quelle che provengono dalla recente biografia a lui dedicata da un certo Byrne – dalla quale risulta che il suo principale titolo di merito sarebbe aver dato alla luce non una versione eterodossa della meccanica quantistica, bensì una star del rock and roll, conosciuta con il soprannome di "E", da pronunciare "i", suo figlio, nella fattispecie (posto che questo dica qualcosa a qualcuno, a me certamente no) il leader degli Eels.

La sua leggenda personale racconta che, all'età di dodici anni, Everett (bambino superdotato e già privo di scrupoli) scrive a Einstein per sottoporgli un problema insolubile e mettere così il genio del grand'uomo a dura prova – ottenendo da lui, ed è questa la cosa più sorprendente della storia, una risposta. Nel 1956 discute a Princeton una tesi, *Wave Mechanics Without Probability*, cui darà forma definitiva con il titolo di *The Theory of the Universal Wave Function.* Riprende cioè la ormai famosa "funzione d'onda" di Schrödinger per liberarla dall'ipoteca probabilistica che pesa su di lei e darle una dimensione universale. Il che corrispondeva esattamente all'auspicio del suo inventore. Ma di sicuro non era quello il modo che quest'ultimo avrebbe desiderato – e neppure immaginato.

Non ho infatti trovato da nessuna parte notizie secondo cui la teoria di Everett the Third avrebbe suscitato commenti da parte di Schrödinger – cui peraltro era stata sottoposta. In cambio, il direttore di ricerca del dottorando, un certo Wheeler, è entusiasta delle conclusioni del suo allievo tanto da fare subito il pellegrinaggio a Copenhagen, all'epoca la Mecca della fisica quantistica, per presentare là la tesi partorita dalla mente del suo discepolo. Invano. E quando, un po' di tempo dopo, Everett in persona fa il viaggio a sua volta, il fiasco è ancora più penoso. Niels Bohr lo riceve e da quello che racconta un testimone della scena sembra che l'abbia giudicato un cretino galattico, incapace di capire i rudimenti della disciplina che pure pretendeva di rivoluzionare.

Parlo di "follia". Ma allo stesso tempo, l'interpretazione che dà Everett della funzione d'onda di Schrödinger è di una logica implacabile. Si tiene alla larga da qualunque ipotesi idealistica che attribuisca alla coscienza la facoltà di dare forma al reale. La sua è anzi una teoria totalmente materialistica: *unmystical*, dice Everett. Che si limita a prendere per vero ciò che dicono le equazioni. Il solo modo di dare senso al principio di sovrapposizione riferito alle particelle corrisponde in effetti ad accettare l'idea che siano ugualmente sovrapposti gli universi all'interno dei quali le suddette particelle, nei loro vari stati simultanei, vengono osservate. La deduzione più delirante in assoluto deriva dall'ipotesi più compiutamente razionale. Ed Everett, in un certo senso, è l'erede più fedele di Schrödinger.

Incompreso, Everett rinuncia all'idea di diffondere la sua scoperta e si dedica ad altro. Con un discreto successo. Il che prova, se ce n'era bisogno, che la più grande intelligenza può coabitare in una mente con la più totale follia. Il Pentagono lo recluta e lui ne diventa uno degli informatici di punta, uno dei principali esperti in programmazione, lavorando all'ottimizzazione dei piani messi a punto dall'esercito americano in vista di un eventuale ricorso al suo arsenale nucleare. In che modo? Non lo si può dire con precisione perché l'essenziale della sua ricerca è coperto dal più stretto segreto militare: *classified*, come dicono nelle serie televisive hollywoodiane o nei film di spionaggio. Verosimilmente: calcolando come impiegare al meglio, e il più razionalmente possibile, in caso di necessità, i missili puntati ovunque sugli obiettivi, confrontando in termini di costi e guadagni varie opzioni per scatenare l'apocalisse. Anche in questo caso insomma la ragione al servizio della follia. Ma questa volta di una follia meno simpatica, anzi molto sinistra.

Negli anni Settanta poi, quando lui stesso sembra averla dimenticata, la sua teoria degli universi paralleli viene riscoperta. Alcuni ricercatori, a cominciare da un certo Bryce DeWitt, gli danno l'opportunità di renderne noti i principi pubblicandoli. Ma Everett, a quanto pare, è precocemente logorato dalla vita. Da tempo esagera con l'alcol e con il fumo. Obeso, pare, come si diventa solo negli Stati Uniti, soprannominato *Pudge* in famiglia – cioè "ciccione". Per quanto sia difficile immaginarlo così, sia pure guardando le fotografie degli ultimi anni della sua vita dove mostra una corpulenza certo eccessiva, ma non di proporzioni davvero allarmanti, e a maggior ragione guardando le altre, dato che la maggior parte dei ritratti che restano di lui risalgono agli anni giovanili e ce ne sono vari in cui appare al contrario con un fisico piuttosto asciutto, molto serio, l'espressione austera, occhiali e fronte stempiata.

Fatto sta che muore all'età di cinquantun anni, vittima nel sonno di una crisi cardiaca imputata dai medici alla sua catastrofica condizione fisica.

Giunto alla saggezza se non alla gloria.

Perché si è fatto una religione della sua teoria. E proprio quest'ultima gli insegna che la morte riguarda sempre uno solo degli innumerevoli avatar di se stesso che coesistono nello spazio infinito delle realtà multiple. Quando uno dei suoi doppi scompare, tutti gli altri gli sopravvivono. E questo conferisce all'evento un carattere molto relativo.

Come scrive Borges in un appunto che fa pensare al modo con cui la fisica quantistica abborda i fenomeni, tale da sprofondare chiunque nella più assoluta perplessità: le prove della morte sono puramente statistiche; per cui, non c'è nessun uomo che non corra il rischio di essere il primo immortale. Ma Everett va ancora più in là. Dà un senso diverso rispetto a Borges all'idea che la morte è una questione di probabilità. Per lui, ogni uomo è eterno perché ognuno è un intero popolo suddiviso in miliardi di miliardi di varianti di una stessa realtà che, a quel punto, non può più essere concepita se non sotto la forma impensabile della somma di tutti i suoi possibili. Ognuno di noi vive ovunque avventure differenti, conosce destini molteplici, evolve in ambienti in cui si verificano circostanze diverse rispetto a quelle che ci limitano, alcune delle quali ci permettono di sfuggire perpetuamente alla fatalità della nostra condizione finita. Di modo che in ogni secondo, tra tutte le figure di sé prodigiosamente sparpagliate in quel nessun luogo in cui proliferano, un'infinità di esseri simili svanisce nella morte mentre un'altra infinità sorge alla vita.

Se ne deve indubbiamente dedurre una nuova versione del vecchio sillogismo già rivisto e corretto da un celebre drammaturgo:

Tutti i gatti sono immortali.

Everett è immortale.

Quindi Everett è un gatto.

Di Schrödinger.

Poiché la morte si dissolve dunque serenamente nell'ebbrezza abituale del suo sonno, Everett l'accoglie con il supremo distacco di cui solo i santi sono capaci, manifestando nei confronti delle proprie spoglie una sorta di sovrano disdegno. Nel testamento formula l'auspicio che le sue ceneri siano gettate nella spazzatura. Sua moglie ci impiegherà parecchi anni per risolversi ad accondiscendere al desiderio del defunto. E quando molto tempo dopo la loro figlia si suicida, esprime la stessa volontà nella lettera in cui dà addio alla vita.

Una figlia e suo padre si danno così appuntamento tra l'immondizia, disperdendo in mezzo ai rifiuti domestici i resti carbonizzati dei loro corpi, convinti che tra gli universi paralleli sognati da uno di loro due, deve essercene almeno uno in cui saranno riuniti.

Meet me in the garbage!

Non credo si possa trovare un altro aneddoto funebre in cui il sublime si unisca così bene al grottesco e in cui la speranza (no, la certezza) di un'esistenza dopo la morte sia così amorosamente espressa: nella forma serissima e completamente delirante di una fantasia scientifica confusa con il fantasma di nozze incestuose celebrate in uno scenario macabro di discarica nuziale.

La fama di Everett è postuma.

Prima di morire molto probabilmente ha avuto solo una vaga idea dei primi segni che la annunciavano, quando degli scrittori, pur senza averla capita meglio di me ma con meno scrupoli di quanti ne abbia io, si sono impadroniti delle idee essenziali della sua teoria per fornire un discutibile fondamento pseudoscientifico alle loro ultime elucubrazioni. Considerando ormai acquisito il fatto che la meccanica quantistica sancisce l'esistenza di universi paralleli e ricamando all'infinito su questo principio. Ed è in fondo un giusto risarcimento, perché lo stesso Everett ha confessato di aver trovato l'idea della sua teoria leggendo romanzi di fantascienza. Presa nei libri, è quindi normale che ci ritorni. Ma il contagio della storia non colpisce solo l'ambiente letterario. Produce effetti anche sui filosofi e sugli scienziati. Al punto che persino nelle riviste più serie si moltiplicano le riflessioni che prendono spunto dalla dimostrazione di Everett per esplorarne anche i risvolti meno accettabili.

Dire che l'ipotesi degli universi paralleli sia oggi accettata all'unanimità dagli scienziati sarebbe un'esagerazione davvero grossolana. Anzi: una contro–verità. Ha però sia sostenitori che avversari. Il che vuol dire che è riuscita almeno a imporsi come oggetto di controversia degna della comunità scientifica. Senza che il dibattito possa risolversi né in un senso né nell'altro. Perché una concezione del genere, anche malgrado quello che hanno cercato di dimostrare alcuni, mi pare sfugga a qualsiasi forma di sperimentazione che potrebbe smentirla o confermarla. Il che, se capisco qualcosa del famoso criterio di refutabilità di Popper, dovrebbe bastare a farla passare dal campo della verità scientifica (quale che sia il significato molto dubbio di questa espressione) a quello della credenza religiosa (che, per molti aspetti, non è poi così diverso).

Comunque sia, nessun testo dedicato alla meccanica quantistica trascura oggi di dedicargli un capitolo o almeno un paragrafo – fosse anche solo per fare ironia a sue spese. Né mancano i pensatori che si sono infilati nella breccia da lui aperta. In base all'idea che tutti gli scienziati incapaci di rinunciare a una visione del mondo più conforme al buon senso appartengano al campo dei realisti retrogradi, attaccati a un razionalismo meschino che impedisce loro di accettare la "buona novella" del vertiginoso vangelo dei possibili predicato da Everett e che i lavori di Schrödinger, Einstein o Bohr, una sorta di "antico testamento" ormai desueto, avrebbero profetizzato a loro stessa insaputa.

Immaginando dunque (è la loro tesi) che in ogni istante tutte le particelle elementari, sospese tra stati sovrapposti, si moltiplichino in modo tale da acquisire contemporaneamente tutti i valori che l'osservazione è in grado di attribuir loro. In una qualsiasi delle dimensioni di un tempo che diverge senza sosta perché in ogni sua diramazione possa apparire una nuova forma di ciò che è. Questo significa ritenere che tutti gli oggetti del mondo si sparpaglino così nelle direzioni più aleatorie, secondo il caso delle probabilità. Compresi gli esseri coscienti che siamo noi. Che, allo stesso modo, diamo continuamente origine a nuove versioni di noi stessi, totalmente all'oscuro le une delle altre poiché legate ognuna a una delle varianti di cui solo la somma fa l'universo impensabile di tutti gli universi possibili. In pratica, per una teoria come questa che fa apparire incredibilmente timorato il saggio scetticismo dei filosofi di un tempo, fino a quello di Hume incluso, la convinzione che noi abbiamo di vivere all'interno di un mondo stabile nel quale esistono dei fenomeni sensati, dove le stesse cause producono sempre gli stessi effetti, dove regna una relativa continuità e dove ognuno può rivendicare per se stesso un'identità durevole e inalterata, passa ormai per essere un'illusione puerile e alquanto patetica.

S'impone allora un altro punto di vista sul mondo. Che, sottratto a qualsiasi controllo ragionevole, saltato il parapetto del buon senso, rende lecita qualunque profezia e rilegittima arbitrariamente i più remoti fantasmi. Permettendo di identificare gli universi paralleli della teoria di Everett con i mondi fantastici di cui lo spirito umano ha sempre sognato, in base all'idea che ogni coscienza sia in grado di comunicare con livelli di realtà ai quali invece non ha accesso, un aldilà di paccottiglia dove tutto, dalla telepatia allo spiritismo e persino ai viaggi nel tempo, diventa possibile. E si sviluppa così tutta una letteratura che celebra le nozze della scienza più astrusa (intendo la fisica quantistica nella versione di Everett e dei suoi accoliti) con un sapere piuttosto vago e che, in generale, tenta di compensare la sua palese insensatezza con la pretesa di essere l'espressione, inaccessibile al profano, di un'antichissima saggezza ispirata alle religioni orientali, se non addirittura al vecchio fondo inattaccabile delle peggiori superstizioni, il tutto gloriosamente posto sotto il segno di quella "new age" nella quale l'umanità, guidata da qualche patetico guru, sarebbe sul punto di penetrare.

Sono speculazioni di questo genere che hanno fatto la fortuna della favoletta quantistica fabbricata un tempo da Schrödinger per dimostrarne l'assurdità. Il suo gatto è diventato l'animale–totem che, dentro alla sua scatola, troneggia mostrando la porta che dà accesso al mondo degli universi paralleli e indicando il tunnel immateriale che conduce a essi.

Ma non per questo si può attribuire all'inventore della funzione d'onda, l'ho già ripetuto più volte, la paternità di un delirio di cui al contrario egli voleva combattere le forme più rudimentali, non potendo in nessun modo prevedere gli eccessi nei quali sarebbe caduto dopo di lui. Assolutamente convinto che mai ci sarebbe stata anche solo una mente sensata sulla terra che potesse accettare l'idea di un gatto morto e vivo insieme.

Ho detto che, per quanto ne so, Schrödinger non si è mai espresso in merito alla tesi di Everett che pure avrebbe potuto conoscere alla fine della sua vita. Ma sono stato un po' sbrigativo.

Perché se ci si mette dal punto di vista di Everett, niente vieta di pensare che esista, tra migliaia di altri, un universo almeno nel quale i due scienziati si sono incontrati e hanno discusso insieme del modo migliore per sottrarre la funzione d'onda alle probabilità in modo da conferirle il suo vero valore. Un universo nel quale Everett convince Schrödinger che la sua proposta è giusta. E un altro nel quale è Schrödinger, al contrario, che, paradossalmente, proprio mentre il loro scambio, dato che avviene, è la prova della sua pertinenza, riesce a persuadere Everett che la sua teoria è falsa.

Con tutte le varianti che vorrete apportare a questa storia. E così via.

Leggo sempre più spesso libri sui gatti. Mi riposano un po' rispetto a quelli sulla fisica quantistica, le sue interpretazioni, la saga degli scienziati che l'hanno ideata, le estrapolazioni cui si presta, tutta quella massa di semicertezze, di ipotesi dubbie in mezzo alle quali mi oriento a malapena, con l'impressione che più ne imparo meno ne capisco. Metto da parte i vari volumi delle opere complete di Schrödinger, la biografia di Everett, i testi divulgativi non poi così chiari che si accumulano sulla mia scrivania e prendo dalla biblioteca di che perfezionare il mio personale trattato di fenomenologia felina. Il gatto mi approva, penso. Mi viene sulle ginocchia, fa le fusa e reclama carezze, si allunga sulle pagine del libro che ho aperto, intralcia la lettura, mi obbliga a interromperla, ad alzare la testa, a divagare.

Champfleury, un autore oggi dimenticato ma che fu ai tempi di Flaubert il primo teorico del realismo romanzesco, riferisce un fatto molto curioso nell'opera che dedica ai gatti e che il suo editore presenta come uno dei classici della letteratura felina.

Come sempre, succede in Cina. Dove, riporta Champfleury in base a informazioni raccolte laggiù dai missionari cristiani, i gatti, apprezzati per la loro carne e considerati un piatto prelibato, quando non vengono mangiati, sono utilizzati come orologi ambulanti, delle specie di orologi da polso. Anzi, meglio, come dei quadranti solari portatili. La loro pupilla, in effetti, si contrae o si dilata a seconda della luce, riducendosi a una linea quando il sole è allo zenit, e allargandosi fino a diventare tonda la mattina o la sera, al momento del crepuscolo. Cosicché, con un po' di abitudine, si può dedurre che ora è dalla forma geometrica che c'è in mezzo all'iride.

Baudelaire faceva le stesse letture di Champfleury. L'aneddoto cinese che quest'ultimo racconta è conosciuto per il *poème en prose* che Baudelaire ne ha tratto qualche anno prima, dove afferma che anche lui leggeva l'ora nelle pupille di quella che chiama la sua Féline: «un'ora grande, vasta e solenne come lo spazio, non divisa in minuti né in secondi, – un'ora immobile che gli orologi non segnano, e che tuttavia è leggera come un sospiro, veloce come uno sguardo».

Qualunque sia il momento della giornata, il quadrante dà la stessa risposta a colui che lo interroga: "Sì, sto guardando che ora è: ed è l'Eternità!".

L'occhio del gatto dice l'ora. E il gatto stesso è una macchina per misurare il tempo. Ma un tempo che gira continuamente su se stesso e non porta da nessuna parte se non al suo interminabile ricominciare. Il che corrisponde a una specie di orologio fermo, sempre giusto però, perché la sua unica lancetta è eternamente puntata sull'istante del presente.

– Credi che si ricordi di qualcosa?

– Vagamente sì.

– Di cosa?

– Intanto si ricorda molto bene della strada che porta qui, dal giardino alla terrazza, dalla ciotola alla cesta. E poi al letto.

– Questo è certo.

– Ci deve essere un'immagine di tutto questo che permane nel suo cervello di gatto.

– Di questo sì, ma del resto? Altrove, prima?…

– Anche, di sicuro. Ricorda. Ma cosa, come, in che forma?…

– Come se per lui il tempo ricominciasse ogni giorno.

– Ogni giorno il primo giorno…

– Il paradiso.

Un tardo pomeriggio. Le ombre sono lunghe. Mi distendo accanto a lui nell'erba dove si è sdraiato. Sulla schiena. Con le zampe in aria. Per vedere se i cinesi dicono la verità. E per aggiungere, dopo aver proceduto alla verifica sperimentale, un nuovo principio a quelli che già formano l'inizio del mio trattato di fenomenologia felina. Ma guardare un gatto negli occhi non è facile. È complicato come acchiapparne uno nello spessore dell'oscurità – soprattutto quando di gatti non ce ne sono. Giusto un brillio verde che subito si sposta. Senza dar modo di vedere che forma ha preso la pupilla sotto l'effetto della luce che declina. Si rovescia con un colpo di reni, si appallottola, si stira, e va un po' più in là in un altro dei suoi posti abituali: nell'incavo che si forma dove i rami del noce si separano dal tronco.

Gli ultimi giorni dell'estate. Cioè un anno dopo che mi è apparso per la "prima volta". Più esattamente: un anno dopo che le sue discrete apparizioni dei primi tempi (le sue sparizioni) ebbero attirato la mia attenzione tanto da convincermi a prendere atto, da lì a poco, del fatto che, nel buio della notte, in fondo al giardino, qualcosa si manifestava *sotto forma di gatto* cui bisognava pure accordare un'esistenza.

Un anno, sì. Per cui lo chiamo l'Anno del Gatto. Corrisponde all'incirca a quello del calendario cinese. Anzi coincide esattamente con il loro, se scelgo di farlo cominciare non con i segni che l'hanno annunciato ma con quella notte della "prima volta" che risale all'inverno.

L'oroscopo di laggiù lo presenta come un animale calmo ed educato, estremamente fine, abituato alla vita di società ma amante più della solitudine che non della compagnia delle altre creature. Il suo anno si colloca tra quello della Tigre e quello del Drago. Segna quindi una pausa, in teoria, nell'urlo e il furore della Storia, un momento di tregua dai tumulti e dai tormenti del tempo.

Solo che, lo apprendo dalla vecchia enciclopedia, non c'è un vero e proprio anno del gatto nell'astrologia cinese – che gli preferisce la lepre, portando a confondere i due animali, come facevano un tempo i ristoratori disonesti che servivano ai loro clienti spezzatino di gatto spacciandolo per civet di coniglio. Sono i vietnamiti a chiamare "gatto" l'animale che i cinesi chiamano "lepre".

La leggenda (un'altra leggenda cinese, ancora una) racconta che il topo fu incaricato dagli dèi (o da ciò che là ne tiene il posto) di convocare le dodici creature degne di figurare nello zodiaco e che lui, malizioso, e facendolo infuriare, omise di chiamare il gatto. Il quale da allora, o per lo meno io m'immagino che sia così, snobba un po' i rappresentanti ufficiali dello zoo celeste. Va a trovarli di tanto in tanto ma solo en passant e come per meglio manifestare, con la superbia che lo caratterizza, che il loro tempo non corrisponde al suo, e che nel loro lui è del tutto libero di entrare e uscire quando vuole.

Quando cammina nell'erba tenendola alta, la sua coda si muove nell'aria ricordando l'asta di un metronomo, che misura il tempo, come all'epoca in cui ai bambini s'insegnava ancora il piano all'antica. O come quella di una vecchia pendola di cui le pupille del gatto sarebbero il quadrante, quando è sdraiato come adesso nell'incavo tra i rami dell'albero, e la coda ciondola nel vuoto. Contando i secondi, i minuti, le ore con la più perfetta regolarità, senza che però nessuno, nonostante quello che dicono i cinesi di Champfleury, possa trarre dalla sua osservazione indicazioni precise come quelle che forniscono meccanicamente gli orologi più convenzionali.

Baudelaire ha ben ragione: "un'ora immobile".

Non c'è un anno del gatto. Tutti gli anni lo sono. Il tempo si allunga con lui in tutte le direzioni contemporaneamente. Vasto come i secoli dei secoli. Breve come un secondo separato da tutti gli altri. Una capocchia di spillo, quella dell'istante, su cui sta il tempo e intorno a cui gravita tutta la rivoluzione degli oggetti celesti, grazie ai quali si esprime il movimento in avanti della durata che arrotola a spirale i suoi cerchi successivi, inghiottendo via via l'avvenire informe e vuoto per farne fumo, il fantasma di ciò che fu e che fugge.

Con cosa riempie il tempo vago della sua vita? È totalmente inattivo. Loro sono così. A differenza di altre specie che sono assorbite dal pensiero di nutrirsi, che vanno a caccia, o brucano dall'alba al tramonto per immagazzinare di che riempirsi la pancia e accumulare le calorie quotidiane di cui hanno bisogno, che scavano tane, costruiscono nidi. O che si agitano in continuazione per niente. Come la nostra. Che si affanna a destra e a manca per cercare di convincersi che la sua presenza sulla terra è in qualche modo motivata. Mentre un gatto può non fare assolutamente niente e allo stesso tempo dare l'impressione di essere totalmente occupato da un misterioso incarico che richiede tutta la sua attenzione.

– A che cosa pensa, secondo te?
– Non lo so.
– Credi che si annoi?
– Non sembra.
– Ti rendi conto?
– Di cosa?
– Non annoiarsi mai.

Non vede il tempo che passa. Anzi, è il contrario: guarda il tempo passare. Non fa altro. Immobile, allungato o acciambellato in un angolo. Gli occhi aperti su niente. Lo sguardo nel vuoto. Le ore scivolano su di lui. Ogni frammento del tempo si schiude dal centro svelando il precipizio in cui brilla uno spettacolo infinito che neppure se fosse eterno basterebbe a riempire le sue pupille.

Un'altra leggenda cinese racconta che quando gli umani furono cacciati dal paradiso per espiare la colpa commessa, affinché il loro orgoglio fosse umiliato gli dèi li sottomisero al tempo e a tutte le sofferenze che esso comporta: la memoria che in ogni istante ricorda il passato che se n'è andato e non tornerà, l'immaginazione che genera angoscia schiacciante per il futuro di cui nulla si sa, e infine il presente, la sua tortura ripetuta con il peso della noia che opprime. Per eccesso di crudeltà, alcuni dèi decisero di dare all'uomo un compagno che, sottratto al tempo, fosse il testimone eterno della pace che aveva perso. Ma altri di loro, in segno di benevolenza, proposero al contrario di addolcire il dolore dell'uomo mettendo al suo fianco un essere che gli ricordasse eternamente la felicità che aveva conosciuto. La discussione fu lunga perché nessuno dei due gruppi riusciva ad avere la meglio sull'altro. Alla fine gli dèi si accordarono per forgiare una creatura nella quale ognuno avrebbe potuto vedere sia il segno del suo degrado presente sia quello della sua felicità passata. Ed è così che crearono il gatto.

– È una leggenda cinese?
– Certo, l'ho appena inventata.

Allora il vero problema, più che sapere da dove viene, è chiedersi quando. Visto che condivide il nostro stesso spazio ma provenendo da un tempo diverso, impercettibilmente sfasato rispetto a quello in cui evolviamo noi, e che vibra a un'altra frequenza. Percependo la realtà sotto una luce talmente estranea da spiegare il fenomeno di piccola desincronizzazione in virtù del quale, pur essendo qui, sembra anche che sia completamente altrove.

– Si dice che ricordino meglio i luoghi che le persone.

– Perché i luoghi non si muovono e restano identici. Mentre le persone non smettono mai di cambiare e di spostarsi. Sono più fedeli alla casa che ai padroni.

– Vuoi dire che ci confonde con la mobilia.

– O che ci vede come vaghi fantasmi inoffensivi che infestano il posto dove abita.

– Io direi piuttosto degli dèi alla cui esistenza, come noi, crede solo a metà.

– Indistruttibili e felici...

– Creature lontane, abbastanza benevole...

– *Abbastanza* benevole! Ci mancherebbe solo che pensasse il contrario. Dopo che è venuto a piazzarsi qui!

– ... Ma che deve anche temere...

– Credi?

– Non fosse altro che per la differenza di dimensioni e per la facoltà di far piovere la manna dei croccantini e del cibo.

– Dèi che è meglio ingraziarsi. Con piccole preghiere propiziatorie. Riti che non costano nulla.

– Come strusciarsi contro le gambe? O fare le fusa stando in braccio?

– Per esempio.

Così, come vuole il buon senso, non ci sarebbe che un solo universo. Ma talmente tante maniere di percepirlo che si scinderebbe in tante immagini mentali quante potrebbero costruirne tutte le coscienze in grado di riflettere il mondo in base all'attrezzatura variabile di cui sono dotate grazie alla panoplia dei loro sensi. Un universo per specie. Che si dispiegherebbe in ogni sorta di dimensioni in funzione degli strumenti anatomicamente messi al servizio di ogni categoria di creature per esplorarne tutta la distesa e giungere alle sue frontiere: di modo che il visibile, l'udibile, ciò che può essere sentito o toccato varierebbero, determinando quella sacca di percezioni che ogni specie produce intorno a sé, rinchiusa nella propria bolla che confonde con l'universo. Ci sarebbe dunque un solo spazio condiviso, ma con tante temporalità distinte. In questo modo non ci si dovrebbe preoccupare di trovare una teoria più complessa per accreditare la tesi delle realtà parallele.

Si dice che se gli si tagliano i baffi, si sentono spersi come un uomo cui vengano perforati gli occhi. Se le leggi dell'evoluzione ci avessero dotati sopra le labbra di quei lunghi peli tattili straordinariamente setosi coi quali loro si orientano, ci faremmo del mondo un'idea totalmente diversa. Ne deriverebbe una vera rivoluzione concettuale, rispetto alla quale i sistemi in assoluto più nuovi che lo spirito umano abbia prodotto nel corso della sua storia apparirebbero come modestissimi arrangiamenti circoscritti di un pensiero a sua volta profondamente vincolato a un punto di vista molto parziale sulla realtà.

A volte mi chiedo cosa possa contenere la metafisica dei baffi che certi gatti filosofi devono di sicuro aver elaborato.

– Oppure è il contrario.
– Il contrario?
– Sono loro gli dèi. Vengono a farci visita.
– Travestiti da animali più o meno domestici.
– E che vengono a ricevere da noi il tributo che gli dobbiamo.
– Sotto forma di sacrifici.
– In ogni casa viene innalzato per loro un altare con una ciotola, una cesta.
– E loro accondiscendono a venire a onorare con la loro presenza i luoghi del culto che noi gli consacriamo.

André Breton lo dice (o dice qualcosa di simile): «Forse l'uomo non è il centro, il *punto di mira* dell'universo». "Punto di mira" è molto azzeccato. Suggerendo che forse condividiamo il mondo che crediamo nostro con creature invisibili che lui chiama i Grandi Trasparenti, indifferenti alla nostra sorte, appena informati della nostra esistenza, i cui sistemi sensoriali sono talmente diversi da quelli che noi possediamo da passarci accanto senza neppure accorgersene.

Me li immagino come gigantesche meduse galattiche totalmente traslucide nell'aria in cui fluttuano. Ma anche un gatto potrebbe andare bene. Sono loro i Grandi Trasparenti. Del resto William James, che cita curiosamente Breton, propone il confronto: «Chissà se, nella natura, non occupiamo accanto a esseri di cui non sospettiamo neppure l'esistenza uno spazio piccolo come quello che occupano accanto a noi i gatti e i cani che vivono nelle nostre case?». Salvo che il filosofo americano non sembra avere l'intuizione della reversibilità delle rappresentazioni del mondo che si fa ogni specie, e del piccolissimo spazio che occupiamo noi agli occhi dei gatti nell'universo come loro lo vedono e nel quale sono loro a considerarci come creature assolutamente subalterne.

Chi sono questi Grandi Trasparenti? Una certa Marie Duclaux, da cui sembra che Breton prenda a prestito la sua teoria, non esita a insinuare che quegli esseri che circolano tra i fenomeni sotto i nostri occhi ma a nostra insaputa, quegli "esseri superiori", potrebbero benissimo essere "le anime dei *nostri* morti". *Dixit* Duclaux. Ma Breton, la cui propensione al delirio è peraltro certa, non la segue fino lì.

E fa bene.

Quando si rinuncia a chiedersi perché invece del nulla c'è qualcosa, viene subito in mente una seconda domanda. Senza risposta come la prima: perché le cose sono così invece che in un altro modo?

Per via di quale caso o in base a quale necessità una cosa viene a esistere al posto di un'altra che avrebbe benissimo potuto essere a sua volta? Dai tempi di Aristotele e della sua metafisica senza baffi, la filosofia distingue l'essere *in potenza* e l'essere *in atto*: la forma investe la materia che ne è priva, la plasma a modo suo per trarne ciò che sarà e che così si compie. *Entelechia*, posto che interessi a qualcuno, è il termine scientifico. Per parlare un linguaggio di oggi, il virtuale diventa reale quando, tra tutte le potenzialità che quel virtuale contiene, nel momento in cui la forma investe la materia, una di quelle potenzialità, e una sola, esce dal nulla e, nell'ambito del reale, accede all'esistenza. Sempre se ho capito bene – perché la metafisica aristotelica, per lo meno per me, non è poi intellettualmente tanto più accessibile della fisica quantistica.

L'esempio all'antica dice: dal blocco di marmo informe che contiene *in potenza* tutte le statue che uno scultore potrebbe ricavarne, quando il martello e lo scalpello hanno fatto il loro lavoro, emerge *in atto* l'apparenza esclusiva di tale o tal altra creatura di pietra – uno dei tanti dèi dell'Olimpo di cui un artista greco abbia potuto avere l'immagine in mente. Insomma, il blocco di marmo in questione è abbastanza simile alla scatola in cui Schrödinger ha chiuso il suo gatto. Contiene simultaneamente tutti gli stati sovrapposti della realtà fino a che, quando qualcuno fa il blocco a pezzi o apre il coperchio della scatola e osserva ciò che vi è all'interno, di tutti ne resta uno solo.

Il mondo quindi non giunge all'esistenza che in virtù di un disastro. Con le parole degli scienziati: quando il "pacchetto d'onde" sprofonda. La creazione in fondo è una catastrofe. Si compie solo a condizione che la nube sospesa di tutti i possibili si cristallizzi intorno alla manifestazione esclusiva cui, in fin dei conti, essi si riducono. Certo, non è esattamente questo che dice la meccanica quantistica la quale considera tutti gli stati sovrapposti afferenti a una particella data non come delle virtualità (sarebbe troppo semplice), ma come delle realtà – anzi tutto l'interesse della faccenda sta proprio in questo. Ma l'ipotesi sensatissima della "decoerenza" si lascia tradurre abbastanza bene, tutto sommato, nei termini di una fantasticheria del genere: il "tutto" che era si disgrega, perde la "coerenza" nel cui ambito quel "tutto" si trovava incluso, per acquisire una sola delle forme cui avrebbe potuto dare luogo. Come una caduta: dall'infinito del virtuale al finito del reale. Deponendo il mondo come un rifiuto davanti ai nostri sensi.

E il reale porta il lutto di tutti i possibili dato che esiste solo in virtù del loro sacrificio.

Il giovane Joyce era già molto informato di tutto questo. Non aveva avuto bisogno di inviare la sua mente nel futuro per farla conversare con il vecchio Schrödinger in quella città di Dublino in cui entrambi vissero – ma che il romanziere aveva lasciato da parecchi decenni quando lo scienziato vi si installò a una data, del resto, in cui il primo non avrebbe più tardato molto a morire. Non aveva avuto bisogno neppure, esattamente come Schrödinger, di incontrare Everett in uno dei suoi tanti universi paralleli per ricevere da lui la rivelazione del suo assurdo vangelo. No, gli era bastato leggere distrattamente Aristotele e lasciare che uno dei suoi personaggi divagasse con lui su tutto ciò che, in una vita, sfugge a ciò che si sa.

ULISSE: «Qui medita di cose che non furono: ciò che Cesare avrebbe potuto compiere se avesse creduto all'indovino: ciò che avrebbe potuto essere: le possibilità del possibile in quanto possibile...».

Immaginare che una cosa sia al posto di un'altra che è corrisponde a tentare un esperimento mentale. La scienza va semplicemente a prender posto nell'alveo che una fantasticheria di quel genere scava in una mente. Per cui non ha senso attribuire a Everett o a uno qualunque degli altri scienziati, fisici e astronomi, che passano per aver scoperto gli universi paralleli, il merito di un'idea che era stata formulata già migliaia di volte prima di loro e che loro si sono limitati a rivestire di nuove teorie, fornendole la giustificazione *a posteriori* delle loro equazioni, ma la cui invenzione è antica come il pensiero, da quando quest'ultimo si è messo a riflettere sull'enigma di ciò che avrebbe potuto essere o da quando una persona qualsiasi ha cominciato a immaginare il corso diverso che avrebbe preso la sua vita se il caso o lui stesso avessero deciso così.

Ci sono teorie di ogni sorta che pretendono di dare sostanza all'idea degli universi paralleli.

Certe poggiano sulla speculazione pura e affermano che la vera realtà sarebbe quella del mondo delle idee di cui quello delle cose non rappresenterebbe altro che l'ombra quale la percepiscono i nostri sensi. Di conseguenza, bisognerebbe pensare che a ogni struttura matematica immaginabile (a ogni idea) corrisponda un universo a essa conforme (un oggetto). Tutto ciò che è concettualmente possibile esisterebbe dunque: anche se non ne abbiamo nessuna prova né uno straccio di indizio. Traduco: se tutto ciò che è reale è razionale, come affermava un famoso filosofo, bisogna aggiungere che anche tutto ciò che è razionale è reale. Deve esserlo. Almeno in un certo senso. Da qualche parte.

Ammettiamolo.

Anche se, per quanto mi riguarda, tenderei a non dare cieca fiducia alla matematica come se dovesse per forza essere lo specchio del mondo. E spontaneamente sarei molto refrattario all'idea che la realtà sia ragionevole quando al contrario ci dà tante prove ed esempi del suo carattere arbitrario, aleatorio e caotico.

Altre teorie dipendono, invece, da ipotesi più concrete (se così si può dire) relative al cosmo, e che possono avvalersi di osservazioni che lo riguardano.

Una di queste osservazioni interessa il movimento tramite il quale gli oggetti celesti, dicono gli astronomi, paiono allontanarsi gli uni dagli altri a tutta velocità, accreditando l'idea che, lungi dall'essere fisso, il cosmo sarebbe in perpetua espansione, propagandosi senza sosta, in modo tale che, secondo alcuni, lo si deve immaginare come il risultato non di una sola esplosione iniziale, ma di una serie di Big Bang a catena ognuno dei quali genera a sua volta un universo suo proprio che prende posto a fianco degli altri, un po' come una bolla che si forma nella schiuma effervescente del tutto espandendosi ovunque, debordando in tutte le direzioni contemporaneamente, un "multiverso", secondo l'espressione ormai consacrata, tra migliaia di altri "multiversi", ciascuno con le sue leggi specifiche a determinare la realtà in maniera aleatoria, e la cui sola somma meriterebbe davvero il nome di universo. O meglio di "meta–universo".

Ma di fatto, secondo l'inevitabile principio di Occam, la teoria più semplice è anche la più soddisfacente. Non ha bisogno, per essere pensata, che di basarsi su un'unica ipotesi, comprensibile da chiunque e senza dover passare per nessuna dimostrazione matematica. Anche se dà il capogiro.

Quale ipotesi?

Risposta: che l'universo è infinito e che è pieno di una materia a sua volta infinita. Se così è, come pensano molti scienziati e come se lo immagina intuitivamente il sognatore che contempla il cielo stellato, allora bisogna dedurre da questo principio, se lo si ammette, le conseguenze che implica. E cioè: che tutte le combinazioni di particelle pensabili esistono effettivamente in uno dei tanti settori del cosmo – anche se la distanza che c'è tra noi e loro è così grande da impedirci di entrare in relazione con quei territori sparpagliati o di ricevere una qualsivoglia forma di testimonianza che ne provenga.

"Tutte le combinazioni" significa che tutto esiste da qualche parte e che quindi ci sono un'infinità di pianeti simili al nostro, certi dei quali assolutamente identici, con, su ognuno, un'infinità di versioni della vita nel senso che diamo noi al termine, di modo che ogni individuo, ogni avvenimento della nostra terra ha un suo corrispondente un'infinità di volte, sotto una forma rigorosamente uguale o sotto tutte le forme più o meno diverse che quell'individuo o quell'avvenimento possono assumere. Per riprendere i termini di Aristotele, tutto ciò che è *in potenza* è anche *in atto*.

Tutto ciò che è stato, potrebbe essere, avrebbe potuto essere, è.

All'interno dell'universo infinito dato che, per definizione, esso contiene tutto.

Molto semplicemente.

L'infinito è sufficiente (se così si può dire) perché la tesi degli universi paralleli s'imponga al pensiero come una necessità. Supporre che il cosmo sia pieno e illimitato porta infatti ad accettare l'idea che tutto il virtuale della vita vi sia dotato di un'effettiva esistenza. Posto che la sua probabilità non è uguale a zero e, anche se è estremamente bassa, ogni assetto acquisito per permutazione degli elementi che compongono la materia trova il modo di sistemarsi da qualche parte in uno spazio che, poiché è infinito, propone ed esaurisce tutta la combinatoria di tali assetti.

Pur basandosi su ipotesi totalmente autonome (l'infinito dell'universo per gli astronomi, il principio di sovrapposizione per i fisici), gli universi paralleli immaginati dalla scienza finiscono stranamente per assomigliarsi.

Come due gocce d'acqua nell'oceano.

Anche se i primi (ed è per questo che sono più facili da rappresentare) si ritiene siano accessibili ai nostri sensi (nell'ambito di quello che viene comunemente chiamato "lo spazio" con i suoi pianeti e le sue galassie), mentre i secondi si dispiegano in un altro luogo (per il quale non sono neppure sicuro che la parola "luogo" sia adatta), lo spazio vettoriale di Hilbert costruito matematicamente per rendere conto del comportamento ondulatorio delle realtà microscopiche.

Ma siccome non abbiamo accesso né all'uno né all'altro di questi due spazi, il risultato non è poi molto diverso, immagino.

Da sempre esiste l'idea che l'ipotesi dell'infinito porti a stabilire un segno di uguaglianza tra il virtuale e il reale. Mettete, come ha proposto qualcuno, uno scimpanzé davanti a una macchina da scrivere e lasciategli l'eternità. Arriverà di sicuro il momento in cui avrà scritto l'*Iliade* e l'*Odissea.* E anche ogni sorta di versioni più o meno deformate (prima, dopo, in altro modo)– dei poemi attribuiti a Omero, scimmia umanoide che ebbe solo il tempo troppo breve della sua vita per comporli: l'infanzia di Achille anche prima del suo soggiorno presso le donne, una versione della storia nella quale Elena resta fedele a Menelao di modo che la guerra non ha luogo, un'altra ancora in cui sono i troiani a vincere sui greci, la fine delle avventure di Ulisse dopo il suo ritorno a Itaca. Eccetera. Perché lo scimpanzé in questione dispone del tempo necessario, battendo a caso sui tasti, per comporre tutti i racconti che il linguaggio umano può produrre, esaurendo così l'inesauribile riserva del senso. E allo stesso modo anche l'alfabeto delle particelle elementari, combinandosi a caso come quello delle lettere battute sul foglio, è *realmente* in grado di produrre un analogo risultato nel buio dello spazio infinito.

È la famosa storia di Borges. Che dimostra tra l'altro che si può anche fare a meno dell'ipotesi dell'infinito, che basta entrare nell'ambito dei numeri molto grandi per dare consistenza a simili speculazioni. Fissate un numero di segni uguale a quello dei caratteri che compongono un libro (tanti segni per pagina, tante pagine per un libro) e immaginate che vengano stampate tutte le opere che possono essere prodotte tramite la permutazione aleatoria delle lettere dell'alfabeto. Tutti quei libri (di cui si può facilmente calcolare il numero con una formula matematica che si impara al liceo, anche se ho dimenticato quale) sistemateli in una biblioteca (la "biblioteca di Babele", la chiama Borges) straordinariamente vasta e che contiene tuttavia un numero finito di opere. Con questo procedimento si ottengono delle sequenze di migliaia di segni senza alcun significato con a volte, perduto lì in mezzo, l'isolotto sensato di una parola, di una frase, di una pagina. Ma anche tutti i testi *scrivibili* (come si diceva tempo fa) che figurano fatalmente in questo o quel ripiano della suddetta *libreria* (come si diceva ancora più indietro nel tempo).

Tutti i libri che sono stati scritti, che saranno scritti o che avrebbero potuto esserlo. Tutte le opere contenute in tutte le biblioteche del mondo compresi quelli andati in fumo ad Alessandria. Il testo ritrovato di tutte le tragedie perse dell'antichità come pure quello delle grandi tragedie che Sofocle, Shakespeare e Racine non hanno composto. Manuali scolastici che raccontano quello che Cesare avrebbe fatto se, ascoltando l'avvertimento dell'augure, fosse sfuggito al suo assassinio, la vittoria di Cartagine su Roma, quella di Napoleone su Wellington, la nascita, l'apogeo, la decadenza e il crollo di civiltà che non sono mai esistite. Trattati di filosofia in cui figura ogni affermazione argomentata e il suo contrario. La somma di tutte le dimostrazioni con insieme quella di tutte le loro confutazioni. La prova dell'esistenza di Dio e la prova inversa. Entrambe ugualmente inoppugnabili. Per lo meno in apparenza. Il racconto completo dell'esistenza di ogni individuo. Compresa la storia della vostra vita, di ognuno di voi, nei minimi dettagli fino a quello che annuncia l'istante esatto della vostra morte. Ma anche tutte le versioni false di qualunque biografia – compresa la vostra. Senza nessuna possibilità di distinguere tra questi racconti tutti ugualmente coerenti e tuttavia strettamente incompatibili come gli stati sovrapposti di una particella secondo l'equazione d'onda di Schrödinger. E naturalmente, questa è la conclusione cui giunge il personaggio di Borges, in tutta quella massa di parole per lo più illeggibili, si trova il testo stesso che lui sta scrivendo. O quello che in questo preciso momento sta per apparire sullo schermo del mio computer.

Borges non cita, credo, il filosofo cui penso. Ma lo conosceva di sicuro. La somiglianza è così palese che non è impossibile si sia ispirato a lui senza dirlo. È in Leibniz in ogni caso che si trova l'illustrazione più sorprendente dell'idea sviluppata da Borges. Con una differenza essenziale, però, che impedisce di attribuire in tutto e per tutto al filosofo la paternità degli universi paralleli.

Nella terza parte dei *Saggi di Teodicea*. In che angolo polveroso e imprevisto della mia vecchia biblioteca ha finito per trascinarmi il mio gatto! Leibniz racconta una sorta di favola che, per comodità, ambienta non in Cina ma nell'antica Roma. Un giovane, Sesto Tarquinio, che diventerà poi figlio dell'ultimo leggendario re della città, interroga l'oracolo di Apollo per sapere che cosa gli riserva il futuro, e il dio gli rivela che sarà, come raccontano i libri di storia latina, un personaggio molto poco raccomandabile, orgoglioso, dissoluto e traditore della patria, un vero e proprio farabutto insomma. Il giovane protesta di fronte a un destino del genere e fa sottilmente notare al dio che annunciandogli un futuro così inesorabile (visto che necessariamente si verificherà) lo spinge a commettere atti colpevoli di cui non aveva né il desiderio né tanto meno l'idea, indicandogli la strada che porta alla perdizione e da cui ormai non potrà più tenersi lontano. Apollo gli risponde che lui rivela l'avvenire ma non lo fabbrica, e manda Sesto all'ufficio reclami dove c'è il suo superiore gerarchico. Il giovane va quindi a Dodona dove siede Giove. Gli offre i più bei sacrifici per influenzare la volontà del dio e convincerlo a cambiare quello che ha deciso per lui. Invano, naturalmente. E disgustato dalla vita, com'è comprensibile, Sesto se ne va abbandonandosi al suo destino. Cosicché ciò che era stato previsto alla fine si compie.

Un uomo assiste alla scena, una specie di sacerdote, un certo Teodoro, incaricato del rituale, prosegue Leibniz, che di fronte all'atteggiamento di Giove rimane per lo meno perplesso, trovando piuttosto ingiusta la sorte riservata a Sesto. Perché capisca, il dio degli dèi gli consiglia di far visita a sua figlia, la dea della saggezza, che sta ad Atene. Teodoro obbedisce e una volta arrivato là viene trasportato in sogno in un paese sconosciuto e magnifico dove gli viene offerta la rivelazione che aveva chiesto. Pallade Atena gli sfiora il volto con un ramo d'oro e gli apre le porte del "palazzo dei destini". Esso contiene le rappresentazioni, dice la dea, «non solo di tutto ciò che succede, ma anche di tutto ciò che è possibile», in modo che Giove possa passare in rassegna tutte le forme che l'universo avrebbe potuto prendere e tra le quali ha scelto quella che gli è piaciuta. Ogni stanza del palazzo contiene così una delle versioni di ciascuno degli avvenimenti che hanno fatto, faranno o avrebbero potuto fare la storia di tutti gli uomini come quella di ognuno di loro. Ogni vano corrisponde a un mondo nel quale si trova un libro che ne racconta la storia, cosicché il palazzo, con un libro per stanza, "il libro dei destini", è anche una grande biblioteca alla Borges. Il palazzo ha l'aspetto di una piramide: le camere che corrispondono alle brutte ipotesi scartate dalla provvidenza ne costituiscono la base, e più si va su, più ci si avvicina alla stanza posta in cima che contiene la sola e unica realtà voluta dagli dèi. Perché è la migliore di tutte.

Per convincere l'uomo la cui fede vacilla, Pallade Atena propone a Teodoro di visitare le stanze che riguardano il povero Sesto. In una di queste camere c'è la sua storia vera, dove Teodoro riconosce la scena cui ha assistito, Sesto che riceve da Apollo e poi da Giove l'oracolo che lo condanna. Ma esiste tutta una serie di altre camere, di altri mondi che la dea gli mostra, in cui Sesto conosce altri destini, più virtuosi, più felici e in cui diventa probo invece che farabutto. Se Giove, nella sua grande saggezza e con la più assoluta equità ha scelto per il giovane un destino vergognoso e miserabile, è perché da questo dovevano scaturire le grandi cose necessarie al bene dell'umanità. Ci voleva il crimine di Sesto (nella fattispecie lo stupro di Lucrezia) perché diventasse possibile la gloria di Roma, *felix culpa*, "colpa fausta", necessaria tanto quanto il peccato di Adamo o il tradimento di Giuda per la salvezza del mondo.

Ciò Che Bisognava Dimostrare.

La storia è un po' lunga, lo so. Ma è interessante, credo. Istruttiva, se non altro. Se ne imparano di cose! Io, per lo meno. Anche se la conclusione non stupirà nessun lettore. Ognuno avendovi riconosciuto la frase resa celeberrima dal suo più illustre detrattore in un altro racconto, quello attraverso il quale qualunque scolaro di Francia scopre la filosofia. Il *Candide* in cui Voltaire, affidando la battuta al famoso Pangloss, ridicolizza la convinzione di Leibniz secondo cui tutto va per il meglio nel migliore dei mondi possibili. Considerando con una perplessità alquanto beffarda la teodicea del suo avversario che esamina tutti i possibili dell'universo unicamente per poi escluderli, e difendere la tesi che solo ciò che è doveva essere – Leibniz infatti non nega il male ma sostiene che esso è al servizio di un bene superiore, di modo che in fin dei conti non ci sarebbe nulla da ridire sull'ordine della creazione. Il che lascia Voltaire piuttosto scettico, poiché egli ritiene che la morte, la sofferenza, la guerra, senza contare i cataclismi come il terribile terremoto di Lisbona, sia difficile vederli come altrettante seccature provvisorie e relative di cui in fondo si dovrebbe ringraziare Dio in quanto sono gli indispensabili strumenti della felicità da lui decisa per gli uomini.

Naturalmente non dico che Leibniz ha inventato gli universi paralleli. Quella sua famosa favoletta ne dà sì una rappresentazione sorprendente. Poi però fa subito marcia indietro davanti alle conseguenze della sua stessa finzione. Intanto immagina gli universi paralleli solo come ipotesi formulate dalla coscienza divina che ne è affascinata ma alle quali, nel palazzo dei destini, gli uomini non accedono che in sogno. Poi, e soprattutto, organizza quegli universi secondo un principio molto gerarchico che attribuisce a ciascuno di essi un posto nella grande piramide di cui solo la sommità è reale.

Mentre la vera vertigine, la vertigine del vero, comincia, al contrario di quello che afferma Leibniz, quando tutte quelle versioni della vita appaiono dotate dello stesso grado di realtà (o di irrealtà) senza che nessuna provvidenza le metta in ordine: un grande caos di forme che vagano alla cieca nel vuoto in cui volteggiano tutti i possibili, la mostruosa addizione di mondi che si giustappongono senza alcun senso e di cui niente viene a regolare il movimento casuale che non li conduce verso nessun posto.

Vasto come l'universo infinito.

E tuttavia contenibile nel volume di una scatola.

"Coltivare il proprio giardino" è la conclusione di Candide: agire con modestia in favore del bene, lavorare concretamente, quando è possibile, per ridurre la pena e il dolore rifiutando di dare il proprio consenso alle grandi teorie che giustificano l'ordine iniquo del mondo e vogliono a ogni costo vedere armonia là dove imperversa il caos più evidente.

Non è gran che ma è l'ultima parola della saggezza universale.

Si finisce per pensarla tutti in questo modo, no?

E non è molto meglio così?

Perché se si accetta la tesi di Leibniz o quella di uno qualunque degli altri inventori di teodicee venuti dopo di lui, bisogna rassegnarsi all'idea che il Male, nelle sue forme più radicali, sia indispensabile all'economia della creazione voluta dalla Provvidenza, e che quindi in quella stanza radiosa che Dio ha posto in cima alla sua piramide trovino posto le catastrofi più innominabili della storia umana, dal terremoto di Lisbona fino alle mostruosità più recenti compiute ad Auschwitz e a Hiroshima e così pure tutte le altre che appartengono, con gradi variabili di orrore, alla stessa categoria di fatti. E si dovrebbe pensare che Giove, o come vi piace chiamarlo, passando in rassegna le camere del suo "palazzo dei destini", abbia considerato giusto che tutti quei fatti accadessero, ritenendo quella somma di sofferenze necessaria al piano glorioso che aveva in mente. Decisamente soddisfatto. Che contemplando la sua opera si sia detto che era buona, anzi più che buona: "il migliore dei mondi possibili".

A me pare che a volte, piuttosto di dire cose del genere, sarebbe molto meglio tacere, o mordersi la lingua. A volte? Sempre! Meno si dice, meglio è. Secondo un aforisma diventato famoso. Perché l'unica saggezza consiste, in generale, nel sospendere il proprio giudizio. Nel non pronunciarsi se non in caso di estrema necessità. E per il resto, nel limitarsi a esprimere pareri relativi. Come spesso fanno gli scienziati. O comunque quelli più lucidi, più scrupolosi.

Coltivare il mio giardino?

È questo il progetto, certo.

Anche se sulla sabbia cresce ben poco. Per cui, invece di sarchiare, zappare, mondare, è più ragionevole stare comodamente allungati su una sedia a sdraio a guardare come crescono i pini accanto alla grande ginestra ormai secca e al lillà appassito, mentre il noce produce qualche foglia e persino già i primi frutti in mezzo alle erbacce dove, in quest'ultimo scorcio d'estate, comincia a sbiadire l'arancione luminoso delle margherite.

Quando sono qui, a volte penso che ormai potrei anche non fare più nient'altro. Starmene ritirato. Termine strano, e così vero. Come un esercito che batte in ritirata. Cioè che cessa le ostilità e ripiega come può dopo la disfatta. Una volta che è stato dato l'ordine della resa. Il contrario del trambusto che c'è durante il combattimento. Per un ordine misterioso venuto non si sa da chi, tutto si ferma. La vita contemplativa si sostituisce alla vita attiva. Un chiostro in cui si viene, tra le ore di meditazione senza oggetto, a godere nell'ombra della pietra di un patio luminoso e dei fiori intorno alla fontana.

Il villino per la vecchiaia con l'aiuola e l'orto. L'inferno dell'inattività, la depressione in agguato? Ma no, perché scoraggiarsi così di fronte al niente? Al contrario: il paradiso promesso e ben meritato di una riconciliazione finalmente offerta con tutte le cose minuscole del mondo.

L'ozio di un tempo libero senza fine. Di cui non ci si deve assolutamente vergognare.

È la vita di milioni di persone.

Le persone felici.

– Ma allora, signor Schrödinger, come impiega tutto il suo tempo?

– Non faccio più niente.

– Non pensa che il suo genio possa mancare all'umanità?

– Ma non mi faccia ridere!

– Sono serissimo.

– L'umanità fa tranquillamente a meno sia del genio in generale che del mio in particolare.

– E tutte le scoperte esaltanti, i pensieri immortali che lei potrebbe ancora concepire? E la sua opera?

– Lo so. Senza di me è un po' il deserto. Ma cosa vuole? È così.

Sono entrato nel mio personale anno del gatto. Con un po' di fortuna, ormai durerà fino alla fine della mia esistenza. M'insinuerò come un piccolo felino tra le tigri e i draghi.

– Il lavoro non le manca?

– Per niente.

– Ha dei progetti, va al cinema, guarda la televisione, vede gente, fa viaggi?

– Non proprio. Sto bene qui. Non ho più molta voglia di muovermi. Sempre meno.

– Legge?

– Che cosa vuole che legga? È passato in libreria? Ha dato un'occhiata ai romanzi che pubblicano?

– E la poesia?

– Ma la prego!

– Insomma non fa niente.

– Proprio così.

– Io non potrei.

– Ma sì, guardi, è molto più facile di quanto non si creda.

– Le giornate devono sembrarle interminabili.

– Vado a passeggiare in spiaggia. Sia quando c'è l'alta marea, che quando c'è quella bassa.

– E a parte quello? Non si annoia mai?

– Toso il prato.

– Vedo solo erbacce in mezzo alla sabbia.

– Guardo crescere le carote.

– Ma se non ha neppure l'orto!

"Coltivo il mio giardino" significa "guardo passare il tempo". Il tempo puro. Senza preoccupazioni per il passato né ansie per il futuro. Giusto il presente. La sensazione incessantemente ripetuta dell'istante. E in ogni secondo che passa, materia sufficiente per fare un mondo intero cui non manca nulla.

È uno spettacolo che non necessita d'altro. Di che riempire tutto il tempo di una vita. Dimenticando tutto il resto.

Una vita da gatto a fare la siesta al sole, a vagare nella notte dietro al nulla, a scrutare il vuoto.

Senza pensare ad alcunché.

Che non pensi a niente, ben inteso, sono io a dirlo.

Non avendo la minima idea di ciò a cui, forse, in realtà pensa.

E ben deciso a non attribuirgli pensieri di cui non potrei in nessun modo sapere se sono effettivamente suoi.

Come fanno sempre i romanzieri nei libri che leggo e in cui ci sono dei gatti. Scritti da esseri umani, ovviamente! Ma dove si dice sempre che è il gatto a prendere la parola, a esprimere il suo pensiero, a raccontare la sua vita al lettore, confidandogli le sue opinioni sul mondo e sul corso delle cose, e trasformandosi di fatto in un piccolo personaggio fatuo e pontificante, un insopportabile predicatore che sproloquia sulla sua vana visione delle cose. I suddetti scrittori essendo poveri ventriloqui con i loro numeri da cabaret, che fanno passare le loro personali e patetiche chiacchiere per quelle di un animale ridotto al rango di marionetta.

Visto che non possiamo farci gatti noi stessi e poiché tale prodigio è irrealizzabile, scegliamoci come maestro il nostro animale di compagnia. E riceviamo da lui la sola lezione silenziosa che meriti, che insegna la formidabile relatività della vita.

Intendo dire un maestro zen. Qualcuno che non ha nulla da rivelare su niente. Che resta muto. Oppure che si esprime solo ogni tanto in forma di *koan*: un miagolio, un fruscio nel buio, un certo modo di far esistere il vuoto giocando con il niente, seguendo con lo sguardo l'aria che vibra, inseguendo fantasmi di forme, scambiando l'ombra per la preda, e abbandonando poi anche l'ombra per qualcosa di più impalpabile ancora, in modo da svelare agli occhi di tutti l'assurdità del mondo e smascherare la ridicola pretesa di volergli trovare un senso.

Io non so a che cosa pensi un gatto. Diciamo: a niente. Mi dispiacerebbe attribuirgli pensieri che non sono suoi. La sua pura presenza basta. Invita alla meditazione. Da quella "prima volta" in cui l'ho visto arrivare dal muro di fondo del giardino, aprendosi tra le apparenze una sorta di tunnel che non conduceva da nessuna parte, ma al di qua e al di là del quale il mondo si disponeva come su una grande scena vuota, quella di un teatro con tutt'al più una didascalia minimale per descriverlo, ma senza spettacolo, senza dialoghi, senza attori, il sipario aperto sul nulla, a celebrare la cerimonia senza inizio né fine grazie alla quale tutto svanisce nel niente della notte che tuttavia contiene il tempo della vita.

Ma come raccontare un'esperienza del genere? Se uno scrittore avesse l'assurda idea di farne un libro, è facile immaginare quale sarebbe il risultato: la storia di un uomo senza storia, fattosi cronista degli avvenimenti insignificanti verificatisi nella sua esistenza a partire dal più minuscolo di essi, l'arrivo in un giardino di un gatto randagio, e preda di un delirio piuttosto stravagante, quello di poter ricostruire a partire da lì una dimostrazione vasta abbastanza da includere tanto il sistema della sua vita quanto quello dell'universo indifferente che gli gira intorno con i suoi fenomeni.

Una specie di thriller assurdo dall'ingranaggio puramente speculativo le cui peripezie si concatenerebbero ma dove non succederebbe mai niente.

Ecco la situazione in cui mi trovo.

Prendo la lezione quotidiana dal mio maestro gatto.

Sulla terrazza, chiudo gli occhi. Come lui, faccio un sonnellino al sole. Sogno allora che sono un gatto. E poi mi sveglio. Ancora una leggenda cinese. Non so più se sono un uomo che ha sognato di essere un gatto. Oppure: se sono un gatto che sta sognando di essere un uomo. Ma siccome mi riaddormento subito, non ho modo di studiare la situazione e di scoprire quale delle due cose sia vera.

La siesta è il momento preferito dai sogni. L'ora che scelgono per farci visita. Colui che dorme fluttua, sospeso tra migliaia di mondi tutti intricati tra loro di una consistenza così effimera che si confondono nella sua coscienza senza che egli abbia modo di distinguerli. La grande vertigine del possibile. Per arrivare a un tal risultato, non c'è nessun bisogno di ricorrere al protocollo barocco scaturito dal cervello vulcanico di uno scienziato che richiede di mettere artigianalmente insieme in una cassa il martello, la fiala di veleno e addirittura la sostanza radioattiva e il contatore Geiger. L'esperimento mentale cui ognuno si dedica quando dorme vale quanto tutti gli altri che ne sono in fondo solo repliche approssimative, tentativi di riprodurre in laboratorio le stesse condizioni alle quali tutte le notti nel suo letto qualunque sognatore riesce ad arrivare da solo e senza l'aiuto di nessuno.

Dalla notte dei tempi.

Nella notte dei tempi.

Quando le palpebre si abbassano, è il coperchio della scatola che si chiude. L'osservatore si assenta. E di colpo tutti i fenomeni si trovano restituiti alla loro primaria indifferenziazione, alla loro labilità d'origine. Una vasta nube d'ombre gira su di lui come una trottola che contenesse nella sua sfera tutti i pezzi del mondo, mischiati gli uni agli altri, aperti a tutte le possibili combinazioni ma senza mai fissarne a lungo nessuna. Un solo universo che gira a tutta velocità e lascia sfilare sotto i suoi occhi lo spettacolo in accelerazione continua di tutte le storie successive e simultanee che sono e che saranno state, la loro somma insensata di sagome che si aggiungono le une alle altre, che si cancellano reciprocamente.

A mano a mano che il sole cala, l'ombra del noce s'inclina di più. Mentre dormivo mi ha sfiorato il volto. Un breve fremito sulla pelle, le cui onde attutendosi si propagano fin nell'acquario del sogno, smuovendone le profondità, scrollandole vagamente verso il basso, facendo brillare i vetrini di sabbia dai riflessi di cristallo. Il caleidoscopio mentale gira di una tacca: un banco di pesci dorati passa nella vasca, le loro scaglie catturano un lontano raggio di sole, un cavalluccio marino galoppa nell'acqua più in là, la stella di mare di un anemone indolente piroetta sulle sue braccia, il mondo senza capo né coda, i grandi fondali sottomarini tappezzati di una vegetazione che sembra fatta di pietre preziose mimano il dispiegamento di un cielo nella notte.

Si torna in superficie un istante e poi si risprofonda come se una grande stanchezza facesse zavorra con i suoi stivali di piombo. Annego al rallentatore. Dopo aver rinunciato a respirare, quando l'ossigeno comincia a mancare al cervello, immagino che allucinazioni di questo genere debbano impadronirsi molto in fretta della mente, mentre il corpo scende pian piano in una caduta libera molto lenta. Il palombaro, quando hanno mollato le cinghie che lo tenevano attaccato alla nave, tutto infagottato nella sua grossa tuta e appeso al tubo che lo collegava alla superficie, assomiglia molto a un impiccato che, pur cadendo, sembra quasi immobile, ondeggiando appena nell'aria mosso dal vento, come un cadavere che vada a fondo fluttuando in balia delle correnti. Oppure si rovescia, se il peso del casco lo trascina in basso, e sprofonda a testa in giù filando verso il fondo come fanno le anatre.

Un sommozzatore? O un impiccato?

L'arcano numero dodici che, nei tarocchi di Marsiglia, viene subito prima della morte, è appeso per un piede, ha l'altra gamba piegata, la testa in basso, le mani legate dietro la schiena, preda impotente del nulla. Una carta nefasta quando la si tira: esprime il dolore che devasta e distrugge dopo la catastrofe, quello che ti blocca per sempre nel vuoto senza la minima possibilità di muoverti neppure di un centimetro, letteralmente sospeso nell'attesa senza fine di qualcosa che non accadrà più. Ma come tutti i simboli, dice anche l'inverso di ciò che significa, una cosa e il suo contrario: l'estasi del vero cui si approda dopo aver rinunciato a qualsiasi volontà, l'energia raccolta di colui che levita, acrobata degli antipodi, fachiro in equilibrio sul suo cranio, come uno stilita che fa la verticale in cima alla sua colonna, immobile lassù, giunto sovranamente in un luogo a strapiombo dove tutto tace, sia intorno che dentro di lui, totalmente solo e del tutto libero.

L'impiccato che ondeggia al ramo di un albero. L'annegato che le correnti cullano.

Sono io, suppongo.

Nessuno, tutti e chiunque.

Come se non fosse colui che sogna a inventare i sogni ma il contrario: e la massa immutata di tutti i sogni creasse di volta in volta, in base all'esigenza del momento, il corpo necessario perché di nuovo qualcuno tornasse a sognarli. L'impiccato immagina in sogno di essere un annegato. Oppure viceversa. E non c'è nessun modo per sapere da quale parte stia il sogno e da quale la realtà. Io sono io, io sono lui, io sono tutti gli altri insieme e, allo stesso tempo, nessuno di loro. Con una sola somma di sogni per tutti che ognuno condivide quando è il suo turno.

L'ombra del noce che il vento fa muovere piano mi si disegna sul volto. L'albero (accanto al quale ho sistemato la sdraio per la siesta) ha sparso ai piedi del suo tronco il paglericcio già un po' annerito delle prime foglie, ormai marce, dove è caduto qualche frutto: il loro involucro verde è così serrato che per scalzarlo bisognerebbe usare le unghie, rischiando di sporcarsi le dita con l'inchiostro del mallo, per scoprire il nocciolo duro come un nodo di legno, guscio che solo un martello potrebbe spaccare e il cui contenuto imita un universo perfetto, tutto ripiegato su se stesso, un atomo, un pianeta, lo spazio infinito, un regno alla cui corona chiunque potrebbe aspirare, a costo di scambiarlo poi con il cavallo che renderebbe possibile la fuga. *A nutshell*, dice l'inglese. E ancora Shakespeare: *I could be bounded in a nutshell and count myself a king of infinite space, were it not that I have bad dreams.* Anch'io nel guscio di noce in cui sono chiuso, potrei considerarmi come il monarca che regna sullo spazio infinito se non ci fossero i brutti sogni che faccio.

Non che siano sempre brutti. Ce ne sono di belli e ce ne sono di brutti. La somma nulla di tutti i sogni. In cui ognuno ha il suo contrario. Tutto ciò che è e tutto ciò che avrebbe potuto essere. Di modo che il fasto e il nefasto più o meno si neutralizzano a vicenda senza che ci sia un sistema per distinguerli veramente uno dall'altro.

La civetta è l'animale di Atena, il suo totem. Come quella che ci osservava di notte, appollaiata sul palo, aspettando l'istante più buio per prendere il volo. Passando il testimone ai conigli perché si assicurassero, allo spuntare dell'alba, che eravamo ancora vivi. E poi lasciando l'incarico della loro missione alla prima creatura che si aggirasse nei paraggi: un gatto che apriva e chiudeva per noi le porte del giorno e della notte, quelle attraverso le quali ognuno va e viene visitando migliaia di mondi.

Si dice che ci sono due porte. Per lo meno è quello che racconta lo scimpanzé che scrisse a macchina l'*Odissea*. Per quella di corno passano i sogni veridici. E per quella d'avorio i sogni illusori. Che vengono verso di noi nel sonno. Tutti giunti dallo stesso mondo in cui quindi esistono indistintamente fino al momento di varcarne la soglia, quando devono decidere, solo allora, quale dei due ingressi prendere. Ma prima di allora: né bianco né nero, solo sfumature di grigio distribuite in bande indecise tra il vero e il falso.

Una specie di grande scatola sotterranea, così penso che debba apparire l'universo in cui tutti i sogni sono sospesi. La scimmia che battendo sui tasti della macchina compose anche l'*Eneide* racconta che vi si trovano insieme le anime di tutte le creature già scomparse e di tutte quelle che devono ancora nascere. Sono le stesse, che passano perpetuamente di corpo in corpo da una reincarnazione all'altra. Finché sono nella scatola, immagino vi fluttuino come fossero fantasmi. Esseri letteralmente morti *e* vivi in base a come li si guarda, e a seconda che si veda in loro quelli che sono stati oppure quelli che saranno, ombre i cui contorni vaghi coabitano nella notte eterna. Con tutti i sogni che esprimono indifferentemente ciò che è stato e ciò che sarà, ciò che è e ciò che non è.

Una sacca enorme dentro la quale l'essere e il nulla, il reale e il virtuale coesistono, una matrice nella cui profondità è contenuta la riserva di tutto il possibile dell'universo, e che partorisce forme di vita a spasmi.

Si enfatizza molto il prestigio delle favole dell'antica mitologia. Come quello degli esperimenti della fisica moderna. Chiunque può arrivare a risultati identici con mezzi di fortuna. Un gatto e una foglia di un noce possono produrre gli stessi effetti di una dea con la sua civetta e il suo ramo d'oro. O dell'apparecchiatura molto sofisticata di un laboratorio di punta specializzato nella ricerca fondamentale.

Dormire equivale ad aprire la porta del palazzo dei destini, non importa se dal lato del corno o da quello dell'avorio. Dopo aver varcato la soglia in quella direzione, una volta che è dentro alla scatola, il vero non è mai altro che una delle innumerevoli versioni del falso, versioni che non si distinguono più se non in quanto stati sovrapposti che solo la "decoerenza" permetterà di dissociare quando alla fine collasserà il "pacchetto d'onde" che contiene tutto. Dentro: la realtà restituita al suo stato informe senza che sia possibile attribuirle nessuna proprietà, il mondo sparso secondo il plurale di tutte le sue ipotesi e insieme la coscienza, anch'essa ugualmente disseminata.

Seguo il mio maestro gatto. È lui che mi guida in questa dimora che assomiglia molto poco a quella visitata da Teodoro, ma che tuttavia riconosco perché è sempre la stessa che appare nel sogno. Un casolare normanno con il suo melo in mezzo alla radura e poi il sentiero che sbuca dal sottobosco e serpeggia fino alla porta. Oppure: il piano più alto di un palazzo parigino sotto i tetti. La lenta caduta libera alla rovescia fa accedere all'ultimo piano proibito nel quale è contenuto tutto un mondo. Ciò che è stato: il passato, le epoche più lontane, noi stessi bambini vaganti tra paesaggi dimenticati. Ciò che sarà: il futuro, la visione di quello che ancora ignoriamo e che facciamo fatica a capire, ma della cui esistenza non possiamo però dubitare. Ciò che avrebbe potuto essere: tutte le vite che non abbiamo vissuto e che però di colpo appaiono reali come quelle che sono state le nostre. Ciò che è: la somma sconcertante di tutte queste cose insieme.

Un caos, ma incredibilmente ordinato. Non certo alla maniera di Leibniz che disponeva diligentemente le stanze nella sua piramide in base a un'idea molto funzionale di armonia. Piuttosto: uno spazio aberrante che comprende tutti i possibili ma che, in più, li mette sullo stesso piano in modo tale da creare un equilibrio in cui ogni cosa, moltiplicandosi all'infinito, trova da qualche parte il suo contrario che le corrisponde.

Un'architettura che risulta assurda quando chi vi si aggira la descrive: come in un'incisione di Escher, corridoi che non portano da nessuna parte, che fanno tornare sui propri passi senza che si capisca in che modo, come un nastro con una sola faccia attorcigliato su se stesso, scale che si sviluppano in pozzi vertiginosi e che s'interrompono su un pianerottolo a strapiombo su un precipizio, oppure che fanno scendere quando si crede di salire, porte che danno sul vuoto, finestre murate, altre che si aprono su paesaggi di uno splendore impossibile. Ma, quando la mente comincia a farsene un'idea, una topologia in fondo perfettamente sensata: un grande labirinto all'interno del quale tutto comunica così bene che ogni sua camera si trova in relazione con tutte le altre. Mentre il proprio io, misteriosamente dotato del dono dell'ubiquità, allo stesso tempo dappertutto e in nessun posto, occupa simultaneamente ognuna delle stanze abitate dalle infinite figure di colui che si è: morto e vivo, se stesso e un altro.

Schrödinger dorme.

Sogna ancora, con il gatto sulle ginocchia.

Sulla sedia a sdraio sistemata davanti alla terrazza, sul muschio dove spuntano le erbacce e che, nel giardino, cresce al posto del prato. Adesso che il pomeriggio di fine estate è inoltrato, l'ombra delle rade foglie in cima ai rami cade dal noce, chiazze fresche agitate dal vento, e passa sui suoi occhi chiusi proteggendoli dal sole, e poi, quando si sposta perché un fortunale di passaggio la spinge via un momento, scoprendo l'azzurro, li espone alla luce di modo che le sue palpebre s'imporporano di colpo e fanno sbocciare sotto il suo sguardo fiori malva simili a galassie lontane che girano su loro stesse nel vuoto e spingono in mezzo al niente del cielo qualche costellazione ramificata che versa nel buio le sue scie di latte.

Russa leggermente. "Molto", correggono le donne con cui gli succede di condividere il letto. Al punto che a volte il rumore raschiante che arriva dal fondo della sua gola lo fa svegliare un attimo, lo riscuote prima che subito si riaddormenti: un grugnito da orso più che fusa da gatto.

Per completare il ritratto e non tacere niente in ossequio alla verità, bisognerebbe aggiungere che forse un filetto di bava gli luccica alla commessura delle labbra. La testa adagiata sulla spalla. Alcuni tic gli agitano il volto. Un tremito nervoso alle estremità o alle dita.

Non è impossibile che balbetti qualche parola nel sonno. Ma siccome nessuno le capisce...

Sssh!

Non svegliatelo.

Il silenzio non è mai totale. Mormorii. Una conversazione. Che arriva forse dal giardino dei vicini. Oppure: la porta, la finestra non è stata ben chiusa e, in casa, la televisione, la radio è rimasta accesa. Un dialogo prosegue. Che non vuol dire niente. Solo parole che fluttuano in aria. Tali che chi le ascolta non può essere del tutto certo di non inventarsele.

Non si sa più bene chi si rivolge a chi. Voci. Come se il vuoto parlasse a se stesso. E commentasse immagini che sfilano alla rovescia, a palpebre abbassate, sullo schermo degli occhi. Un film montato in maniera impeccabile in modo che ogni nuova immagine comporti necessariamente la successiva, si insinui in quella seguente, ma senza alcuna preoccupazione di confluire in una trama comprensibile di cui lo spettatore potrebbe seguire la logica o anche identificare i personaggi che si muovono in scena. Perché non si abbia nessuna possibilità di ritrovarcisi mai.

Dormire basta.

Per cogliere sino a che punto non ci sia mai altro che un'unica storia ripiegata su se stessa. Il giorno poi la dispiega perché assuma le apparenze plausibili delle trame che la vita le attribuisce quando si espande all'esterno. Ma finché tutto sta all'interno della scatola, è diverso. Un grande racconto indistinto nel quale tutte le peripezie possibili si sommano invece di escludersi a vicenda, mostrando allo sguardo la rete ramificata di ciò cui avrebbero potuto condurre e che più nessuno potrebbe veramente raccontare perché non esiste una posizione da cui vederle tutte insieme.

Io sogno.

Io chi? Nessuno. Cioè tutti.

Un gatto o io? Ma anche: chiunque. Tra due battiti di ciglia, nel dormiveglia della siesta.

Laggiù la biancheria stesa ad asciugare in fondo al giardino, che ondeggia al vento come un sipario calato davanti al nulla con mollette rosse a tenere le grandi lenzuola bianche che sbattono, sudari scossi dall'aria. O anche, dietro: quella macchia sul muro di cemento che pare un continente tracciato sulla carta di un mondo mai esistito in nessun atlante. A lato: le sagome dei due pini i cui pesanti rami si alzano e abbassano come le braccia di uno spaventapasseri. Più in alto: nubi nel cielo, che transitano.

Un unico grande movimento d'onde che percorre l'universo senza che sia possibile distinguere in esso alcunché, non essendo di fatto gli esseri e le cose altro che riflessi che lo sguardo inventa (quando l'attenzione crede di poterli isolare dal resto), e che brillano per un istante sulla cresta della stessa lunga onda lenta che percorre lo spazio, alzandosi e abbattendosi nel vuoto, lasciata al suo ritmo indifferente di pendola che conta senza scopo le ore di un'eternità immobile. E non apparendo più il mondo come la somma dei suoi elementi, ognuno dei quali provvisto di un'esistenza autonoma, di un'identità definita. Perché sono questi elementi che bisogna ormai vedere come minuscoli avvenimenti effimeri, aleatoriamente prodotti per la coscienza di chi li osserva da quella lunga e lenta vibrazione dell'essere che esplode e si disperde ovunque in un pulviscolo d'illusioni la cui luce si sparge tutt'intorno.

E io chi? Un'emanazione tra le altre, notevolmente dubbia e molto transitoria, di quello stesso movimento che compie la sua rivoluzione perpetua proiettando a caso i suoi scintillii.

Penso spesso a cosa avrebbe potuto essere la mia vita, altrimenti.

Mi ricordo. Immagino.

Mi rivedo a tutte le età.

Tutti coloro che ognuno di noi è stato. Molto simile a loro. Del tutto diverso.

Dei personaggi.

Non abbastanza vecchio, non lo sono ancora, da provare nostalgia per loro e intenerirmi al ricordo di ciò che furono. Ma già abbastanza, lo sono, da non volergliene più troppo per ciò che sono stati.

Non proprio sicuro, d'altra parte, che io adesso valga di più di quanto siano valsi loro in passato.

E gli altri.

Secondo l'infinita possibilità dei possibili.

Tutti i se della vita.

Ripercorrendo con l'immaginazione la strada fatta e mettendomi a pensare a ognuno dei luoghi per i quali è passata, come se quel cammino fosse stato fatto di una serie di diramazioni aperte verso vie diverse rispetto a quella che io ho seguito – e di cui si dovrebbe quindi pensare che un altro io rispetto a me le abbia effettivamente imboccate, continuando così a esistere in uno degli universi paralleli contenuti nello spazio vettoriale di Hilbert o nell'impensabile distesa dell'infinito, tutti loro, quei me stessi che non sono io, conducendovi altre vite, vere esattamente come la mia, senza che sia possibile per chiunque dire di quale ognuna di esse sia il riflesso. Loro, tutti simili gli uni agli altri, dato che sono stati un solo e unico essere, ma allo stesso tempo tutti diversi gli uni dagli altri, perché sono diventati degli estranei, ognuno ignorando completamente il destino di tutti quegli sconosciuti, considerandoli dal punto di vista esclusivo che gli è toccato.

Tutti quei se della sua vita.

Ognuno di essi.

In ogni momento.

È una voce che parla nel vuoto. Qualcuno che gli si rivolge. Ma che, allo stesso tempo, prende per interlocutori tutti quei fantasmi di lui stesso che l'immaginazione suscita nel sonno. Il dialogo di un qualunque io con uno qualunque degli altri.

Se avessi voluto essere un altro rispetto a quello che sono diventato. Come i bambini che quando devono mandare la lettera a Babbo Natale esitano tra vari costumi: da dottore, pompiere, pilota, astronauta o soldato, e poi finiscono per ritagliarsi un ruolo corrispondente al costume che hanno trovato ai piedi dell'albero inventandosi una storia adeguata alla quale, in mancanza di un'altra, decidono di credere, conservando per sempre quello stesso travestimento colorato da eroi sotto gli abiti grigi che indosseranno da adulti. Oppure: se, volendo essere quello che sono effettivamente diventato, avessi fallito nella strada scelta e non avessi mai raggiunto il mio scopo passando da una disillusione a un fallimento, relegato a un impiego secondario, rimuginando l'amarezza di essere stato privato dalla sfortuna del posto di primo piano che, pensavo, mi sarebbe spettato nelle distribuzione delle parti.

Supponendo che non sia così, e che io me la sia cavata, come si dice (ma cavata in che senso?), cosa che comunque non è per nulla provata. E di cui sono il primo a dubitare.

Attonito come si finisce sempre per essere davanti all'immenso fallimento inevitabile dell'avere vissuto.

Salvo che l'esistenza non è fatta poi così male, e si finisce in generale per considerarsi più o meno soddisfatti del proprio destino, qualunque esso sia, anche se non si sono potuti realizzare i propri desideri, e ci si è risolti lentamente a non desiderare più niente altro se non la povera piccola porzione di realtà che si è avuta in sorte e che è tutto quello che ci rimane. Avendo adattato le proprie speranze alle necessità dell'esistenza, sia pure senza esserne pienamente consapevoli, avendole via via ridotte in modo da far prendere loro all'incirca la forma minuscola di ciò che il caso ci ha messo tra le mani. La "pelle di zigrino" di cui parla il vecchio romanzo, che si ritira fino a scomparire alla fine nel nulla. Ma secondo una morale più amara: perché non è soddisfacendo il proprio desiderio bensì rinunciando a esso che la propria vita si restringe in quel modo. E, piuttosto di dover affrontare una simile rivelazione, quella che chiude un vecchio film malinconico, la cui ultima immagine è accompagnata da alcuni versi violenti come rintocchi di una campana a morto: «Perché la vita è un bene perduto/ Quando non si è vissuto/ Come si sarebbe voluto», dicendosi, come tutti arrivano a pensare un giorno per non sconfessare chi si è stati, che, se si dovesse ricominciare, si riprenderebbe esattamente la stessa strada perché non se ne sarebbe voluta, non se ne vorrebbe un'altra.

Veramente?

Se non l'avessi mai incontrata, se incontrandola non fosse successo niente, in modo tale che da quell'incontro non fosse nata nessuna storia e tutto fosse andato come non fosse mai avvenuto. Se avessi lasciato questa donna per un'altra, se questa o quella mi avessero lasciato per un altro, se mi fossi messo con una terza. Se l'esperienza infelice dell'amore me ne avesse allontanato, disgustato, come succede a volte, come avrebbe potuto succedermi. Se, al contrario, non legandomi a nessuna, avessi preso a frequentare una donna qualsiasi giusto per il piacere, come avrei senz'altro avuto inclinazione a fare.

Se non avessi avuto figli, se ne avessi avuti altri.

Tutti questi se disseminati all'interno di quel qualcosa che non è né esattamente lo spazio né esattamente il tempo, ma che li comprende entrambi e aggiunge loro, all'infinito, ogni sorta di versioni e di varianti di ciò che contengono. Risalendo con l'immaginazione dagli effetti alle cause e poi dalle cause alle cause di quelle cause, ma senza poterle in nessun modo dissociare, ogni fatto esigendo di essere pensato indifferentemente come se occupasse qualunque posto in una delle serie che formano tutti gli altri. Di modo che non c'è più né causa né effetto, né inizio né fine, e tutti gli istanti si disperdono in disordine, come granelli di sabbia che l'aria del mare soffia su una spiaggia e che assumono forme fluttuanti di cui l'occhio non distingue in alcun modo i contorni, e non può percepire da dove vengano né verso dove vadano. Turbinii di polveri che vorticano nel vago. Grandi masse mobili di vento, amorfe, che mescolano le loro apparenze e poi le lasciano andare a disfarsi in lontananza.

Regressus ad infinitum, dicono i filosofi. La causa prima andando a celarsi nel microscopico attimo di un evento non situabile, che bisogna credere sia effettivamente avvenuto da qualche parte (ma dove?) a un dato momento (ma quando?) e per qualcuno (ma chi?), e che non si conosce mai se non in virtù delle sue conseguenze. Non si può infatti mai assistere al fatto mentre avviene.

Così una cellula si sdoppia, persa tra i miliardi di quelle che ci sono al mondo, per dare la vita o viceversa la morte, proliferando in mezzo alle altre, lasciando che le si agglomeri intorno una massa di materia, che cresce fino a diventare un feto oppure un tumore, il fenomeno facendosi visibile solo molto tempo dopo che si è prodotto nel segreto dell'incerto, là dove gira la roulette impensabile che decide alla cieca della sorte, quando non ci sono che particelle sospese ancora esitanti tra l'uno o l'altro dei loro stati sovrapposti.

Sì, vent'anni fa ormai, niente era nato dalla notte in cui lei fu concepita, l'incontro mancato dei gameti. Oppure: se fosse venuto fuori altro dalla grande lotteria dei geni che decide della nascita di un essere e programma già, senza che nessuno possa ancora saperlo, le condizioni della sua prossima scomparsa. Se, qualche anno dopo, per qualche aberrazione di cui nessuno è capace di dire la causa bensì appena di calcolare a posteriori le probabilità molto basse che una cosa del genere avvenga, quell'unica cellula del tessuto osseo non si fosse scissa in due e poi ancora in due, facendo crescere quella palla di materia cancerosa, attaccandosi come un parassita alla parete dell'omero e disseminando la sua polvere di particelle maligne nel resto dell'organismo. Se il tumore avesse reagito positivamente ai farmaci, se altri farmaci più efficaci fossero stati scelti, se il bisturi del chirurgo avesse asportato più presto quella cosa che ingrandiva nel suo braccio avvelenando il suo corpo. Se in un modo o nell'altro lei fosse guarita – supponendo che fosse possibile. Se fosse ancora viva. Vent'anni. Oggi avrebbe vent'anni. Ma chi, lei? Una giovane donna, ormai, senza che nessuno possa farsi la minima idea di quello che sarebbe diventata, bensì solo sognare l'esistenza che forse conduce in universi paralleli a migliaia. Ma non in quello in cui sono io. E chi, io? Uno che, se lei fosse vissuta, sarebbe diventato a sua volta un altro, di sicuro almeno altrettanto incomprensibile, e del quale non c'è niente che io sappia.

Due atomi che si urtano nel nulla. Nella migliore delle ipotesi. Quella degli antichi materialisti. Una conflagrazione minuscola che espande le sue onde in lontananza come il battito d'ala di una farfalla che assembla in cielo i volumi enormi dell'uragano abbattutosi dall'altra parte della terra. L'universo apparendo come un sistema troppo complesso perché possano valervi le regole di un qualunque determinismo che colleghi gli avvenimenti gli uni agli altri secondo uno schema sensato. Ed è al caos allora che bisogna adattarsi, in cui tutto si calcola in base a probabilità che si applicano abbastanza bene ai grandi numeri ma che lasciano totalmente inspiegati i singoli fenomeni.

Cosicché una vita, se la si considera isolatamente, non ha mai nessun senso, arbitraria come il risultato di un lancio di dadi che un altro lancio potrebbe vanificare. E solo la somma di tutto ciò che avrebbe potuto essere, realizzando simultaneamente tutte le ipotesi tra le quali la sorte ha scelto, sarebbe giustificata, permettendo che si equilibrasse la sbalorditiva molteplicità del destino, simile ai raggi di un rosone perfetto che girano a spirale intorno al centro vuoto dove la punta del compasso ha fatto il buco. Salvo che una figura del genere è assolutamente inconcepibile perché non c'è nessun posto in cui possa stare colui nel cui sguardo essa troverebbe la sua forma. Ed è allora una ben misera consolazione, anzi una beffa molto crudele, dirsi che altrove, in un'altra realtà della quale non si sa nulla, vive un altro da sé cui è spettata una felicità che rappresenta l'esatta contropartita del dolore che è toccato in sorte a voi.

Un altro io.

Se la mia vita oggi fosse diversa. Se mia figlia non fosse morta. Se non si fosse ammalata. Se non fosse nata. Se io avessi avuto altri amori. Se avessi vissuto la vita di un altro. Se fossi nato essendo un altro. Se non fossi nato. Come tutti gli uomini, secondo la saggezza della tragedia antica, dovrebbero augurarsi.

Come in quel vecchio romanzo, l'*Ulisse*, dove qualcuno si ricorda di colui che fu. E non sa più, di tutti coloro che è stato, quale fu veramente lui stesso. Se io sono io oggi, allora chi era quello che ero ieri? E se era lui a essere io, chi sono io oggi?

La grande nostalgia. La gelosia terribile. Quella che si prova per colui che si è stati, per colui che si sarebbe potuti essere, che vi ha rubato la vostra vera vita e in cambio non ha lasciato altro che la ridicola contraffazione di ciò che fu.

Mi ricordo di essere stato felice, infelice, vivo. Mi ricordo di essere stato quell'uomo. Immagino che avrei potuto essere un altro.

Ma io chi?

Mi ritrovo a vedere il mondo come se fosse molto simile a una grande scatola che, a sua volta, ne contenesse un'infinità di altre ognuna delle quali avrebbe la proprietà che le attribuisce l'esperimento di Schrödinger: contenente cioè, sospesi, tutti i possibili contemporaneamente nello stato che precede l'istante in cui essi precipitano, in cui sprofondano perché si costituisca l'apparenza unica di quel disastro in forma di miraggio che passa per essere la realtà.

Tutto questo a causa di un gatto?

Lui, insinuandosi in giardino, quella sera della "prima volta", circa un anno fa, con la sua forma vaga nell'oscurità, indecisa come quella di un fantasma, presente e assente insieme, creatura allo stesso tempo morta e viva, suscitando intorno a sé quel vasto volume d'ombre esteso in tutte le direzioni che sembra contenga in sé l'intero universo. Con la facoltà di entrare e uscire a suo piacimento, apparendo, scomparendo, come se ognuna delle sue manifestazioni aprisse un varco verso un'altra scatola e poi di sicuro verso un'altra ancora, tutte identiche alla prima e insieme diverse da lei.

Diciamo: un grande gioco di scatole cinesi la cui particolarità consisterebbe nel fatto che ognuna conterrebbe tutte le altre di modo che la scatola più piccola, quando alla fine ci si arrivasse, avrebbe al suo interno anche la più grande. Con una storia per scatola. Favole una dentro l'altra. Matrioske di parole da aprire in successione ma senza mai arrivare a quella che si suppone dovrebbe trovarsi dentro a tutte le altre. Là dove, comunque, in fondo all'ultima scatola, non c'è mai altro che un vuoto di cui si deve ancora immaginare che racchiuda sospesi tutti gli stati sovrapposti della realtà in attesa di dissociarsi, di dispiegarsi, con tutti i racconti che restano da raccontare per dare al mondo la sua immagine esclusiva: di ciò che sarà stato.

L'esperimento mentale così condotto richiede di pensare che ogni scatola contenga, in un certo senso, tutto ciò che è, ma solo sotto l'apparenza inverificabile e informe di una nube satura d'ipotesi che si dissolve non appena lo sguardo si posa su di lei, andando in fumo, di modo che non ne resta più niente non appena la si vuole afferrare.

La cosa difficile da pensare è che il proprio io sta sia dentro alla scatola, fluttuante al suo interno simile a tutti gli altri fenomeni in perenne esitazione tra le apparenze da assumere, sia all'esterno, considerando la realtà come un recipiente opaco, una specie di cassaforte ideale che niente impedisce di forzare ma il cui contenuto, grazie a un ingegnoso dispositivo di autodistruzione, svanisce di colpo se si scassina il battente di metallo che ne regola l'accesso, affinché sia rigorosamente impossibile impadronirsi dell'oggetto che custodisce senza che sia neanche sicuro che sia mai stato lì. Il che lascia inevitabilmente perplessi, proprio come altri enigmi metafisici ben noti, per esempio quello che consiste nel chiedersi se la luce resta accesa nel frigorifero una volta che se ne è chiusa la porta.

Quando ho finito di coltivare il mio giardino, riordino casa mia.

Faccio per dire, in realtà né il giardino né la casa sono miei. Sono il "suo" giardino, la "sua" casa. E poi non coltivo il primo più di quanto non riordini la seconda. Guardo non crescere l'erba sulla sabbia mentre le stagioni del tutto autonomamente svolgono il loro lavoro sui petali dei fiori e sulle foglie degli alberi. E quando ne ho abbastanza, entro in casa, medito sul contenuto degli armadi, sulle pile di scatoloni che riempiono buona parte del ripostiglio e del garage.

Spesso allora il gatto mi segue come per tenermi compagnia. Senz'altro lo attirano la freschezza e l'oscurità del luogo. Con un salto, si arrampica in cima a una pila e lì si allunga, lasciando che la coda spazzi lentamente l'aria nel vuoto in cui penzola. Come se nel ripostiglio (o nel garage) ci fosse una specie di grande "albero per gatti" di una forma un po' strana, con i vari ripiani disposti a scacchiera, di quelli che si mettono negli appartamenti cittadini per dare agli animali chiusi tra quattro mura la soddisfazione (l'illusione) di fare un po' di movimento. Con le pupille spalancate nel buio in cui brilla appena una pallida lampadina gialla che pende dal soffitto.

Scatoloni di ogni forma e dimensione. All'epoca del trasloco, li abbiamo sistemati un po' come abbiamo potuto, e poi sono rimasti lì senza che abbiamo più avuto il coraggio di toccarli, a formare una piramide in equilibrio piuttosto precario, con la cima in certi punti più larga della base, pile crollate su quelle vicine cui s'appoggiano, gli scatoloni di sotto deformati dal peso di quelli di sopra, circondati da vari giri di nastro adesivo che ne garantiscono più o meno la stabilità, facendo in modo che non scoppino sotto il carico, ma allo stesso tempo impedendone l'apertura – ammesso che sia possibile tirarli fuori dalla massa unica che hanno finito per formare e che crollerebbe sicuramente non appena se ne sottraesse uno degli elementi.

Il tutto pesante come una credenza normanna e fragile come un castello di carte. Con un intenso odore di polvere che aleggia tutto intorno.

Se vado in garage (o nel ripostiglio) è solo per accertarmi che gli scatoloni ci sono sempre, che non me li sono sognati. Procedo a ispezionarli. Mentalmente, faccio l'inventario. Secondo regole di un esercizio solo cerebrale perché materialmente, come ho detto, anche supponendo che ne avessi la voglia e il coraggio, sarebbe piuttosto rischioso tirar fuori uno scatolone dalla catasta per vedere cosa contiene, a meno che non fosse uno di quelli che stanno in cima. Sarei costretto a vuotare tutta la stanza, a spostare le scatole in blocco, a trascinarle (perché è escluso che le si possa portare a braccia, sono troppo pesanti, a sollevarle da terra ci si spezzerebbe la schiena) tirandole fino a un posto abbastanza grande da contenerle, disponendole una accanto all'altra in modo che fossero tutte accessibili. Anche il salotto sarebbe troppo piccolo. Ci vorrebbe la terrazza. Ci si impiegherebbe una giornata. E niente garantisce che, al momento di rimettere tutto a posto, l'operazione inversa sarebbe ancora possibile e che il puzzle tridimensionale, come una specie di gioco di costruzioni gigante fatto di pezzi con forme e dimensioni variabili, si lascerebbe riassemblare in un ordine sufficientemente stabile e che consentisse di risistemarlo nel locale dove stava prima.

Un vero e proprio rompicapo cinese, mi dico.

Allora, sto a guardare le scatole chiuse. Tutte quelle che sono andate a finire lì, trasloco dopo trasloco, alla rinfusa, come bottiglie buttate in mare e che la tempesta ha portato a riva, ma di cui si sa bene che l'acqua e il sale hanno corroso il messaggio il quale cadrebbe quindi in polvere se, facendo saltare il tappo di sughero, lo si prendesse tra le dita. L'inchiostro, comunque, ne sarebbe cancellato. Cerco di indovinare che cosa contengano gli scatoloni in base alle scritte che io o qualcun altro abbiamo fatto su uno dei lati con un grosso pennarello nero, e che spesso però non mi dicono molto. Come quel "Varia" che figura più volte e di cui mi chiedo a cosa mai possa servire.

Pezzi della mia vita, bossoli di tempo, offerti alla meditazione, in modo che tutto ciò che fu un tempo si disponga come prescrivevano le antiche arti della memoria per le quali qualunque spazio familiare poteva accogliere tutti i ricordi del passato. In base ai procedimenti di una mnemotecnica abbastanza semplice. Tutto il mio passato chiuso, depositato, impacchettato in contenitori di cartone logoro.

Una casa di campagna è un grande cestino portaoggetti. Ci si mette tutto quello che non si ha il coraggio di buttar via ma che non si può tenere in tasca. Per paura di deformare i pantaloni o la giacca. O di appesantire inutilmente la borsa.

In un angolo, gli scatoloni dove si è messa tutta la corrispondenza, tutte le lettere ricevute conservate dentro alla loro busta (e meno male che non si sono tenute le copie di tutte quelle che si sono scritte!), archivi praticamente indecifrabili, missive che ci sono state indirizzate (ma a noi chi?) a ogni età della vita. E se le si rileggesse, si vedrebbe apparire in controluce il volto del destinatario che tratteggiano, il piccolo personaggio fatuo e patetico che non ha mai smesso di pensare che gli annali della sua storia fossero degni di venir conservati.

Conservati per chi?

Qualche scatolone di libri, anche. Perché per grande che sia, la biblioteca non poteva accoglierli tutti nei suoi scaffali. E perché una sciocca superstizione, un rispetto imbecille per il supposto carattere sacro della cosa stampata, impedisce di buttarli via né d'altra parte si sa a chi mai li si potrebbe dare.

E in altri scatoloni ancora, le carte, le fatture, le ricevute, conservate nell'eventualità del più che ipotetico controllo fiscale previsto per il giorno del Giudizio Universale. Non che si sia nascosto alcunché all'ufficio delle imposte. Ma non si sa mai. Al punto che anche quando si fosse dimenticato tutto il resto, si sarebbe ancora in grado, con l'aiuto degli estratti conto, di dire in che ristorante si è pranzato, ma con chi?, un certo giorno di giugno di vent'anni fa.

Le fotografie, delle centinaia che si sono scattate nel corso degli anni, alcune sistemate in una collezione di una buona decina di album, senza che sul momento si sia riflettuto gran che sulla scelta che si è fatta e sull'ordine con cui le si è classificate, ogni individuo componendo così per se stesso senza averne coscienza una specie di autobiografia per immagini in base all'idea istintiva che si fa della sua vita. E poi tutte le altre, rimaste nella custodia con i negativi perché non si è ritenuto di farle figurare in uno dei vari album, ma che avrebbero potuto benissimo trovarvi posto, dimostrando così, qualora ce ne fosse bisogno, che una qualunque esistenza può essere raccontata in migliaia di modi diversi e che qualsiasi racconto che si fa a se stessi della propria vita e alla cui verità si vuole credere, rappresenta sempre una sola delle infinite versioni possibili di una storia, che poi in fondo è sempre per tutti la stessa. Ognuno comparendo sempre nelle stesse scene (vacanze, viaggi, matrimoni, un uomo, una donna, un bambino che cresce, la famiglia, gli amici), tanto che le si potrebbe prendere per quelle vecchie fotografie scattate nelle feste di paese, dove s'infilava la testa in buchi appositi effettuati in tele dipinte, prestando la propria fisionomia a personaggi che posavano nel trompe-l'œil di sfondi convenzionali. Le stesse scene per tutti. In cui si riconoscerebbe solo il proprio volto. E non è neanche detto: mi ero fatto crescere la barba e i capelli, com'ero ingrassato in quel periodo, che aria giovane avevo. C'è da pensare, per quanto sia necessario un bello sforzo d'immaginazione, che sono stato tutte quelle persone. Il nauseabondo e sconcertante senso del tempo che passa.

E poi, in fondo a tutto, nel posto più recondito e inaccessibile, sapendo che non verranno tirati fuori mai più, le scatole che contengono i vestitini, lavati stirati e riposti con cura, di tutte le misure, dalla prima età fino ai cinque anni, sudari ripiegati all'ingresso della tomba la cui lastra non è stata fatta scivolare, come se conservassero malgrado tutto l'impronta di un corpo assente. Tutti i libri, i giochi, le bambole, i peluche che dormivano con lei. Il contenuto della *nursery* vuota.

Quello che resta di una vita così lontana che a volte si fa fatica a credere sia stata la propria.

Un grande mausoleo sepolto nell'ombra e nella polvere. Scatoloni come bare una sopra all'altra in fondo a una cripta in attesa di una resurrezione cui nessuno crede.

Certo si sarebbe dovuto buttare via tutto tanto tempo fa. Farne in giardino un gran falò (supponendo che fosse tecnicamente possibile), sarebbe stata la soluzione migliore: una cremazione all'aria aperta in modo che tutto tornasse cenere e andasse in fumo, reso alla terra e al cielo, liberato nel nulla. O al limite: depositato un giorno in un cassonetto.

Aspettando il momento di farci versare i propri resti.

Meet me in the garbage!

Ma io non mi chiamo Everett.

Per ognuno di noi ci sono degli atti che si sanno necessari, ma che non si ha il coraggio di compiere. Ecco che allora, per viltà, si rinvia a poi, pensando senza confessarselo del tutto che se ne occuperà chi resta, che se la caveranno loro. Anche quando si sa, come nel nostro caso, che non resterà nessuno. Affidandoci quindi, in mancanza di meglio, agli spazzini perché un giorno, quando l'ultimo di noi sarà morto e la parola fine sarà stata detta, facciano al nostro posto lo sporco lavoro dell'oblio.

Non apro mai nessuno scatolone. Se lo facessi, tutto quello che contiene si metterebbe di colpo a esistere. Ma come una frana di rifiuti, patetica, in cui non ritroverei niente di ciò che amavo. Se non la prova terribilmente tangibile del fatto che tutte quelle cose non ci sono più. Mentre fintanto che gli scatoloni restano chiusi, posso attenermi all'ipotesi delirante secondo cui ognuno di essi racchiude una cosa morta e viva insieme, una pura tasca di possibile che non appartiene a nessuna epoca e dentro alla quale si perpetua interminabilmente non solo quello che è stato ma anche ciò che avrebbe potuto essere.

Pacchi insomma, che un altro da me, che è stato me, che lo è ancora ma altrove o in un altro tempo, ci ha mandato dall'universo parallelo in cui vive, stoccati lì in attesa del momento che non arriverà mai, ma in cui posso continuare a credere finché l'incantesimo non ne venga rotto dall'impazienza e dalla curiosità, il giorno in cui, come i morti che si alzeranno nella gloria della resurrezione, tutto quel tesoro uscirà dalle scatole, tornando a prendere posto accanto a noi in modo che, dopo la lunga interruzione di quello che non sarà stato nient'altro che un brutto sogno, la vera vita riprenda nell'intatto splendore di un tempo.

Pazzo?

Di sicuro.

E allora?

Quarta parte

Si diventa pazzi perché si crede agli universi paralleli? Oppure ci si mette a credere agli universi paralleli perché si è pazzi? Più o meno è lo stesso, penso. E poi comunque bisognerebbe innanzitutto intendersi su che cosa significhi "credere agli universi paralleli". E anche mettersi d'accordo su che cosa voglia dire "essere pazzi".

Nella grande scatola in cui ogni cosa è contemporaneamente lei stessa e il suo contrario, non ci sarebbe niente di strano se ognuno, allo stesso tempo, fosse pazzo e non lo fosse. Si può anche azzardare l'ipotesi che una doppia disposizione mentale di questo genere, in simili circostanze, sarebbe piuttosto ben vista dalla Facoltà.

Tra Everett e Schrödinger passa lo spessore di un foglio di carta. Benché entrambi lo ignorino, il primo è il migliore discepolo del secondo. Ma in fatto di audacia l'allievo supera il maestro. Quando alla fine Schrödinger sembra battere in ritirata e adottare un'interpretazione del principio di sovrapposizione compatibile con il buon senso, Everett fa il gran passo e spinge il ragionamento al limite estremo portandolo in direzione degli universi paralleli. Ecco perché uno dei due (Everett) può passare per pazzo, mentre l'altro (Schrödinger) non può neanche venir sospettato di esserlo. Ma tutto dipende dal punto di vista che si sceglie e che rende reversibile qualunque giudizio.

Eppure in qualche modo i due sono d'accordo su tutto. Ugualmente legati all'idea che si debba trovare una soluzione a un problema per il quale gli altri scienziati si accontentano di formulazioni deboli che mal nascondono la loro rinuncia quando, invece di andare fino in fondo alla questione di cui si occupano, preferiscono affidarsi a delle scappatoie, dichiarando non pertinente voler sapere se i modelli che elaborano rinviino o no alla realtà, dietro a ciò che ne descrivono le loro equazioni scritte con il gesso sulla lavagna.

Con un sottile scetticismo al quale, devo confessare, andrebbe spontaneamente la mia simpatia (se non fosse del tutto ridicolo per uno come me, con un povero cervellino che scoppia se cerca di pensare queste cose, esprimere una preferenza tra opzioni che non capisce), i positivisti della scuola di Copenhagen dichiarano che qualunque teoria, compresa la loro, non rende conto in alcun modo della realtà quale essa è, ma mira solo a mettere in ordine in maniera adeguata i fatti che si osservano e si prevedono nei laboratori.

Non dicono altro.

Ed è di sicuro a loro che si deve dare ragione.

"Tutto accade come se..." è l'ultima parola della scienza quando dà prova di questa sua prudenza di principio.

Schrödinger ed Everett però non la pensano così. Si considerano dei realisti. Ritengono importante che la scienza non rinunci all'ambizione di dire la verità sul mondo. Anche se questo partito preso, in maniera abbastanza paradossale, li porta a difendere una visione della realtà che passerà a buon diritto per essere completamente irrealistica – e quindi del tutto irricevibile. In altri termini, dalle teorie che avanzano entrambi si deduce una concezione assolutamente delirante dell'universo e delle sue leggi.

Ma allora sono pazzi? Niente permette di affermarlo davvero. Sono dei signori molto seri che rispettano le regole del vivere sociale e le cui vaghe eccentricità personali restano nei limiti consentiti della più banale normalità. A frequentarli, a patto di non dar loro imprudentemente l'occasione di diffondersi un po' sui rispettivi pallini matematici, nessuno avrebbe mai potuto sospettare nulla.

E del resto, credere che la realtà è, pensare che sia possibile dire che cosa è, non ha nulla di irragionevole.

No?

O sì?

Sarebbe il colmo!

Prendete Schrödinger.

Passa a buon diritto per essere uno dei campioni indiscussi del realismo in materia di meccanica quantistica. Fatto che gli assicura l'approvazione di Einstein, convinto che siano rimasti solo loro due a difendere ancora il vecchio ideale della scienza, messo ormai in discussione ovunque. Schrödinger vuole dimostrare per assurdo a cosa portino le ipotesi della fisica moderna se si pensa che riflettano fedelmente il modo in cui si formano i fenomeni. Gli stati diversi di questi ultimi, che la scienza delle particelle postula in termini di probabilità, sarebbe infatti del tutto assurdo credere che coesistano effettivamente (dice) sino a che non ci sia stato qualcuno che abbia potuto osservarli. Va da sé che quegli stati, che ci sia o no qualcuno per riscontrarlo, in base alla vecchia e sempre valida logica aristotelica, essendo contraddittori, si escludono a vicenda.

Anche se per ironia della sorte è ormai considerata la migliore illustrazione di una tesi che intendeva al contrario confutare, la storiella felina inventata da Schrödinger ha l'unico scopo di dimostrare che il principio di sovrapposizione relativo alla funzione d'onda non implica in alcun modo che un gatto possa essere contemporaneamente morto e vivo. Se no non resterebbe altro da fare che celebrare il lutto di qualunque idea sensata riguardo alla realtà.

A quel punto l'intero universo, insiste ancora Schrödinger alla fine della sua vita, somiglierebbe a una specie di pantano, un magma informe all'interno del quale qualunque cosa andrebbe persa. E gli esseri, gli oggetti del mondo assumerebbero l'apparenza di fantasmi dalle forme incerte, senza contorni né contenuti. Delle specie di meduse, dice, sempre in vena di similitudini animali. Ma la lingua inglese, nella quale egli si esprime, è molto più figurata: *a jellyfish*. Letteralmente: "un pesce *jelly*", plasmato cioè in quella materia molle e traslucida con cui si fanno i dessert dall'altra parte della Manica e che si agglutina vagamente, ma senza mai acquisire una vera e propria consistenza. Nient'altro che *jelly*, ecco che cosa saremmo!

Se si ritiene che il gatto nella scatola sia insieme lui stesso e un altro, vago e senza consistenza, lo si deve immaginare come una specie di medusa. Una medusa–gatto o un gatto–medusa, ecco la chimera cui dà origine l'interpretazione aberrante che lo scienziato condanna della funzione d'onda e della meccanica quantistica. E se qualcuno è disposto a credere all'esistenza di creature del genere, ironizza ancora Schrödinger, quel qualcuno deve anche pensare in buona logica che il biglietto da dieci sterline che ha messo nel cassetto del comodino prima di andare a dormire sia scomparso nella notte poiché lui non ha continuato a osservarlo durante il sonno.

Schrödinger protesta cioè contro le stravaganti estrapolazioni cui si presta la meccanica quantistica, e che la rendono incompatibile con qualunque concezione ragionevole del mondo. Ma ciò nonostante non ne trae la conseguenza che la sua equazione vada considerata come una semplice metafora senza rapporti diretti con la realtà del reale. Si ribella anzi contro questa idea e contesta che si possa trovare soddisfacente una teoria di cui, con il pretesto che i risultati sono giusti, si riterrebbe irrilevante che in fondo sia falsa.

In questo, rimane un realista. Convinto che il lavoro dello scienziato consista nel ricercare instancabilmente la verità senza rinunciare a fornire una rappresentazione della realtà compatibile con l'immagine mentale coerente che la coscienza se ne fa.

In pratica la sua è una specie di scommessa, basata sull'idea che nonostante tutto il mondo sia intelligibile. All'agnosticismo dei suoi colleghi di Copenhagen, che liquidano la preoccupazione del vero e del falso e che, così facendo, condannano la scienza a non pronunciarsi sulla sostanza delle cose, lui oppone come Einstein una credenza nell'intelligibile senza la quale l'universo, non potendo essere capito fino in fondo, non potrebbe neppure essere veramente conosciuto.

Il realismo allora è, in questo senso, un atto di fede.

Anche se avessi torto a pensare che sia così, continuerei a sostenere che la realtà esiste e che è intelligibile.

Un altro "come se...".

Bisogna fare come se il mondo avesse un senso.

Anche se quel senso non rassomiglia in alcun modo a quello cui si pensa di solito.

Il realismo infatti, per Schrödinger, non corrisponde affatto all'idea che se ne ha generalmente. Alla convinzione cioè che esisterebbe una realtà esterna, obiettiva, cui la coscienza si rapporterebbe tramite la percezione. È anzi tutto il contrario.

Quando gli viene chiesto che cos'è di preciso il suo famoso "vettore di stato", qual è il suo statuto (il che corrisponde a interrogarlo sul valore effettivo della sua funzione d'onda) Schrödinger risponde con grande fermezza che esso esiste davvero. Esattamente come uno qualsiasi degli oggetti del mondo che ci circondano: una scrivania o una sedia, per esempio. Solo che la sua intenzione è molto chiaramente quella di far capire non che il "vettore di stato" è reale come la scrivania, bensì che la scrivania lo è tanto (o meglio altrettanto poco) quanto il "vettore di stato", dotato dello stesso tipo di esistenza teorica che solo la consuetudine che abbiamo acquisito sin dall'infanzia alla percezione di ciò che ci circonda ci induce a non interrogare più e a considerare come ovvia.

Là dove crediamo di vedere degli oggetti, il pensiero deve capire che, al posto delle "entità permanenti" di cui immaginiamo l'esistenza, non si manifestino altro che "avvenimenti istantanei" di cui solo le catene che a volte essi formano prendono l'apparenza di realtà fisse. E questo vale per le particelle, gli atomi, le molecole (Schrödinger arriva ad affermare addirittura che sono privi di qualunque "individualità identificabile", il che equivale a dire che non esistono in quanto tali), come per la scrivania di casa della quale scrivono i filosofi e di cui essi s'illudono di conoscere lo spessore tangibile in legno e l'armatura di metallo mentre in realtà altro non è che un "mondo d'ombre" in cui "granelli di qualcosa" volteggiano nel vuoto. Oppure il vecchio soprammobile posato sulla scrivania che dà solo l'impressione di essere identico a se stesso mentre ognuno degli elementi che lo costituiscono non ha smesso di cambiare da quando è stato fatto.

Questa è la realtà secondo il realismo di Schrödinger.

Nell'ultima fase della sua vita, quando ha da tempo rinunciato a contribuire proficuamente a una fisica fondamentale nei cui principi non si riconosce più e si diverte piuttosto a fare il poeta e il filosofo, Schrödinger formula all'occasione per i suoi uditori quella che scherzosamente chiama la sua "seconda" equazione e che, generalizzando il principio di sovrapposizione ed estendendolo all'universo intero, svela tutta la portata della prima.

Esiste un mondo unico, dice, al cui interno soggetto e oggetto non si distinguono più e dove l'io personale di ognuno si confonde con il tutto al quale appartiene nell'indeterminazione di una sorta di presente perpetuo, simile a quello di cui parlano i saggi dell'antica India. L'*Atman* (l'io) è il *Brahman* (il tutto), dicono i Veda. È quanto afferma la seconda equazione di Schrödinger. Di modo che per ogni domanda che riguarda la natura delle cose, la risposta è invariabilmente la stessa: "questo, sei tu".

Schrödinger non rinuncia alla convinzione che la realtà è, ma in base all'idea che se ne fa le attribuisce la dimensione impensabile di un essere unico del quale i singoli individui non sarebbero altro che degli aspetti, come i luccichii che proiettano le molteplici sfaccettature di una monumentale pietra preziosa dagli innumerevoli riflessi. Al punto che qualunque entità separata all'interno di un simile insieme sarebbe solo un'illusione.

Da questo nuovo punto di vista, niente è più se non quell'incessante circolazione di forme in cui viene meno qualunque possibilità di credere che le cose e gli esseri abbiano una specifica identità, e dove finisce per dissolversi il sentimento di essere se stessi.

Pazzo?

Non voglio sostenere il contrario.

Anche se, quando si arriva alle questioni essenziali, quelle per le quali mancano sempre le risposte, tutte le opinioni finiscono per equivalersi. E Schrödinger ha ragione a sottolineare che, venendo al dunque, la concezione che ognuno si fa della realtà del reale ha a che vedere in fin dei conti con la mistica e con la metafisica. E che a quel punto non c'è più modo di discriminare tra ciò che è ragionevole e ciò che non lo è.

Ognuno ha spontaneamente la certezza di essere se stesso, di abitare con il proprio corpo e con il proprio spirito un mondo fatto di coerenza e di stabilità nel quale i fenomeni si associano in base a regole familiari e inflessibili. Ma la verità non sa che farsene dell'intuizione. Anzi spesso si riconosce per il fatto che va in direzione esattamente opposta rispetto a ciò che quest'ultima ritiene istintivamente di stabilire. Io vedo con i miei occhi che la terra è piatta, sento con il mio corpo che il pianeta non ruota perennemente su se stesso, che non gira come una trottola lanciata a tutta velocità nel vuoto siderale. Tutto me lo fa credere. Eppure è falso.

Ma allora, se l'evidenza è così ingannevole in una questione semplice come questa, che cosa mai si può obiettare a coloro che affermano, come Schrödinger, che io sono insieme nessuno e chiunque, solo uno degli aspetti di quel grande tutto in continuo divenire all'interno del quale non ci sono più né soggetto né oggetto? Oppure, come dice Everett, che mi disperdo incessantemente tra universi paralleli di cui solo la coscienza che ne ho mi convince del fatto che si riducono all'unica realtà nella quale mi colloca il caso delle probabilità?

At the end of the day, la coscienza non considera più altro che il vuoto davanti al quale sta, alla cui vertigine si abbandona, totalmente libera di dargli il senso che vuole. Per questo l'ultima parola della scienza la dice la fiaba. Andando a chiudere il lungo anello che la riconduce alle sue origini.

Una scommessa sull'inintelligibile.

Come dire: un romanzo, una poesia.

Da un lato, Schrödinger è un realista convinto, nemico di tutte le elucubrazioni di cui abbonda la scienza dei suoi tempi, tenacemente fedele a un ideale molto classico della verità che lo tiene lontano sia dall'agnosticismo prudente di alcuni che dalla credulità ingenua di altri. Ma d'altro lato, proprio per l'idea che se ne fa, Schrödinger finisce per sostenere anche la tesi che la realtà non esiste, o meglio che esiste ma in una forma così diversa da quella che normalmente le attribuiamo che più o meno è lo stesso.

Allora?

Allora, la cosa più semplice è pensare che, imprendibile come il gatto della sua favola, si contraddica, difendendo a volte un'opinione a volte quella contraria. Talora, un'opinione in quanto fisico. Talaltra, la sua opposta in quanto metafisico. In genere, è questa la tesi che viene sostenuta da interpreti e detrattori. Posso capirlo. Eppure, anche lasciando che siano altri più sapienti di me a risolvere la questione, non ne sarei così sicuro.

La metafisica cui si dedica non è in alcun modo un'ubbia senile di uno scienziato non più attivo, sorpassato. Le dà voce in tutte le fasi della sua vita. A partire dai primi testi, quelli che precedono l'epoca della sua grande scoperta, e fino all'ultimo. Per cui è lecito pensare che la stessa concezione del mondo presieda tanto alle sue investigazioni scientifiche quanto alle sue riflessioni filosofiche e che era necessario avere un'immagine della realtà come quella che ne danno i testi sacri dell'India, con la loro concezione del tutto in eterno divenire, perché tra due amplessi amorosi, nella camera di un albergo in mezzo alle nevi alpine, potesse venir formulata l'equazione di Schrödinger.

Perché le *Upanishad* dei Veda e la funzione d'onda derivano dalla stessa visione delle cose in cui tutto fluttua e ondeggia senza fine. E in effetti da sempre le teorie più indiscutibili della scienza moderna vanno a pescare le loro intuizioni in credenze molto dubbie. Newton per esempio, se non fosse stato appassionato di esoterismo, non avrebbe potuto immaginare che due oggetti potessero esercitare una forza a distanza l'uno sull'altro come afferma il principio della gravitazione.

Non che il pensiero di Schrödinger abbia a che vedere con quel sincretismo imbecille in virtù del quale scienza e religione vengono confuse, come se potessero tranquillamente supportarsi l'un l'altra quando una delle due cade in errore, tendenza che lui ha sempre respinto, rifiutando di fare l'asceta o di recitare la parte del guru. Ma perché ogni pensiero autentico, qualunque sia il linguaggio in cui lo si esprime, e per quanto lontano lo si spinga, riporta verso lo stesso vuoto nel quale esso sprofonda.

La realtà del reale?

«In realtà, strana realtà! Sembra che in essa qualcosa manchi», annota da qualche parte Schrödinger.

Il vero è la vertigine del vuoto.

È lì che il pensiero si annulla e si compie.

Quando il sipario sta per calare, sulla scena nella quale

tutto tornerà buio, lo scienziato abbandona gli strumenti della sua arte, spezza la bacchetta, butta il libro.

Non perché ha rinunciato a sapere.

Ma perché ormai sa.

Shakespeare, ancora una volta, lo dice: tutti gli spiriti si fondono nell'aria sottile mentre si disfa la trama immateriale su cui erano tessuti il mondo e i suoi motivi (palazzi sontuosi, templi solenni, alte torri dalle cime avvolte di nuvole, e persino il globo stesso) tutto che si dissolve nel nulla conservando solo la sostanza di sogno di cui siamo fatti, noi con la nostra piccola vita che viene alla fine a confluire nel sonno.

Come per la scienza, infatti, anche l'ultima parola dell'arte è sparire.

Così: lasciare che tutto alla fine si cancelli.

Dove? Quando? Come?

Naturalmente, come non c'era stata una prima volta, non ci fu neppure un'ultima volta.

Un anno prima era stato necessario che il gatto si manifestasse con me a più riprese perché io realizzassi, un giorno, parecchio tempo dopo, che era entrato nella mia vita. E senza dubbio non ha mancato di rivolgermi dei segni anche per farmi capire che presto ne sarebbe uscito. Solo adesso mi dico che avrei dovuto sapere.

Ma anche supponendo che avessi saputo, e che ne avessi avuto l'intenzione, non ci sarebbe stato niente che avrei potuto fare.

Sapere non avrebbe cambiato niente.

In certe circostanze, poi, non sapere è comunque preferibile.

Per prima cosa in realtà ho cominciato a vederlo scomparire. Solo alla fine, senza capire che era per dirmi che se ne andava, mi è apparso. Ma quando, dove e come, non potrei dirlo. Tutto è accaduto alla rovescia. Senza che me ne rimanga nessun ricordo – se non uno di quelli che la memoria, tappando spontaneamente i buchi, fabbrica a posteriori per dare a se stessa l'illusione di ricordare ciò di cui, in realtà, non ha conservato nessuna traccia. E di cui non si può quindi essere sicuri che sia effettivamente successo.

A un certo punto, ho semplicemente notato tra me e me che da un po' di tempo non ci dava più sue notizie. È allora che ho cercato di ricordarmi qual era stata l'ultima volta. Rendendomi conto che da qualche giorno non lo si vedeva più molto, che aveva preferito passare fuori varie notti di fila invece di venire a reclamare che gli si facesse posto nel letto, che il cibo lasciato nella ciotola non lo aveva neanche toccato e avevamo dovuto buttarlo via.

Tutto questo era assolutamente inabituale e costituiva l'indiscutibile prova del fatto che si era allontanato. Senza che la cosa avesse peraltro nulla di preoccupante. Perché regolarmente se ne andava a zonzo, e si assentava quando ne aveva voglia o qualcosa lo attirava altrove. Ma da quando era venuto a stare da noi, voglio dire da lei, nella "sua" casa, non era mai successo che rimanesse invisibile così a lungo.

– L'hai visto?
– Chi?
– Il gatto, e chi se no?
– Scomparso!
– Ho provato a chiamarlo.
– Be', non ha mai risposto al richiamo.
– Anche perché non sappiamo quale sia il suo nome!

Diciamo che era un paio di giorni prima di quello in cui, senza confessarcelo ancora apertamente, abbiamo capito che non sarebbe più tornato: una domenica d'autunno, faceva ancora piuttosto bello. Il sole aveva brillato tutto il giorno ma, dal fresco che cominciava a sentirsi nelle ossa la sera, si capiva che l'inverno non avrebbe tardato, che presto sarebbe arrivata l'umidità, che stava tornando la stagione delle brume.

Il segno più evidente veniva dal buio, dal modo che aveva ormai di calare di colpo, l'oscurità che riprendeva possesso del mondo in pochi secondi. Basta voltarsi un attimo ed è già successo. Ero andato in cucina a versarmi un secondo whisky, prendere il necessario per accendermi un sigaro e qualcosa di più pesante da buttarmi sulle spalle. Quando sono tornato in giardino, tutto era scuro come se qualcuno avesse approfittato della mia breve assenza per tirare da un capo all'altro della proprietà, appesa a un bastone invisibile fissato tra il muro divisorio della casa contigua e quello di fronte, a livello del terrazzo, una tenda leggera, di velo, dietro la quale le forme non apparivano più se non come ombre, sagome visibili solo in trasparenza: il noce (a destra), l'acero (a sinistra) abbastanza vicini da distinguersi ancora mentre un po' più in là, sul nastro grigio di erbe cresciute in mezzo alla sabbia, non emergevano ormai che vagamente il volume del capanno (un cubo) e quelli dei due pini (dei coni), tutto il resto (la ginestra dinoccolata con i rami secchi, quello che rimaneva del lillà) risultando completamente assorbito dalla grande placca di buio che formava il retro della casa del vicino (quella del signor Planck, come avevo deciso di chiamarlo).

Il gatto era sdraiato a terra, nello stesso posto e nella stessa posizione in cui aveva passato la maggior parte della giornata. Quando mi sono seduto accanto a lui con il mio sigaro e il mio bicchiere, anzi accovacciato più che seduto, sulla specie di gradino che borda il terrazzo, dopo un momento, si è alzato sulle zampe e ha cominciato ad andarsene molto lentamente verso il fondo del giardino. Con quell'andatura così morbida che fa sembrare che un gatto non proceda mai in linea retta ma che cammini in equilibrio su un filo che vede solo lui, funambolo che danza sopra al vuoto, sporgendosi ora da una parte ora dall'altra, mentre il corpo che oscilla (con il movimento della spina dorsale che si prolunga nella coda) segue una sorta di sentiero sinuoso che si disegna via via nella direzione che l'animale prende facendo ondeggiare il bacino, con la testa che cade a sinistra e a destra alternativamente. Per questo ho avuto l'impressione (ma era certamente solo un'impressione) che pur allontanandosi gettasse uno sguardo all'indietro rivolto a me.

Varie volte.

Poi un'ultima volta.

Non dirò che l'ho visto scomparire. Questo presupporrebbe che in quel momento fossi consapevole del fatto che se ne stava proprio andando. Il che non era nel modo più assoluto. Non avevo quindi nessuna ragione per seguirlo con gli occhi. Ho spostato lo sguardo altrove. La mia attenzione deve essere stata distratta da qualcosa. Forse dal passaggio in cielo di nuvole nere tra le quali sembrava fluttuare una luna rotonda su uno sfondo madreperlaceo di alcune stelle.

E quando i miei occhi sono ridiscesi a terra e ho visto di nuovo il giardino, non c'era più.

Indistinguibile nell'inchiostro della notte che ormai riempiva tutto lo spazio davanti a me. Passato forse attraverso l'apertura triangolare che ancora creava, nonostante i recenti lavori che del resto non l'avevano neppure sfiorato, il punto d'incontro tra i muri delle due proprietà adiacenti, avendo imboccato il tunnel che portava alla casa di fianco o che finiva in un vicolo cieco qualche metro più in là.

Ritornato cioè da dove era venuto.

Ma dove?

– Quanti giorni dici che sono?

– Credo tre.

– Forse è tornato dai suoi vecchi padroni.

– Le persone che abitano nella casa qui a fianco?

– Oppure quelle della casa dopo.

– Dopo un anno di assenza, devono essersi stupiti di vederlo tornare.

– Non più di noi quando lo abbiamo visto arrivare.

– Oppure ha trovato dei nuovi padroni.

– Piccolo traditore infido!

Diciamo che le cose sono andate così.

Ma ci sono tante maniere di finire una storia quante ce ne sono di cominciarla.

Soprattutto se si pensa che qualunque storia non ha altro inizio né altra fine se non quelli che dà loro l'individuo che la racconta e che la fa esistere in quel certo modo in base al punto di vista unico dal quale egli osserva il gran polverio di piccoli fenomeni, che sono come dei punti posati a caso sul bianco di una pagina in uno di quei giochi che si danno ai bambini, perché li uniscano con una matita colorata seguendo l'ordine dei numeri, oppure come vogliono, collegandoli in modo che venga fuori questo o quel disegno, a seconda della loro intenzione o della loro fantasia, facendo apparire nel vuoto la forma di una figura oppure di un'altra: un gatto, per esempio, arrampicato su un albero, cominciando da un capo o da quello opposto, dalla coda oppure dai baffi.

E più ancora se si crede che in realtà ogni storia raccontata non è altro che una delle tante versioni di lei stessa sotto la cui forma esiste nell'uno o nell'altro degli universi paralleli che coabitano all'interno di un'unica realtà moltiplicata all'infinito.

Di modo che, considerando le cose in quest'ottica, niente comincia né finisce mai, ma tutto si divide e si biforca senza sosta in tutte le direzioni insieme e quello che chiamiamo storia (con il suo inizio, il suo centro, la sua fine) è solo un segmento del tempo arbitrariamente scorporato dalla grande rete che si ramifica sempre e ovunque nello spazio impensabile di tutti i possibili.

L'ultima volta?

Ma quale "ultima volta"?

Quella là, o un'altra, o un'altra ancora?

Faccio sfilare nella mia mente tutte le conclusioni che potrei dare a questo racconto: dipende solo da me se sceglierne una invece che un'altra.

Quali?

Ce ne sono di più allegre nelle quali il gatto rimane con noi.

Di un po' malinconiche come quella in cui ritrova i suoi vecchi padroni e decide di tornare da loro, lasciandoci soli e continuando la sua esistenza altrove con altre persone.

Ce ne sono di più terribili, quelle che portano dal veterinario. Quando si decide di far sopprimere l'animale perché ci si dice, pur senza esserne sicuri, che soffre troppo perché valga ancora la pena che continui a vivere.

Come quel giorno in cui una macchina l'ha preso sotto sulla strada davanti casa e non ha avuto la delicatezza di ucciderlo sul colpo, cosicché di lui non è rimasta che una piccola cosa tutta spezzata che ha raggiunto il giardino come ha potuto, un essere informe che urla senza odio se lo si tocca e che si esita allora a prendere in braccio, smarriti come un bambino che cerchi con gli occhi il soccorso di un adulto, ma che sa di essere completamente solo e che nessuno gli verrà in aiuto a svolgere al posto suo l'odioso compito di farla finita con quella creatura palpitante e ferita che si è commesso la follia di lasciar vivere accanto a sé.

Quando si avvolge in una coperta quel che resta di lui, con tutte le precauzioni possibili, e si corre alla clinica più vicina, sperando che sia ancora aperta a quell'ora, che potranno ricevervi subito, che ci sarà qualcuno cui affidare (o meglio abbandonare) l'incarico di trovare al vostro posto una soluzione, per orribile che sia, a tutta quella faccenda nella quale si è avuta l'imprudenza d'infilarsi e per la quale, lo si sapeva bene, lo si sarebbe dovuto sapere, non poteva esserci una fine diversa da quella.

Oppure quando sopraggiunge la malattia.

Per esempio: una macchietta nera che cresce vicino al tartufo e che si ulcera. Il dottore la identifica subito perché è una delle patologie più frequenti tra quelle che colpiscono la specie. Un tumore contro il quale non c'è niente da fare, se non ostacolarne lo sviluppo ricorrendo ai protocolli ben poco efficaci di una chemioterapia più o meno adattata. In poche settimane, il buco si allarga prodigiosamente, si estende verso l'occhio destro, apre una ferita che gira sopra alla bocca e piega verso il palato, disegnando uno strano secondo sorriso alquanto atroce che fluttua sul muso. Un orrore cui ci si abitua, come accade sempre, e che presto non si nota neanche più. Dicendosi, poiché è il parere del veterinario e si è ben contenti di credergli, che non soffre e che, se continua a nutrirsi normalmente, se non ha perso né il gusto di andare a spasso né quello di stare in vostra compagnia, allora significa che la voglia e il piacere di vivere per ora prevalgono.

Fino al giorno in cui viene il momento di farla finita e si depone l'esserino, con una piaga spalancata al posto di quello che prima era un muso, tutto raggomitolato nel suo dolore, davanti al dottore il quale, dopo averlo esaminato, vi dà ragione, dice che adesso non sarebbe più ragionevole aspettare oltre, e prepara silenziosamente i suoi strumenti, dice che ci vorrà solo un attimo, che non sentirà dolore. Sapendo tutti benissimo che cosa sta per accadere. Come dimostrano gli occhi pieni di fiducia ma allo stesso tempo spalancati per la paura dell'animale che lasciano scorgere quel "qualcosa" che va senz'altro chiamato la sua anima, tutta presa in quel momento dallo stesso enigma di morire di fronte al quale alla fine va a fermarsi tutto ciò che vive.

E se poteste ricorrere al senso dell'umorismo anche in una circostanza del genere, ve la ridereste di ciò che ha sempre preteso l'arroganza dei filosofi, i quali asseriscono che solo gli uomini hanno consapevolezza del fatto che la loro vita sta per finire. Salvo che avete ben altro da fare piuttosto che mettervi a refutare i sofismi della falsa saggezza di coloro che non sanno niente con l'indubbia evidenza dell'esperienza: mentre il corpo si contrae e si distende al passaggio del veleno nelle vene, e voi cercate vaghe parole di perdono, sempre le stesse che vengono da dire in questo tipo di situazioni, quelle con le quali si promette affetto eterno a colui o a colei che il tempo sta portando via e a cui pietosamente, come se si fosse responsabili in prima persona del movimento di falce con il quale la morte distrugge tutto quando è giunto il momento, si presentano le proprie scuse, dispiaciuti di non essere stati capaci di proteggerli, sapendo che non ci si poteva far niente, ma non riuscendo a liberarsi dell'enorme senso di colpa che s'impadronisce di chiunque abbia lasciato, complice suo malgrado, un tal crimine venir commesso davanti a sé.

Sotto i propri occhi.

La stupefacente sensazione di déjà vu davanti a una scena che si sa di avere un tempo vissuto.

Ma dove? Quando? Con chi?

Come se non ci si ricordasse più.

Per la storia di cui parlo, una di queste fini fu quella vera. Voglio dire: quella vera nell'universo parallelo in cui immagina di vivere colui che la racconta.

Non dico quale.

Ci sono state già troppe agonie nella mia vita.

Qualunque cosa si faccia, si racconta sempre una storia al posto di un'altra. La stessa sotto tutte le forme che prende non appena la si trasforma in racconto. E che si manifesta ogni volta sotto apparenze così diverse che alla fine non si è più in grado di distinguere tra tutte le versioni di quella medesima storia che ha lei stessa generato.

Tanto che del vero racconto della propria vita in fin dei conti non si sa nulla.

Non lo si riconosce più.

Ecco perché, anche se forse non fu questa la fine, preferisco dire che se ne è andato così, sparendo una sera nello stesso modo in cui era arrivato, scomparendo nel buio.

Senza drammi.

La storia vera, non è che non esista. In un certo senso, si conosce solo quella, ben chiusa nel cofanetto di silenzio nel quale rimane sospesa. Ma non appena si solleva il coperchio della scatola e vi si getta un occhio e le parole vanno a mettercisi dentro, allora tutto precipita in un modo nuovo che fa sì che ci si dica che no, decisamente, neanche questa volta, come tutte le precedenti, la versione è quella giusta, e che bisogna ricominciare da capo di nuovo: richiudere precipitosamente la scatola, dopo aver lasciato che tutto ciò che conteneva riprendesse il suo posto, nella speranza (che si sa essere del tutto vana) che quando la si riaprirà un'altra volta, allora tutto l'infinito di ciò che è stato, di ciò che avrebbe potuto essere, si disporrà ancora diversamente e che un giorno forse lo farà nel modo che si desiderava, con un po' di fortuna, se il caso vi sarà favorevole lasciando emergere il suo oracolo propizio dal calcolo cieco cui si prestano i grandi numeri.

Si racconta come si fa girare la roulette (rosso o nero, pari o dispari) aspettando che esca il numero giusto che corrisponda finalmente alla storia vera della propria vita.

E anche se si è perfettamente consapevoli che si tratta di un gioco in cui non si vince mai.

Che le probabilità sono contrarie. Che ci vorrebbe l'eternità per raggiungere il proprio scopo. Che non basterebbe neppure. L'eternità e un giorno, come dice il poeta.

E che forse se si gioca così, lo si fa in fondo apposta per perdere.

Scommettendo ancora una volta per non lasciare il tavolo dove sotto i propri occhi gira come una trottola la roulette del caso, che sovrappone senza fine tutte le sue cifre.

Tant'è che va sempre così.

Si crede di raccontare una storia ed è un'altra che si racconta al posto di quella.

Oppure si crede di raccontarne una totalmente nuova mentre è lo stesso racconto che, imperturbabile, torna nel luogo in cui dovevano esser dette tutte le altre.

Qualunque storia allora vale per qualunque altra.

Visto che sono così mescolate, indissociabili, sospese in questo incavo di niente pieno zeppo però di essere, che le contiene tutte insieme e in cui ogni cosa è allo stesso tempo se stessa e il suo contrario.

Tra tutte quelle che conta la biblioteca infinita, si può scegliere la fiaba che si preferisce. Non c'è nessun bisogno di crederci. Basta che produca gli effetti auspicati.

Spingendo la porta che conduce dall'altra parte dove vi attira…

Che cosa?

Un gatto nero?

O un coniglio bianco?

Un giorno di noia desolante, qualcosa di vivo passa accanto a noi, davanti all'ingresso di quella che forse è solo una tana, ma che introduce anche alla profondità di un tunnel senza fine né fondo, suscitando l'irresistibile desiderio di seguirlo, qualunque creatura sia, posto che ci conduca verso quell'altrove dove tutto ci dice si trovi il segreto della nostra vita. Così cominciano tutte le storie. E finiscono quando l'animaletto che ci era servito da guida scompare in lontananza. Non è complicato. Da quando hanno l'età per ascoltare una storia, tutti i bambini e tutte le bambine lo sanno.

Senza che, diventati adulti, si continui necessariamente a credere in fiabe del genere fatte per i bambini.

Certo.

Solo, non ci si può permettere di non scommettere almeno un po' sulla chance che ci viene offerta.

Ancora una volta che, ogni volta, è la prima e l'ultima allo stesso tempo.

C'era quindi due volte.

Matto?

Non dico di no.

Perché qui tutti sono matti.

È questo che il gatto del Cheshire, appollaiato sul suo albero, spiega ad Alice quando lei esita sul cammino da prendere, trovandosi di fronte a un incrocio di sentieri che tutti ugualmente sprofondano verso l'ignoto.

– Dove porta questa strada che va a destra?

– Da certi matti.

– E quest'altra, a sinistra?

– Da certi matti.

– Ma io non voglio andare dai matti!

– Non puoi fare altro. Qui tutti sono matti.

– Ma io non sono matta.
– Eppure, rifletti: se non fossi matta, non saresti qui.

In qualche posto, come la Lepre marzolina e il Cappellaio matto, Everett e Schrödinger prendono il tè per l'eternità, e intanto chiacchierano, dissertando sullo statuto esatto da attribuire al famoso principio di sovrapposizione, celebrando con l'orologio del tempo bloccato la serie senza fine che formano gli istanti. L'anti–gatto del Cheshire, appollaiato sul suo noce, sta in un posto che non si può dire quale sia: questa radura o quella in mezzo al bosco che porta comunque a tutte le altre dato che ogni strada conduce ovunque se la si segue fino alla fine.

Sarei disposto a scommettere, ma senza poter produrre il benché minimo straccio di prova a sostegno della mia tesi, che il gatto di Erwin Schrödinger e quello di Lewis Carroll sono in realtà ("Strana realtà!") un unico gatto che è anche tutti i gatti insieme e uno qualunque di essi, perché in pratica esiste una sola creatura che, ovunque e sempre, qui e là, ora e un tempo, come in ognuno degli universi paralleli tra i quali liberamente viaggia, si manifesta sotto forma di gatto.

Sul suo ramo o nella sua scatola, apparendo, scomparendo, al punto che la sua figura non si forma sotto gli occhi di chi lo osserva che per svanire subito dopo e viceversa, poiché non si dissolve che per ricomporsi immediatamente nel vuoto che ha lasciato. A quel gatto, bisogna allora riconoscere la facoltà di essere allo stesso tempo presente e assente. Di esserci e non esserci. Fluttuante nell'aria dove la sua forma disegna una specie di piccola alterazione dello spazio e del tempo attraverso la quale comunicano il visibile e l'invisibile, ognuno vuotandosi nell'altro dove a sua volta va a versarsi. Esattamente come l'anomalia nell'acqua dello specchio di cui parla la vecchia leggenda cinese, volto che trema in superficie e del quale in realtà si coglie solo l'espressione molto incerta.

Che annuncia non si sa che cosa.

Una specie di sorriso, dice Alice, intorno a cui il gatto del Cheshire appare e scompare senza sosta, e che è insieme la prima e l'ultima cosa che si vede di lui. Ma che lascia intravedere, sotto i suoi baffi metafisici, denti aguzzi molto inquietanti. Un sogghigno allora? Una piaga aperta che divora la faccia e scopre la profondità di un cranio, un fiore nero e rosso che sboccia ignobilmente e fa sì che, del gatto, sia l'unica cosa che si vede. Come se il corpo intorno avesse smesso di esistere e non rimanesse più nient'altro che quella smorfia senza nessuno, cui si può attribuire il significato che si vuole: una boccaccia di derisione, di quelle con cui si indica che tutto è vuoto e vano nell'universo, oppure, al contrario, lo scoppio di una grande risata silenziosa che celebra benevolmente il formidabile e grandioso non senso di essere al mondo.

Uno o l'altro?

L'uno e l'altro?

Non si sa, è ovvio.

È tipico delle fiabe vere essere prive di morale e portare la coscienza di tutti sull'orlo di un identico vuoto che brilla come un enigma, un buco accanto al quale stanno gli scienziati e i poeti, a scrutare ai loro piedi il cerchio d'ombra di un pozzo, in cui si riflette il disco di un cielo cavo sopra la loro testa.

Non esiste un'ultima parola.

Schrödinger dice qualcosa di abbastanza simile. Non c'è mai nessun volare, afferma – se non quello che dichiara che solo la vita ha un valore. Quanto al resto, non se ne può dir niente. Lo spettacolo di ciò che è è sufficiente a se stesso. Il movimento che lo anima non porta da nessuna parte: un'onda che vibra nel vuoto e che irrompe senza sosta nell'immensità dello spazio, nell'eternità del tempo, ma non arriva mai a toccare nessuna riva.

Per cui quando si vuole nonostante tutto esprimere che cosa significhi uno spettacolo così insensato, non c'è altro che il silenzio. Gli scienziati e i poeti si affidano a lui dopo aver sistemato in base all'ordine delle loro equazioni e dei loro versi, e aver fatto stare nel calcolo dei loro segni, delle loro cifre, delle loro parole lo spettacolo di una realtà che possono sì descrivere, imitare e persino prevedere, ma di cui, quando si tratta di dire in che cosa consista la realtà di quella realtà lì, devono riconoscere che non ne sanno nulla e che quindi è meglio se tacciono. Lasciando ad altri il compito di raccontare al loro posto la storia (ce n'è una sola, sempre uguale e sempre diversa) che porta e riporta verso l'eterna verità vuota della vita di cui tuttavia si può, si deve, fare come se non fosse totalmente impossibile ricavarne per sé un racconto.

«Facciamo come se», dice Alice.

Ma i bambini parlano per lo più in un altro modo: «Facciamo che eravamo...».

Facciamo che eravamo.

Facciamo che eravamo qui e altrove, qui e non qui, altri e gli stessi, morti e vivi, a vivere la nostra vita e allo stesso tempo ogni sorta di altre vite, che non avrebbero né più né meno senso di quella, in un universo a sua volta tutto sottosopra eppure anche assolutamente al posto giusto, dove ogni cosa significherebbe ciò che vuol dire e insieme qualunque altra cosa.

La piccola Alice fa così. Parlando con il gatto. E poi penetrando con lui nella casa dello specchio che è una delle dimore del "come se", là dove il mondo sembra dapprima assolutamente simile al nostro con la sola differenza che tutto è alla rovescia ma dove, passando attraverso una nebbia d'argento, si capisce che tutto si mette a prendere altre forme, a seguire altre leggi, ogni lato riflettendo l'altro e producendo il contro–tipo che ne presenta uno degli aspetti possibili e, con esso, la somma di tutti gli altri che avrebbero potuto essere. Deformandosi lentamente. In un primo tempo in modo del tutto impercettibile. E assumendo poi le sembianze più strane.

"Fare come se" è l'esperimento mentale da cui, a partire dall'infanzia, derivano tutti gli altri. Anche sapendo che non è così, si fa come se il mondo avesse un senso di modo che, per occupare la mente in fantasticherie benevole, si possa fare a se stessi il racconto che collegherà tutti i fatti dei quali il caso soffia e sparpaglia la polvere, ripetendo per sé la storia che comincia con il vecchio "C'era una volta" di sempre, il sesamo d'altri tempi per aprire la porta che dà interminabilmente sul domani. Anche se si decide di dire che l'unico senso che ha il mondo è quello di non averne (il che comunque equivale ad attribuirgli un significato, né più né meno provato di un altro), facendo come se tutt'intorno a sé non ci fossero che disordine e caos, assurda carneficina dove il niente inghiotte tutto e non genera altro che favole.

S'inventa un'altra realtà per poter guardare dal mondo di ipotesi che si sono formulate quello in cui si vive, per poter giocare con ciò che contiene, smontando il puzzle per vedere se non esiste un altro modo di incastrarne le tessere e di comporre con tutti quei pezzi di un mondo in briciole un'immagine più giusta di ciò che è.

Perché la storia, la vecchia storia di sempre, non finisca mai.

E tutto si racconti eternamente.

In modo che mai giunga il momento dell'ultima parola.

Una goccia di dolore

Allora diciamo che le cose sono andate così.

Se nonostante tutto è necessaria una fine.
Ma proprio perché questa non lo è.

Erano passati tre giorni e due notti. Fare come se niente fosse diventava un po' difficile. Non ci si lascia mai ingannare completamente dagli stratagemmi infantili con cui ognuno di noi distrae la propria angoscia. Cercando un'occupazione qualsiasi (coltivare il giardino, mettere in ordine la casa), pensando ad altro, e riuscendoci abbastanza bene perché non c'è nessun pensiero che sia così grande da occupare del tutto una mente, anche se poi ci si risveglia subito dall'oblio nel quale si era caduti, e si va a sbattere contro l'insistente ossessione sempre di un unico tormento.

La terza notte stava scendendo sulla casa. E a forza di tornarci di continuo, non volendo restare troppo a lungo lontano, in pratica mi sono accampato in giardino, a camminare in lungo e in largo sul terrazzo, o appoggiato al tronco del noce, riuscendo quasi a sedermi nell'incavo che si crea là dove si dipartono i quattro rami principali. Per non dover lasciare la postazione con incessanti visite in cucina, avevo avuto la precauzione di portare con me la scatola dei sigari, il bicchiere e la bottiglia di whisky – il cui livello diminuiva a gran velocità.

– Lo vedi?
– No, ancora niente.
– Questa volta deve essere successo qualcosa.
– Che cosa vuoi che sia successo?
– Non lo so. Se no sarebbe già tornato.
– Non vieni a letto?
– Resto ancora un po' qui. Finisco il bicchiere.
– Vuoi dire la bottiglia.

Arriva un momento nella vita (certamente diverso per ognuno) in cui ci si ritrova alla mercé del più piccolo dei dolori. Una pena qualunque si mette a valere per tutte le altre: quelle che si sono già attraversate e quelle che di sicuro finiranno per giungere.

Con il tempo, la coppa del dispiacere si colma. Il calice di cui parlano i credenti. Si vorrebbe che ci fosse qualcuno capace di allontanarlo da noi. Ma non c'è nessuno. Non è che sia arrivato l'istante della fine. Ci saranno certamente altri giorni con altrettante mattine, in gran numero.

Per forza. Ma d'un tratto e una volta di più il momento dell'ormai è tornato. La grande notte di sempre è caduta sul mondo. Cancella tutto intorno a sé. Resta solo il buio. E ci si ritrova completamente soli in mezzo a un deserto che è grande come l'universo, anche se questo apparentemente ha le dimensioni di un giardino minuscolo, poveramente fatto di poche piante cresciute tra l'erba e la sabbia, delle quali nell'oscurità si fa fatica a distinguere la natura, confondendo un noce, un acero, un lillà, una ginestra e due pini con gli ulivi di cui parlano le pie leggende e accanto ai quali si celebra ugualmente il culto terribile della disperazione.

Una piccolissima goccia è allora sufficiente perché il vaso di tristezza che ognuno di noi porta dentro di sé debordi. E se non si fa attenzione comincia a colare da tutte le parti. Si sente che ci si potrebbe mettere a piangere senza sapere bene per chi o per cosa, versando lacrime valide per tutte le pene della terra, le proprie come quelle altrui, quelle grandissime ma anche le piccolissime perché anch'esse esprimono la stessa desolazione davanti all'imperturbabile lavorio del tempo, che trascina via tutto e allontana verso il vuoto, dove vanno a cadere le une dopo le altre, tutte le cose che si sono amate, non lasciandone nessuna su cui poter ancora contare.

L'ora viene, la mezzanotte suona (non si sa quando) della rivelazione vana, lasciandoti come un imbecille davanti all'evidenza cui giungono tutti i pensatori quando hanno portato a compimento i calcoli delle loro dimostrazioni, ma che non colpisce mai così forte come quando è la causa più piccola, la più irrilevante, la più disinteressata delle ragioni a darle l'occasione di manifestarsi di colpo.

Un granello di niente.

Una goccia di dolore.

Qualcosa di insignificante come la scomparsa di un gatto, tornato nella notte da cui era giunto.

Quando arriva il dolore più grande, gli occhi restano asciutti.

Perché tutta l'energia della disperazione viene allora in aiuto e ti rende forte come non sei mai stato. Tra l'altro, in circostanze del genere, non resta molta scelta. A meno che non si crolli. E ci si sorprende a pensare che si è diventati indistruttibili. Ma un giorno càpita che la pena più piccola ti trovi infinitamente vulnerabile. Come se il niente avesse pazientemente atteso che tu avessi abbassato la guardia per colpirti nel punto più debole. Quando non te lo aspettavi più.

Un semplice pizzicotto che fa cadere tutto in polvere.

Ogni lutto, per irrisorio che sia, riapre la piaga profonda di un tempo. Mai completamente cicatrizzata. Il minimo graffio riapre le vecchie cateratte attraverso le quali tutto il corpo si svuota. Perdere qualsiasi cosa equivale ad aver perso tutto. Ci si lamenta per la scomparsa di una cosa, la defezione di un essere (cosa, essere cui, se ci si riflette onestamente, non si teneva poi così tanto) come se fosse una parte di sé che fosse stata amputata. Se ogni sofferenza si fa allora così insopportabile, persino quando si sa che non è importante e che è quasi senza oggetto, è perché ravviva tutto il dolore che l'ha preceduta: l'ultima dose di dolore che si aggiunge a tutte le altre viene così a uguagliare in intensità tutta la somma delle sofferenze passate che si credeva di aver superato – mentre ci si rende conto che non era affatto così e che sono rimaste intatte.

Avrei pianto se avessi potuto: se non avessi perso il dono delle lacrime molto tempo fa. Sciogliendomi per niente.

Trovando nell'espressione fisica del dolore un'ebbrezza ben più grande di quella che procura l'alcol. Abbandonandomi a quella stranissima vertigine in cui si percepisce, come se la propria persona non fosse più niente e nessuno, l'anonimo movimento del mondo confuso nel niente ma all'interno del quale, come se di colpo si esistesse di nuovo e più che mai, ci è resa l'intensa certezza di ciò che fu e che resta la parte più viva della nostra vita.

Quanto a me, all'età cui stavo per giungere, presto mezzo secolo, avevo vissuto abbastanza per sapere tutto questo. Lo avevo imparato da tempo. Ma che io potessi essere addolorato come visibilmente lo ero dalla disillusione di una sparizione irrilevante come quella, nonostante tutto, mi meravigliava. Che ci fosse in me un punto che poteva venir toccato (provocandomi una specie di stretta al cuore, come si dice) dalla prova imbecille in cui consisteva la diserzione di un gatto che non era neanche mio, di cui ignoravo persino il nome, che aveva semplicemente trascorso qualche mese con me e che insomma era naturale che se ne andasse un giorno come aveva deciso di fare adesso, venivo a saperlo così.

Se devo dire la verità, ero triste e contento insieme di scoprirlo. Triste perché mi ricordava che non avevo fatto i conti con il dolore e che ormai non ci sarei più riuscito. Ma anche contento perché, allo stesso tempo, mi rendevo conto che in me era rimasto vivo qualcosa che mi consentiva di comunicare ancora con l'avvincente sensazione di essere al mondo la quale a sua volta mi ricollegava con colui che ero stato un tempo.

La piccola pena che il gatto mi procurava andandosene, la prendevo come la prova stupidissima del fatto che in fondo ero rimasto lo stesso, ancora capace di provare da qualche parte nel più profondo di me il pungente senso di desolazione che, ai miei occhi, era l'unica testimonianza della verità di ciò che avevo vissuto.

Dello sconforto di quelli che hanno perso un animale, pur compatendoli educatamente, si sorride sempre un po'. Ci sono dolori più grandi al mondo, più degni. Lo sanno tutti. E anche quelli che non si consolano di quel dispiacere ne convengono in fondo, dovendo sopportare la loro pena e, oltre a quella pena, anche la vergogna che l'accompagna, non potendo giustificare in nessun modo, neanche ai loro stessi occhi, il sentimento di totale costernazione che provano. Dando a vedere la loro tristezza e insieme scusandosi imbarazzati, confessando che sanno bene quanto sia idiota dare tutta quella importanza a ciò che sicuramente non ne ha nessuna. Allo stesso tempo, consapevoli di avere torto, non avendo nessun argomento degno di questo nome da avanzare in loro favore, rimangono della loro opinione, sfidando quella altrui e non prendendo neppure in considerazione la verità del ragionamento in base al quale la loro minuscola miseria risulta del tutto trascurabile.

– Sì, va bene, però!

Più o meno è tutto quello che trovano da dire in loro difesa.

Che, *però*, è ben triste dover perdere così quel che si ama, usando per chi le vuole capire le povere parole della povera gente, quelle che pronunciano gli anziani e i bambini. Semplicemente: si rimane molto sorpresi quando è dalla propria bocca che escono. Perché non si pensava di essere rimasti così piccoli. O di essere già diventati così vecchi.

Non sono mai troppi la tenerezza e il rispetto che si provano per il dolore degli altri, anche quando la causa ne è irrilevante. Perché quel dolore è una maniera per prendere le distanze, in un mondo in cui regna ovunque lo stesso falso imperativo di allegria e contentezza. La pena è una protesta che qualcuno a volte oppone all'insopportabile corso delle cose, qualcuno di umile ed eroico che dichiara, per banale che sia, che non è giusto che la morte arrivi, che l'amore finisca. E un bambino, o una bambina, che dice addio al gatto, al cane, al criceto o al pesciolino rosso, rifiutando ostinatamente le parole di consolazione che gli adulti gli dispensano, sarà sempre più vicino alla verità di qualunque filosofo che venga dottamente a giustificare le ragioni per cui la vita va in questo modo e a dire che si deve dare il proprio consenso al grande movimento d'ombre che spinge ogni cosa verso il niente.

Si perde ciò che si ama. E siccome una volta non basta, bisogna per tutta la vita continuare a perderlo, ancora e ancora. Perché la ripetizione è l'unica pedagogia che valga. E fa dell'esistenza come una lunga e terribile propedeutica al niente.

– Sei triste?

– Sì, certo, sono triste.

– Forse tornerà.
– Lo sai che non è vero.
– A volte succede.
– Non penso a noi. Nella vita degli altri forse, nella nostra non ci sono miracoli.
– Anche dopo settimane, dopo mesi, ce ne sono che tornano.
– Non credi a quello che dici.
– Che cosa vuoi che ti dica?
– Niente.
– Allora non dico niente.
– Un gatto! Non era poi chiedere molto! Dopo che tutto il resto ci è stato tolto, che almeno ci venisse lasciato questo gatto!
– Sarebbe stato lo stesso.
– Per te forse.
– In che senso?
– Io penso che avrei avuto qualcosa di vivo vicino.

Era molto tardi. Tutte le luci alle finestre delle case vicine erano spente. La bottiglia di whisky era vuota. Mi rendevo conto che era puerile. Ma mi sono visto che ritrovavo il gatto, lo riportavo a casa, lo posavo accanto a lei nel letto in cui si era sdraiata. Come in un film per bambini che deve avere un *happy end.* Mi sono immaginato che facevo un exploit. Diventando una specie di eroe. Riscattandomi di colpo. Voglio dire: riparando il torto che le avevo causato. Pur sapendo molto bene che non ero responsabile di niente. Che non dovevo farmi perdonare. Né da lei né da chiunque altro. Che tanto quanto lei, quanto chiunque, ero più vittima che colpevole di quel qualcosa che si doveva chiamare la sorte. E che anche se avessi riportato a casa, voglio dire a casa "sua", quella piccola cosa vivente sotto forma di gatto che si era manifestata accanto a noi, pur avendo seri dubbi di riuscire a farlo, non sarebbe cambiato niente. Perché il disastro di ciò che è stato, non c'è niente che si possa fare per ripararlo veramente.

Forse vagava nel quartiere. Senza meta. Passeggiando da giorni tra le proprietà vuote. Oppure aveva trovato ospitalità in una di quelle che in questa stagione erano ancora abitate. Dopo averci già completamente dimenticati come se non fossimo mai esistiti. Ma non potevo liberarmi dell'idea che mi aspettasse da qualche parte, miagolando un messaggio rivolto a me: sofferente, ferito, in fin di vita, messo sotto da una macchina, intrappolato in qualche recinto o nell'ansa di un molo dove aveva cercato rifugio trascinandovi il suo corpo spezzato, incapace di muoversi, di ritrovare la strada per tornare nel giardino dove lo aspettavamo, non sperando più che qualcuno venisse a soccorrerlo. E quel qualcuno, mi dicevo come un idiota, non potevo essere che io.

Allora sono andato a cercarlo. Dovevano essere l'una o le due di notte. Bisogna dire che ero piuttosto ubriaco. E siccome avevo dimenticato gli occhiali sul tavolo della cucina, non vedevo molto in lontananza, abbagliato dalle grandi macchie di giallo che cadevano dai lampioni e facevano dei vaghi aloni nel buio. Camminando come un cieco. Titubando, certamente.

Ho voluto chiamarlo. Ed è stato allora che ho realizzato come sia complicato chiamare qualcuno di cui non si sa il nome. Gridando: «Gatto! Gatto!». Ma non troppo forte per paura del ridicolo e temendo di mettere in guardia i vicini. Sperando che riconoscesse la mia voce, se non riconosceva il nome. Come se, al posto suo, fosse la notte che interpellavo, che imploravo, invocando qualche oscura divinità perché accettasse di rendermi quello che un tempo ci aveva preso.

Esistono molte storie di animali che hanno perso i loro padroni, storie che raccontano la fedeltà di cui danno prova. Immagino che si raccontino un po' dappertutto nel mondo queste stesse storie con cui gli umani rendono omaggio a una lealtà che attribuiscono agli animali solo perché sanno che loro ne sono completamente incapaci, privi della forza d'animo necessaria per restare fedeli a qualcosa, a qualcuno: la storia unica che parla di un essere che piuttosto che allontanarsi dal luogo cui è legato colui che ama, la tomba dove è sepolto, il posto in cui gli ha dato appuntamento, come se non potesse rinunciare alla speranza che tornerà, malinconicamente posseduto da quell'idea fissa, decide di lasciarsi deperire e di morire in quel posto.

La storia di un gatto, di un cane che muore perché ha perso il padrone.

E io, mi dicevo, di che cosa ho l'aria, io che sono ancora vivo?

Un gatto cerca il suo padrone nella notte. Da qualche parte: in Cina, certamente. Lascia casa sua, vaga per il paese, visita continenti stranieri, attraversa terre sconosciute, non rinunciando mai alla speranza di ritrovare la traccia dell'essere di cui insegue il ricordo, supera ogni sorta di prove, di quelle che fanno la materia universale delle fiabe, diventa una leggenda agli occhi di coloro che lo vedono passare in lontananza e si raccontano a vicenda l'avventura testarda della sua ricerca ostinata. Fino a che un dio non abbia pietà dell'animale e gli accordi la grazia della sua apoteosi, facendo della sua immagine una specie di segno in cielo, alcune stelle pallide che brillano a una certa distanza dalle altre e imitano vagamente la forma di un sorriso sospeso nel vuoto, che appaiono la sera, scompaiono al mattino, sorriso sarcastico o benevolo, intorno al quale lo sguardo inventa l'apparenza incerta di un corpo con la coda simile all'asta di un metronomo che segna il tempo per l'eternità.

Oppure il contrario.

Nella notte, un padrone cerca il suo gatto. Come ogni altra leggenda, poteva tranquillamente essere raccontata al contrario. Questa versione, tra l'altro, era più appropriata. Anche questo gatto infatti, come tutti gli altri e malgrado le apparenze, era padrone del suo padrone. Ero io, non lui, a essere perso. Totalmente smarrito, adesso che era scomparso. Da lui, ricevevo un'ultima lezione come una sorta di messaggio d'addio, indispensabile a completare gli insegnamenti che mi aveva prodigato per un anno. Apparendo e scomparendo da quella sera della prima volta e come non aveva più smesso di fare, manifestandosi ma solo in modo estremamente fugace, accordandoci la grazia molto passeggera di potergli esprimere una sorta d'affetto immaginandoci che almeno un po' lo ricambiasse, senza mai lasciarci pensare però di appartenerci davvero, volendo così significare che si limitava a passarci accanto, come accade del resto per ogni altra cosa.

Che alla fine se ne sia andato non avrebbe dovuto stupirmi. Era entrato nel mondo solo per preparare meglio la sua uscita. Adesso, era andato. Lasciandomi completamente solo. Quel gatto era stato il mio maestro nell'arte di scomparire. Voglio dire che avrebbe dovuto esserlo se io fossi stato all'altezza del suo insegnamento. Perché la verità, si ha un bel conoscerla da sempre, nessuno la possiede mai veramente. Anch'essa, si limita a renderci visita, in maniera totalmente effimera. Con il favore delle tenebre, quando nella nostra esistenza le ombre si sono ispessite, e la coppa del niente è già abbastanza piena perché basti una goccia a farla traboccare, di modo che anche il più piccolo dispiacere sia sufficiente a rivelarci ciò che sappiamo da sempre: non c'è niente altro da imparare dalla vita, l'unica lezione che ci dà è quella che dice che ci sarà tolto ciò che abbiamo amato, che non bisognerebbe mai attaccarsi a niente e a nessuno, e che, tuttavia, il prezzo della perdita non si misura mai se non rispetto a quello di ciò che si è perduto.

Così, ho camminato a lungo nella notte. Sono andato in tutti i posti in cui l'avevo visto all'epoca in cui non si era ancora sistemato a casa nostra (a casa "sua"), e passeggiando dopo cena mentre fumavo il mio sigaro, lo sentivo miagolare nel buio per attirare la mia attenzione e assicurarsi che gli avrei permesso di seguirmi, rientrare con me nella casa in cui avrebbe trovato di che sfamarsi e un posto per dormire. Ho percorso da un capo all'altro il grande viale di pini che corre lungo la costa ai cui lati, da entrambe le parti, si susseguono ville tutte identiche, una delle quali era certamente quella in cui aveva abitato in precedenza e dove forse adesso se ne era tornato, spiando da sopra le siepi, cercando di scrutare l'oscurità di giardini deserti, d'intravedere da qualche parte un segno di vita dietro le persiane chiuse. Come un ladro. O un voyeur.

Ho preso, a caso, il sentiero che porta alla spiaggia, nel momento in cui la marea era più bassa, scoprendo una distesa tutta macchiata di pozzanghere luccicanti tra i capanni dei pescatori piantati sulle palafitte tra la massa sparpagliata di alcuni banchi di scogli, con in lontananza la curva del ponte sull'estuario i cui piloni brillavano ancora, soli, nell'oscurità, toccando la volta di un cielo tutto nero. Sono tornato sui miei passi e sono andato a ispezionare i dintorni dello stadio, della discarica, della scuola, della zona commerciale, addentrandomi nei terreni incolti disseminati intorno alla città.

Non so se era per via dell'alcol. Forse: la fatica, la tristezza, quella specie di esasperazione che si prova di fronte all'immutabile stupidità e alla crudeltà testarda del mondo. Avevo l'impressione di camminare come un sonnambulo. Quasi a tentoni, dal poco che ci vedevo senza occhiali e con il buio che si faceva sempre più fitto. Chiamando («Gatto! Gatto!») con voce sempre meno convinta.

Ho finito per perdermi. O almeno: ho finito per provare l'impressione di essermi perso. Consapevole, nonostante lo stato di semi ebbrezza in cui mi trovavo, che era impossibile in una città così piccola. Ma tutte quelle vie uguali che s'incrociavano ad angolo retto, tutte quelle case simili (con il loro assurdo aspetto da chalet costruiti in riva al mare, sormontati dal triangolo dei loro tetti spioventi), a forza di vagare in tondo, davano inevitabilmente quella sensazione, di essere già passati più volte nello stesso punto, di tornare sempre allo stesso incrocio. Come se il mondo avesse preso l'esatta apparenza di una specie di stupido labirinto, estraneo e familiare, in cui ogni nuova prospettiva ripeteva quella precedente senza che si potesse mai trovare una via d'uscita.

Ho camminato così a lungo che quando ho ritrovato la strada, le prime luci dell'alba (come dicono i poeti) erano apparse in cielo, e una specie di chiarore un po' sporco bagnava l'orizzonte. Ho visto la casa. Banalmente ho pensato che una pessima notte stava finendo, che sarei finalmente andato a letto, che l'indomani sarebbe stato un altro giorno, e quando ho spinto il cancello mi sono detto che di sicuro il gatto era lì ad aspettarmi in giardino, come se ci avesse fatto solo un brutto scherzo innocuo, per riapparire poi come aveva sempre avuto l'abitudine di fare.

È sicuramente così che finiscono le storie.

Ma ovviamente quando sono rientrato il gatto non c'era. Stremato, sono andato a letto. Ho dormito di un sonno agitato, continuavo a cercare il gatto in un sogno che in realtà non era proprio un sogno, ma piuttosto quella specie di stupore dei momenti di semi insonnia in cui si mescolano le immagini del giorno e quelle della notte, i ricordi di quello che si è appena vissuto, le preoccupazioni di un presente che persiste, assemblandosi in maniera molto strana con momenti incantati che provengono dal passato più lontano, il tutto venendo a comporre una storia impossibile, mentre la mente cerca senza riuscirci di ordinare quella massa amorfa di materia cerebrale secondo la vaga verosimiglianza di un racconto il cui significato scintilla nell'oscurità che subito lo cancella e lo assorbe. Come se ci si trovasse infine davanti alla storia vera della propria vita, quella che contiene non solo tutto ciò che è stato ma anche tutto ciò che avrebbe potuto essere, e che è assolutamente impossibile da raccontare perché da svegli non esiste una lingua in cui la si possa esprimere, e perché tutte le storie che si creano (per sé, per gli altri) non appaiono più che come patetiche contraffazioni, un deposito di resti e di rifiuti accumulati intorno a noi da un disastro, quando l'illimitato sprofonda e cade a pezzi ai nostri piedi, spargendo gli spiccioli di uno specchio in frantumi, di un miraggio in briciole le cui schegge luccicano inutilmente nel vuoto.

Dormendo e non dormendo.

L'alba.

Quando l'inchiostro della notte continua a impregnare il pallore del mondo, come assorbito da una carta asciugante, inghiottendo sulla pagina del giorno macchie alle quali possiamo dare la forma e il senso che vogliamo.

Raccontando.

In forma di epilogo

Non c'è nessuna ragione di credere alle storie che si raccontano. Tutte hanno solo il significato che si sceglie per loro e la morale che si stabilisce di voler dare. E anche le storie che sono vere, verrà più in là un tempo (domani), e c'è già uno spazio (altrove), in cui non hanno maggior consistenza di una favola inventata.

Basta che conducano là dove si voleva andare. Il che, in generale, vuol dire: che riportino là da dove si era partiti.

Confucio (ammesso che sia proprio lui) ha ragione: niente è più difficile che cercare un gatto nero nello spessore della notte.

E soprattutto se di gatti non ce ne sono.

È certamente per questo che il Maestro aveva deciso, si racconta, di non parlare dei fenomeni strani tra i quali si contano i sogni e gli spettri, e tutte le cose immateriali e incerte da cui si lascia incantare la credulità stupefatta degli uomini.

Aveva ben ragione.

La saggezza vuole che di ciò che non è, non sia questione.

Eppure, che cosa si dovrebbe cercare se non ciò che non è, che ci manca, alla cui realtà sicuramente non crediamo, ma che reclama da noi, almeno sotto forma di ipotesi, una sorta di esistenza? Fosse anche solo per avanzare un po'; pur senza immaginare in alcun modo di andare così verso un qualunque dove, nel nero della notte.

Si può cercare un gatto nel buio. Soprattutto se si sa che non ce ne sono. Consapevoli che si cerca altro al suo posto. E che non si troverà neppure quello. Fingendo di credere a ogni sorta di favole di cui non si capisce niente o quasi, nelle quali si ha poca fiducia. Ma ben sapendo che non si tratta di aver fiducia, bensì fiducia nella fiducia che si potrebbe avere, simulando convinzioni per lo più dubbie e piuttosto impenetrabili, senza speranza e anche senza intenzione di farle proprie, consci che non le si capiranno mai, ma non disperando di poter, grazie a loro, capire altro rispetto a quello che dicono. E anche se questo "altro", in fin dei conti, è solo e soltanto la rivelazione della verità vuota cui tutto alla fine si riduce.

"Facendo come se..." alla maniera dei bambini che, sdraiati nel letto, quando l'ombra li circonda e investe lo spazio e il tempo, inventano creature cui in fondo non credono, ma che venendoli a trovare permettono loro di dare la forma che vogliono alla notte.

"Un esperimento mentale", dicono gli scienziati, non pretendendo assolutamente che dia loro accesso alla realtà del reale, ma giocando con delle ipotesi, preferibilmente le più insensate, e costruendo astratte e impossibili proposizioni di verità, esperimento con cui meditano e lavorano per convincersi loro stessi del fatto che l'enigma irrisolto del mondo potrebbe non essere definitivamente insolubile.

Si può anche dire: un racconto, una favola, un romanzo. Una storia, qualunque essa sia, insignificante, senza capo né coda, in cui non succede niente, ma sufficiente a far risuonare nel gran silenzio del tempo la vecchia formula del "C'era una volta", con la quale, senza fine, tutto ricomincia.

Il gatto non l'ho più rivisto da quell'ultima volta di cui ho parlato. Ammettendo che sia andata come ho detto. Dell'anno che ha passato con me, l'Anno del Gatto, non ho conservato niente che possa essere considerato una prova tangibile della sua presenza. Mi sarei potuto inventare tutto: il racconto che ho fatto di lui, il lungo conciliabolo di voci anonime di donna e bambina nel buio, i ricordi della mia vita, della vita di qualcuno che verrà preso per me, che ho mescolato a tutto il resto, e persino quei brandelli di teorie molto dotte che sarebbe molto imprudente pensare corrispondano a qualche precisa prerogativa della filosofia o della scienza.

Di tutte queste cose, va da sé, non so niente. La meccanica quantistica la conosco poco come conosco poco la mia vita. Mi sono entrambe ugualmente incomprensibili. Il che è tutto dire. Allora, facciamo come se avessi inventato tutto. La sera (che fu quella della prima o dell'ultima volta) in cui, per distrarre il mio dolore, ho immaginato che qualcosa, sotto ai miei occhi, nell'ombra di un giardino, si manifestasse sotto forma di gatto.

Vado ancora spesso a passeggiare in riva al mare. Sempre quando è calata la notte. Prendo la strada sulla destra e poi il sentierino di sabbia che porta alla spiaggia. Resto a lungo a guardare le onde e le nuvole, tutto il cielo d'inchiostro dove fluttua il disco della luna e si riverbera il luccichio delle stelle. E poi rientro, passando tra le ville vuote con le persiane chiuse. Da nessuna parte ci sono tracce di vita. Guardo a destra e a sinistra, nel caso in cui dovessi vedere un segno formarsi nel buio, il sorriso di qualcosa sbocciare nel vuoto.

Penso di non aver del tutto smesso di credere nella storia che avevo inventato. Se non ci credo io, chi lo farà al mio posto? E se nessuno ci crede, che cosa ne resterà?

Sono lì, che cammino verso la casa, quella casa che non è la mia, sotto quel cielo molto scuro e pesante che appiattisce tutto, e mi gira in testa qualche idea idiota, mi dico che se una cosa può essere e non essere, se tutto ciò che appare è destinato a scomparire, non c'è ragione che l'inverso non sia altrettanto vero.

Nel buio della notte, cerco un gatto.

Che non esiste.

O forse sì.

Come il pesce – che ignora l'oceano – l'uomo nel tempo.
Altre volte l'ho fatto. Finita la traduzione, compiuto il lavoro estenuante della revisione (che si pone come regola il dubbio sistematico da esercitare su ogni parola del testo), portata a termine la rilettura prima della consegna (dopo, ogni ripensamento sarebbe da evitare), l'ultima, che contiene in sé i germi del piacere e del desiderio insieme: il piacere della constatazione, quella che suggerirebbe come il risultato regga la prova della lettura ad alta voce, come i suoni rispondano ai segni, li restituiscano al termine di un lungo sequestro; e il desiderio del riconoscimento, quello che consentirebbe (forse, non è detto) di concedersi che sì, la versione tradotta ha i tratti, il volto, i tic, i difetti, le movenze, la seduttività, laddove fosse il caso l'antipatia, la cattiveria, la spiacevolezza, oppure viceversa la grazia, la dolcezza, la melodia del testo originale…
Riprendo: altre volte l'ho fatto. Finita la traduzione, la revisione, la rilettura, e consegnato il lavoro all'editore, altre volte ho raccontato che lavoro era stato.
Qui? Se riuscissi a farlo: che racconto sarebbe?
Ho tradotto tutti i romanzi di Forest, tranne uno. Anche se avessi torto, non rinuncerei a pensare che il nuovo amore rappresentato un titolo dopo l'altro da ogni ripresa dell'ininterrotto discorso (il panorama di nubi che poco alla volta diradano lasciando l'orizzonte della scrittura emergere, limpido) anche se

avessi torto, ripeto, continuerei a credere di volta in volta che l'ultimo amore sia palesemente il più grande.
All'incirca, questa volta, il racconto che farei direbbe questo. Più si conosce un autore (a forza di frequentarlo si affina la conoscenza), più si fa fatica a tradurlo, perché si esige da sé la resa in ogni frase di tutto ciò che ormai si sa del suo modo di scrivere, del suo mondo interiore, della sua istanza estetica, della sua postura narrativa, dei suoi vezzi linguistici, dei suoi stilemi, delle ricorrenze, delle concordanze, di tutto. E più si fa fatica a tradurlo, quell'autore, più la sua frase diventa una tortura (nulla deve andare perso!), più la soddisfazione che deriva dal cimentarsi è piena. Più si esige da sé, più l'io traduttore si appaga. Gongola.
Ma c'è insieme, inutile far finta che non è così, l'opposto di questo. C'è l'insoddisfazione, il senso di non aver saputo andare fino in fondo, di aver magari ceduto una volta di troppo alle richieste (ebbene sì, lo si è fatto, perché non ammetterlo) che l'editore ha avanzato, alle detestate proteste in nome di un principio che si vuole rimuovere, ignorare, distruggere, quello della *leggibilità*, norma inviolabile, insindacabile, che rappresenta la camicia di forza del nostro lavoro. C'è il dispiacere di aver sacrificato quel tale dettaglio, quell'altro piccolo scoglio, quella terza fessura nel terreno linguistico, di non aver avuto fermezza bastante a difenderli. Il tarlo del traduttore. Del quale è impossibile liberarsi. Anche questo innegabilmente c'è.
Eppure… Eppure so che ricomincerò. Tornerò a disporre le tessere sul tavolo, a comporre e scomporre il puzzle di ogni pagina alla ricerca dell'immagine netta.
Come il pesce – che ignora l'oceano – l'uomo nel tempo.

Gabriella Bosco

Indice

in uscita

«Ecco la sfida che ci resta nel nostro tempo: affrontare e fronteggiare le conseguenze del fatto che il nostro sapere occidentale abbia dato importanza in maniera insufficiente alla gabbia d'acciaio di Max Weber, per finire con l'individuare, forse, come unica sfida e scopo limitato del sapere, l'assuefazione a un cambiamento il cui controllo va oltre le nostre conoscenze, l'aver vagato come sonnambuli all'interno dei nostri incubi contemporanei.»

–MICHAEL D. HIGGINS

MEMORY

'And as Ricœur said,
To be removed from memory
Is to die twice'.
Nor should it be allowed
To make an amnesia
Of violence.
An amnesty is enough
For the detail.
And who knows whether,
If in time,
Such a healing is possible
As would make an evening
Of forgiveness
Worth the going on.
We make an affirmation.
The stuff of hope beckons.
Out of darkness
We step,
And blink into the new light.

MEMORIA

"E come dice Ricœur,
Esser rimossi dalla memoria
Equivale a morire due volte".
Né dovremmo permettere
L'amnesia
Della violenza.
Basta un'amnistia
Se è per questo.
E chissà se,
Col tempo,
Una ferita del genere possa rimarginarsi
Perché una serata
Di perdono
Valga a spingerci avanti.
La nostra è una affermazione.
La materia di cui è fatta la speranza ci invita.
Fuori dall'oscuro
Avanziamo,
E sbarriamo gli occhi alla nuova luce.

nella stessa collana

1. ***Nato di sabato*** di Ray Banks
2. ***Confessioni di una giocatrice d'azzardo*** di Rayda Jacobs
3. ***L'ebbrezza degli dei*** di Laurent Martin
4. ***Un'indagine senza importanza*** di Robert Hültner
5. ***Sweet Sixteen*** di Birgit Vanderbeke
6. ***Sale e miele*** di Candy Miller
7. ***Senza via d'uscita*** di Val McDermid
8. ***Saloon*** di Aude Walker
9. ***Il trucco della morte*** di Astrid Paprotta
10. ***Fiamma abbagliante*** di Barry Levy
11. ***Alle spalle*** di Birgit Vanderbeke
12. ***Colazione con Mick Jagger*** di Nathalie Kuperman
13. ***La dea madrina*** di Robert Hültner
14. ***L'assassino di Banconi*** di Moussa Konaté
15. ***Quindici giorni di novembre*** di José Luis Correa
16. ***La bambina che imparò a non parlare*** di Yasmine Ghata
17. ***Morte in aprile*** di José Luis Correa
18. ***Il sole è una donna*** di Félix de Belloy
19. ***L'imperatore della Cina*** di Tilman Rammstedt
20. ***L'onore dei Kéita*** di Moussa Konaté
21. ***La straordinaria carriera della signora Choi*** di Birgit Vanderbeke
22. ***Le sorelle Brelan*** di François Vallejo
23. ***Apostoloff*** di Sibylle Lewitscharoff
24. ***L'ispettore Kajetan e gli impostori*** di Robert Hültner

25. ***L'impronta della volpe*** di Moussa Konaté

26. ***A portata di mano*** di Tilman Rammstedt

27. ***Si può fare*** di Birgit Vanderbeke

28. ***La traccia della sirena*** di José Luis Correa

29. ***La tempesta di neve*** di Robert Hültner

30. ***Blumenberg*** di Sibylle Lewitscharoff

31. ***Concerto per mio padre*** di Yasmine Ghata

32. ***Cosa vuoi fare da grande*** di Ivan Baio, Angelo Orlando Meloni

33. ***Exchange Place, Belfast*** di Ciaran Carson

34. ***Quasi mai*** di Daniel Sada

35. ***Il silenzio*** di Max Frisch

36. ***I passanti*** di Laurent Mauvignier

37. ***Gli innocenti*** di Burhan Sönmez

38. ***Verità imperfette*** di Aa. Vv

39. ***Johanna*** di Felicitas Hoppe

40. ***Esilio*** di Çiler İlhan

41. ***L'ultimo minuto*** di Marcelo Backes

Un "Gatto di Schrödinger di Philippe Forest" è un convertitore AC–DC, un apparato elettrico, semplice o composto, che serve a rettificare in uscita la tensione elettrica in ingresso da alternata AC a continua DC, in modo da fornire energia elettrica adattandola all'uso di altre apparecchiature modificando eventualmente anche i livelli di tensione e corrente, e dunque di potenza, in uscita attraverso un trasformatore.

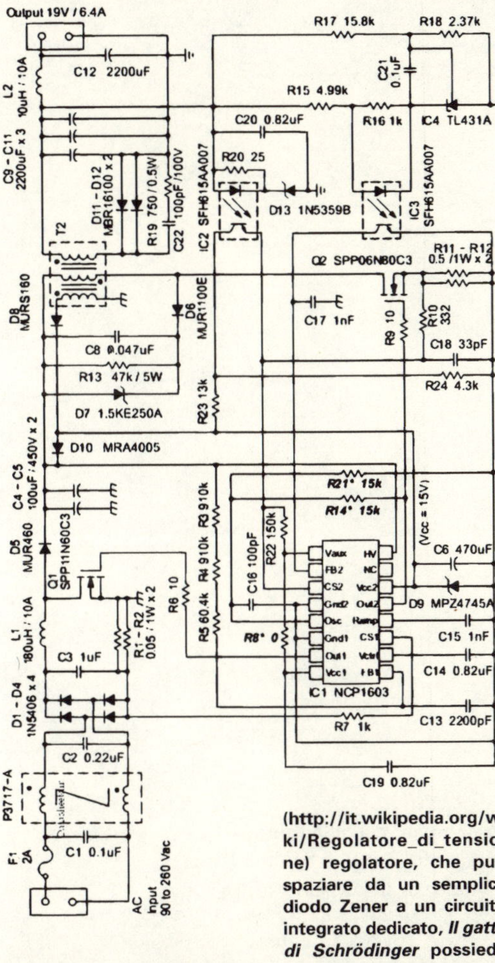

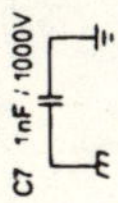

9 788861 101081

Dunque, *Il gatto di Schrödinger* è un alimentatore tra i più complessi, perché la tensione fornita è molto precisa e stabile, ed è inoltre di enorme affidabilità.

Il gatto di Schrödinger ha comunque un sistema che moltiplica la frequenza della corrente e un diodo che scarica su un condensatore in modo tale che la corrente continua in uscita sia il più "dritta" possibile.

In molti casi gli alimentatori forniscono più di una tensione di uscita a seconda della necessità: è il caso, per esempio, di questo alimentatore, che dunque risulta simile a quelli usati per le incubatrici.

Mentre un generico alimentatore lineare è idealmente (e spesso anche praticamente) composto dai seguenti elementi collegati in cascata: un trasformatore, un raddrizzatore (ponte di Graetz), un filtro livellatore e un circuito elettronico stabilizzatore detto anche (http://it.wikipedia.org/wiki/Regolatore_di_tensione) regolatore, che può spaziare da un semplice diodo Zener a un circuito integrato dedicato, *Il gatto di Schrödinger* possiede circuiti più complessi, ma ha diversi vantaggi, tra cui minori ingombro e peso a parità di potenza, un rendimento maggiore, e quindi minor riscaldamento. È però meno adatto per l'uso in laboratorio, essendo caratterizzato da un elevato (http://it.wikipedia.org/wiki/Alimentatore) ripple e dalla generazione di componenti spurie ad alta frequenza, che possono interferire sul funzionamento di alcune apparecchiature. Se ne consiglia dunque l'uso in particolare in luoghi più ariosi e accoglienti e possibilmente isolati, il che permette di fruire di tutto il suo potenziale con il minimo rischio di interferenze e interruzioni di tensione.

Finito di stampare nel Settembre 2014
presso la tipografia Printì di Saulino Ivana
Manocalzati (Avellino)

Ristampa	Anno
0 1 2 3	2014